ナイアス
ヘリックス
キース
もしかして新婚旅行?
サモナーさんが行くIX

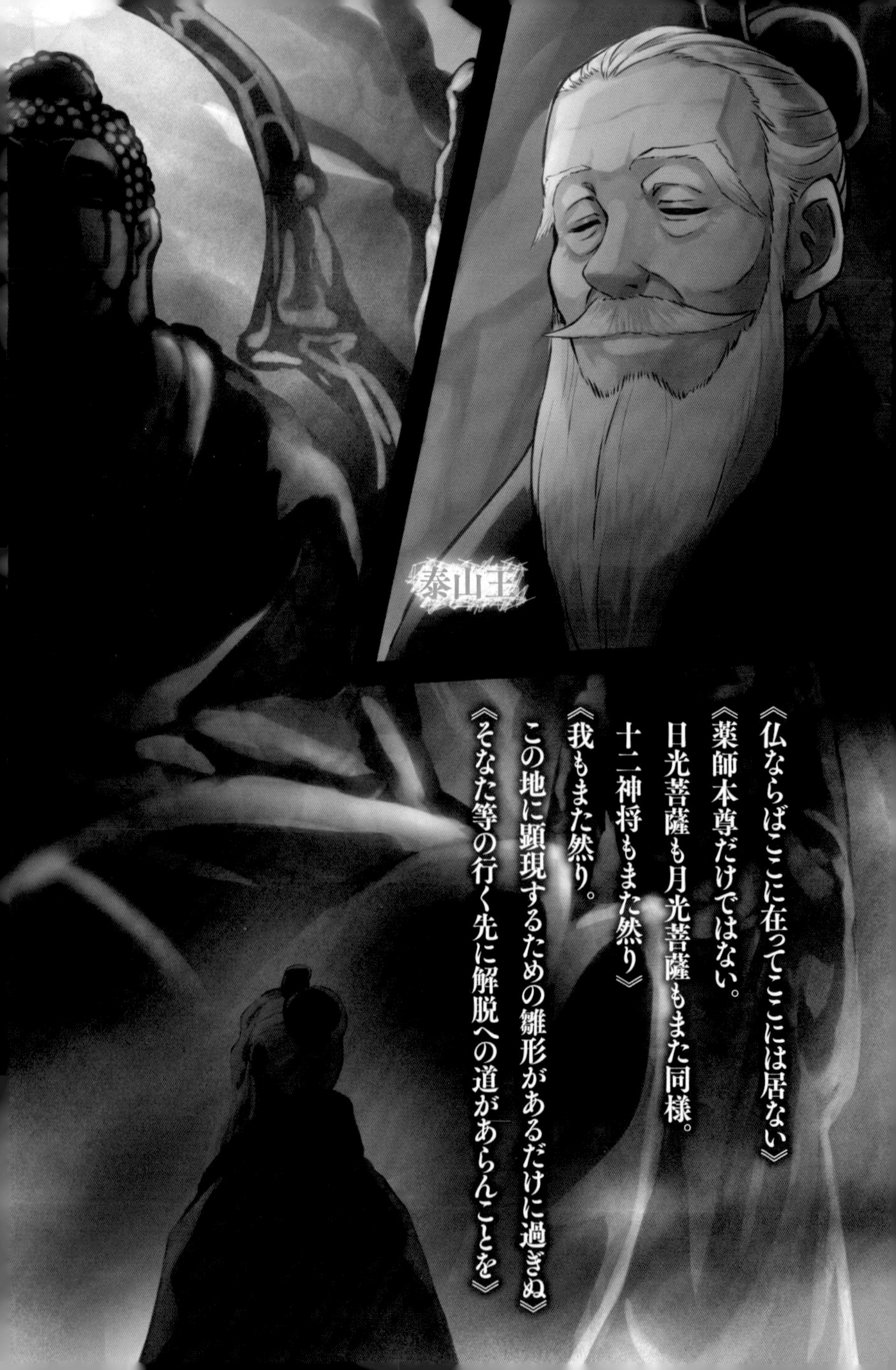
泰山王
《仏ならばここには居ない》
《薬師本尊だけではない。
日光菩薩も月光菩薩もまた同様。
十二神将もまた然り》
《我もまた然り。
この地に顕現するための雛形があるだけに過ぎぬ》
《そなた等の行く先に解脱への道があらんことを》

お前達、ご主人様はオレだって
分かってるよな？・（キース）
マルグリッド
レーヴェ
ティグリス

サモナーさんが行く IX

著：ロッド
イラスト：鍋島テツヒロ

サモナーさんが行くIX

Contents

第一章

「たかが影の分際で言いたい事を言ってくれてるみたいだけど？」

え、影？

『確かに影であるが』

『看破した所で何も変わらぬ』

『不浄のくせに』

『いや、不浄が故に愚かである』

『気になさいますな、ご主人様方。不浄なる者の言葉など』

「聞こえるのよね？　なら用件だけ言うけどいいかしら？」

ジュナさんの顔は遠目から見てもいい笑顔だが口から出る言葉は毒に満ちている。怖いです。

「魔人。魔に身を委ねた可哀想《かわいそう》な方々。ちょうどいいわ。この大陸にいた人間をどうされたのかしらね？　聞かせて欲しいのだけど？」

その声はオレの隣から聞こえていた。いつの間に？　いや、雛壇《ひなだん》上にもジュナさんの姿は見えている。そちらの姿は徐々に消えていった。幻影だ！

『笑止。汝等《なんじら》も害獣を駆除した所で何の痛痒《つうよう》も感じまいに』

「あら、同感」

ここまで一言も発していなかった魔人が口を開く。ザンニって奴《やつ》の筈《はず》だ。ブカブカで白い服。その仮面は鷲鼻《わしばな》で長く、左右で色合いの違う銀色で白く長い顎髭《あごひげ》を生やしている。露出する口元の印象は老人のように見えた。

ジュナさんの口調は相変わらずだ。しかし横目で見るとその姿から立ち昇る気配がまた恐ろしい。

オレには直視出来なかった。

「さて、これからどうなさるのかしら？」

『汝等にとっての惨劇が繰り返されるであろう』

魔人達《たち》の姿が徐々に霞《かす》んで行く。最後に残ったのは嘲笑。それは奇妙に長く耳の奥に残っていた。

「コンメディア・デッラルテ」

「え？」

知っているのか、シェルヴィ？　オレが視線を向けると彼女は言葉を継ぐ。

「即興喜劇の連中だわ」

「へえ」

「魔人、ね。南方面で一回戦ってるけど、今の連中は名前しか【識別】出来なかったわ」

「こっちも西方面で魔人とは二回戦っている。同じく今の連中は名前しか【識別】出来なかった」

「何だと思う？」

「要するに宣戦布告だろう」

恐らくは何かのイベントだな。

ジュナさんが地面に手を当てて目を閉じ、何かを探るような様子だった。その傍らに歩み寄る人影は師匠だ。それにゲルタ婆様《ばあさま》、ギルド長もいる。

「魔人、ですか」

「問題はこの町の結界を抜けている事じゃのう」

「組んだのは誰？」

ジュナさんの問いへの反応は？　ギルド長とゲルタ婆様が師匠に視線を投げかけた。

「儂《わし》です。師匠」

「鍵は何名分で組んでるの？」

「三名しかおりません」

「ここにはその内の二名がおりますぞ！」

何故《なぜ》だろう。ギルド長のその言葉には苦い感情が含まれていた。

「ゲルタ、新しく組むなら貴方《あなた》が早いわ」

「承知しました」

「鍵はここにいる四名で。既存の封印術の解除は私がやりましょう」

外見では一番若く見えるジュナさんだが、今は威厳たっぷりだ。こっちが真の姿なのだろう。

「済まぬの。お主達を表彰すべき所であるのじゃが後回しになりそうじゃ」

ギルド長がオレ達に向かって頭を下げる。そして雛壇に視線を送る。大陸からの来訪者達は既に誰もいない。

「授与役がおらぬのでは、な」

「逃げおったか」

師匠も苦笑する。

「面倒事になりそうですか、師匠？」

「もうなっとる」

「魔人とはな。本国では近年、殆《ほと》ど見なくなったんじゃが」

「仕方ない。お前さん達への褒美は儂から授与するとしよう。暫《しば》し待て」

オレとシェルヴィ達にそう言い残すと、ギルド長は雛壇へ向かう。

大会終了の宣言はギルド長が行った。だが会場内の様相は混沌《こんとん》としたままだ。結局、ギルド長からのご褒美は別室で、という事になってしまった。

ギルド長の新しい執務室はオレ達とシェルヴィ達が全員入るには狭かった。戦鬼とジェリコがデカいからこれはもう仕方ない。ヴォルフ以外の召喚モンスターは帰還させた。

「済まぬが手早く済ませたいのでな」

そう前置きするとシェルヴィ達人一人一人に何かを渡していく。魔晶石？　いや、水晶のようだ。遠目でも美しくカットされているのが分かる。

「で、優勝の褒美なんじゃが、これじゃな」

ギルド長が手にしているのは、二つの箱だ。左手にはやや大きい箱。右手にはかなり小さい箱。

「どっちがええかのう？」

「は？」

「お主が選ぶがいい」

ここに来て選択？　つか舌切《したき》り雀《すずめ》？

「えっと、中身は？」

「内緒じゃ。どっちにしてもお前さんにとって役に立つ代物なのは保証しよう」

今、非常事態に陥っているんじゃないんですかね？　それにしては余裕の対応です。

舌切り雀の大きな葛籠《つづら》と小さな葛籠ならば大きい方が外れ？　いや、あの御伽噺《おとぎばなし》は因果応報の教訓を含むものだ。オレは何も酷《ひど》い事をしていない。していないよね？　思い当たる出来事が本選であったような気がする。一抹の不安があるけど小さい方にしておこう。多分、オレは間違いなく小心者なのだろう。

「では小さい方で」

「うむ」

箱を受け取るとすぐに中を確認した。仮に妖怪やらが出てきてもすぐに文句が言えるよう身構えた。だがサプライズは起きなかった。

【素材アイテム】
アレキサンドライト　品質B　レア度6　重量0+
クリソベリルの変種。太陽光下では青緑、蝋燭光下では鮮紅に変色する。
希少な宝石で、大きい石は更に少ない。
魔法発動には色相変化が鮮やかな石である事が大きさよりも優先される。

《これまでの行動経験で【鑑定】がレベルアップしました！》

中身は原石が二つか？　しかもレア度6と高い。原石段階で品質Bというのも凄《すご》い。二つの原石とも品質は同じ、大きさも同等かな？　それに原石だと綺《き》麗《れい》と言い切れない部分もある。職人にカットして貰《もら》わないといけないな。

そしてアイテムがレア度高めであったせいか【鑑定】もレベルアップだ。いや、【鑑定】は結構使ってたんだが久々、かな？　ここ最近はポーションとマナポーションの【鑑定】ばかりだった。ようやく上がった、と言うべきだろう。

「うむ。済まぬが別件で用事があるでな。これで解散とする」

オレとシェルヴィ達が一礼する。ギルド長はそのまま部屋を出るかと思ったが、気が付いたようにオレを振り返っていた。

「そうじゃ、キースよ。オレニューに挨拶はしておけ。一緒に来るんじゃ」

「はあ」

何かまたあるのね？　師匠はまだいいが、苦手なのはジュナさんにゲルタ婆様だ。一体どういう事になるのか読めない。つかオレってば苦手な女性が多過ぎる！

シェルヴィ達に一礼を残して部屋を辞去する。ヴォルフを連れてギルド長の後を追った。


試合場になっていた新練兵場に観客は一人もいない。そこにいたのは師匠とジュナさんだけだった。ゲルタ婆様はどこかに行ってしまっている。

「オレニューよ。封印結界はどうじゃな？」

「検証したが異常は無い」

「うむ。儂の見立てでも異常は無かった」

「つまり、貴方達に感じ取らせずにこの封印結界を破った、とでも？」

ジュナさんの声色がいつもと違う。真剣だ。

「鍵となる術式を持っているのは？」

「儂等を含めて三人しかおりませぬが」

「つまり犯人は三人目って事？」

「あり得ん！」

師匠が珍しく吼《ほ》えた。

「オレニューよ。そうでなければ封印結界を儂等に気付かせずに抜けた事になる」

「ルグラン、それは無い！」

「直視なさい、オレニュー！」

ジュナさんが叱る声は厳しく鋭かった。オレの姿勢も自然と直立不動になる。ジュナさんの影から何かが現れた。以前にも見たバンパイアデュ一ク、目は閉じたままだ。

「幻影であってもも外側からここに送り込むのは不可能ね」

「では？」

「内側から呼び込んだ、というのも有り得る話だわ。力技になるけど、その方がまだ楽でしょうし」

「人間が、幻影であるにせよ魔人を呼び込んだ？」

「それこそ信じられん！」

「術式は完璧。魔法で傀儡《かいらい》にされている人間も弾《はじ》く筈でしょう？」

「では自らの意思で魔人に協力していると？」

ふむ、人間側に裏切り者がいるって事か？

「オレニューよ」

「何じゃ」

「お主があ奴を追いかけておるのは知っている。足跡はどうかの？」

「残ってはおる。だが撹乱《かくらん》されておるでな。追跡は容易ではない」

追跡？　そういえば師匠はよく何処《どこ》かへと出掛けていた。

「隠蔽に封印術も使っておるでな」

「あ奴の仕業を疑わずに済むと思うか？」

「分からん」

急に師匠がガックリとしてしまう。

「儂にはもう、分からん」

「そうか」

困ったな。声が出ない。

「本当はキースちゃんの祝勝会でもしたかったのにねえ」

「師匠、それは仕方ないでしょう」

「全く不愉快な連中よねー」

ジュナさんの様子は一変している。普段の口調に戻っている。

「高位の魔人が直接動いてくれた方が駆除するのは楽なんだけどねー」

「まあキースには普段通り、冒険をして貰うのがええじゃろ」

「ポーションやマナポーションを作って貰う手もあるぞ？」

「ゲルタちゃんの所でお手伝いとか？」

「それではキースが不憫《ふびん》ですぞ」

まあどっちでもいいんですが。先刻までのシリアスな雰囲気ブチ壊しの会話は続きますけど結論は？　オレは放流、という事になりました。

「儂の家にある物は使っていいがの。悪用はしてはならんぞ？」

「はい」

一応、釘《くぎ》を刺されたのだろうか？

「あ、それとキースちゃん」

「はい」

いや、ちゃんではなく。声には出さず、ツッコミは脳内だけで済ませた。

「試合は見たけど第一回戦はお見事だったわね。いつも女の子相手にあんな事してるのかしら？」

「いや、あれは事故ですから！」

これ、暫《しば》くの間、言われちゃうんだろうか？

ジュナさんの場合、明らかに楽しんでいるのだから始末に負えない。

「では、これで」

「うむ、息災で、な」

そう願いたいものです。もう昼飯の時間を大きく過ぎてしまっている。師匠達に一礼を残し、早々に辞去する事にした。


リックの屋台裏は見知った顔が占拠してました。マルグリッドさんを始めとした生産職の面々だ。与作《よさく》やハンネスもいる。つか紅蓮《ぐれん》までいる！

既に食事を終えて雑談に興じているようだ。屋台にいた優香《ゆうか》の目がオレを捉える。その笑い顔を見るだけで気分が滅入《めい》る。屋台裏は雑談で盛り上がってるようだが話題の主が誰なのか、大体想像が付く。仕方ない、行くしかないか。


「キースさん、食事はここで？」

「ええ、腹ペコでして」

「ではこれをどうぞ」

「ありがとうございます」

「優勝おめでとうございます。皆さんお待ちかねみたいですよ？」

皆さんの視線がオレに集中してます。ホットドッグとコールスローっぽい野菜料理を手にして屋台裏へ、更に盛り上がってしまいました。お願いだから食事はさせてね？


優勝おめでとう、というのはいい。

優勝商品は何だった？　というのもまあいい。

あの呪文って何？　という質問もいいだろう。

眼福でした、というのはどうかと思う。ご馳走《ちそう》様《さま》でした、というのも意味が分からない。君達、黒縄で縛っちゃうぞ？

女性陣の反応がやや心配だったがマルグリッドさんはケラケラと笑うだけで実に楽しそうだ。優香やヘルガは特に気にする様子は無い。

「悪意が無いって分かっているのよ？　でも同じ

相手にって運命？」

「勘弁して下さい」

無論、本選の戦い振りは語り尽くせない。与作、ハンネス、東雲《しののめ》、紅蓮とは結構話し込んだ。

「高機動特化型との戦いは虚を衝《つ》かれたかな？」

「それにしてもスチーム・ミストで足止めか」

「少々、怖い手段でしたけどね」

やはり与作達はあの敗戦を悔やんでいたようだ。というか与作も東雲も不完全燃焼、といった所だろう。

「足止めなら木魔法の呪文でも出来そうですし、壁呪文も利用出来そうですよね？」

紅蓮の指摘は尤《もっと》もだな。まあタラレバの話ではあるのだが。

「真っ先にハンネスが沈んだのは痛かったか？」

「だな」

「序盤、攻撃が集中してましたからねえ」

同じ動画を視聴しながら反省会は続く。無論、例の試合もあるのだがそこは敢《あ》えて無視で。

そして問題の決勝戦。

結果はさておき、話題の中心はあの魔人達だ。

「魔人、か」

「イベント、ですよね？」

「また何か魔物の行動に変化が起きるかな？」

ですよね。魔人、とは言っても試合場に現れた連中とそのまま戦う事になるのかな？　レベルが見えてないような連中だし不安は大きい。まあ魔人でもエリアポータル開放時に戦った連中であれば何とかなりそうではある。

「そうだ、マルグリッドさんに依頼しておきたいのですが」

「あら、何?」

「これの加工をお願いしたいのですが」

取り出したのはアレキサンドライトの原石が二つ。大会優勝の賞品だ。

「これを? 例の台座に?」

「ええ」

「これまでにない大仕事になるわ、これ」

おお、さすがにレア度6なだけある。

「私独力じゃ無理かも。工房で師匠の指導が必要だわ」

「え?」

「今までと違うカットにしたいのよね。ちょっと勿体無い《もったいな》いし」

「はあ」

「師匠の予定次第だけどここで加工するわ。受け渡しがここか風霊の村になりそうだけど、いい?」

「お任せしますよ」

「分かったわ。早速行って来る」

そう言い残すとマルグリッドさんはリックに何事か伝言すると去って行った。急ぎの依頼じゃないんだけどな。

雑談は続く。昼飯時は過ぎていたし、客が少ないのが幸いした。周囲に迷惑になる程ではないが、結構盛り上がってしまいました。まあ、たまにはいいだろう。


時刻は午後五時。屋台裏の饗宴《きょうえん》はようやく終了した。参加者の大半はこのレムトの宿屋でログアウトするようだ。

ではオレはこれからどうする? 師匠達から難題が無かったら無かったで困ってしまう。自由度が高いのも考えものだ。

風霊の村にでも行くか。宝石の出来上がりをレムトで待つ選択は無い。風霊の村の方がレベルアップにせよ探索にせよ、拠点として利用し易《やす》いからだ。でもその前に師匠の家に行っておこう。あの家にある物は自由に使っていい、と師匠は言いました。確かに言いましたよ？　使えそうな物は持っていってしまおう。

レムトの町を出るとリターン・ホームの呪文を使う。こっちではインスタント・ポータルでログインとログアウトをしているだけ、正規のポータルでラストなのは師匠の家になる。跳べる筈だ。

「リターン・ホーム！」

風景が変化する。一気に師匠の家まで跳べたようだ。問題無し。

実際に体験してみるとインスタント・ポータルって便利だ。レムトの町へ行ってた期間を何処かへの遠征と考えたら？　便利過ぎる。

師匠の家の地下作業場に下りると使えそうな物を物色する。マナポーションの原料のマジックマッシュルームに苦悶草《くもんそう》。ポーションの原料の傷《しょう》塞草《そくそう》。ついでに瓶の材料も適当に確保しておく。《アイテム・ボックス》の空きは十分にある。可能な限り詰め込んだ。

師匠の家の外に出た。まだ外は明るい時刻だ。残月で出来るだけ距離を稼ぎたい。移動優先で召喚しよう。既に狼《おおかみ》のヴォルフはいる。馬の残月、鷹《たか》のヘリックス、梟《ふくろう》の黒曜、妖精のヘザーを加えた陣容にした。

「では行って来るよ」

師匠のマギフクロウに挨拶すると翼を広げて応えてくれた。オレの肩に飛び移ると、黒曜と戯れ始めた。うん、少しだけ堪能したまえ！

残月に騎乗しての移動は楽でいい。フォレスト・ウォークの支援もあるから森の中でも移動にストレスが無い。魔物は普段通りだ。イベントの影響がありそうな雰囲気がしない。


森の迷宮の中で小休止、鷹のヘリックスを帰還させて人形の文楽を召喚、料理をさせた。昼飯が遅かったから軽くではあるが。

久々に蟻人《ぎじん》の蜜を取り出すとヴォルフとヘザーに少し与えてみる。最初は少しだけ、の筈だった。ヴォルフもヘザーも甘えまくり、そして甘え上手だった。仕方なく追加で与えてやるが、残りが少なかったんで予定の蜜はすぐに無くなった。その瞬間の悲しげな様子ときたらもうね。使ってない分もあるけど出すのは控えた。際限が無い。

腹拵《はらごしら》えが済んだら文楽は帰還させて狐《きつね》のナインテイルを召喚する。今日はレムトでイベントがあったからプレイヤーが少ない。迷宮内はサクサク進めた。キノコ共もブランチゴーレムも騎乗戦闘になるとまるで相手にならない。早く移動しないといけない。もっと強い魔物に会いたい！


スケルトンのいる洞窟を抜けるともうW２マップな訳だが既に夜になりかけていた。仕方ない、ここからは残月から降りて移動しよう。本日の目標は今日のうちに風霊の村に辿《たど》り着く事だ。どうせ魔物にも遭遇する。レベルアップを兼ねて召喚モンスターの編成を変更しよう。蝙蝠《こうもり》のジーン、骸骨の無明、虎のティグリス、幽霊の瑞雲《ずいうん》、獅子《しし》のレーヴェの布陣だ。おっと、無明のメイン武器、ボールピンハンマーは轟音《ごうおん》の槌《つち》に変更しよう。これでかなり強化された筈だ。

それに無明にはお楽しみもある。クラスチェンジ寸前なのだ。レベル７になって以降、対戦はあっても魔物狩りはしていない。今日すぐにレベルアップするとは思えないが無意味ではあるまい。そして召喚して日が浅いレーヴェもいる。風霊の村に到着するまでにレベルアップして欲しい。

夜のW2マップは久し振りだ。最初のお出迎えはフロートアイ、続いてスケルトンラプター。そしてホーンテッドミストの群れ。一通り遭遇してくれたのは歓迎の印なのかね？

そして無明の新装備だが、無明単体でスケルトンラプターを屠《ほふ》ってしまいました。轟音の槌、凄いな。体格で遥《はる》かに勝るスケルトンラプターが一撃で吹き飛ばされちゃってますよ？　おかげでレーヴェの真価が分からなかった。

移動優先なので、ゆっくりと狩りをしている暇は無い。ホーンテッドミストの群れも出来ればコール・モンスターを使って経験値に上乗せしたい所だが、広域マップで見たらまだ村は遠い。急に星も月も霞んでしまう。雲が出ているのだ。方位をマグネティック・コンパスで確認して進む。

異変とは言えないかもしれないが、今日はちょっと普段と違っているような気もする。スケルトンラプターが多い。まあこいつは単体で出現するのが常なので相手はし易い。少し問題なのはフロートアイだ。こいつは群れてくる事が多い。

まあ経験値的にはウェルカムなのだが、瑞雲に攻撃が集中した時は焦りましたよ？　だがその甲《か》斐《い》はあったと思いたい。レーヴェもスケルトンラプター相手に物怖《ものお》じせずに戦闘を仕掛けていく。格上の相手なのだが実に果敢で結構な事だ。それにティグリスも触発されたのか、猛然と魔物に襲い掛かっていたりする。

獅子と虎か。召喚モンスター間でこの両者は立ち位置が被《かぶ》っているのは間違いない。だがどこかで両者を使い分けるに足りる個性が出てくると思う。まあそれはそれとして、お望みのインフォはちゃんと来ていました。

《只今《ただいま》の戦闘勝利で召喚モンスター『レーヴェ』がレベルアップしました！》

《任意のステータス値に1ポイントを加算して下さい》

順当にレベルアップ、実に目出度《めでた》い。レーヴェのステータス値で既に上昇しているのは筋力値だ。もう一点は器用値を指定する。

レーヴェ

ライオンLv1→Lv2（↑1）

器用値　8（↑1）
敏捷値　14
知力値　11
筋力値　18（↑1）
生命力　20
精神力　13

スキル

噛み付き
威嚇
危険察知
夜目

本格的な狩りは初めてだが、戦い振りに全く不安は無かった。喰《く》らったダメージも少ない。寧《むし》ろ瑞雲の方が心配である。瑞雲はスケルトンラプターに相性がいい。ホーンテッドミストもまあいい。だがフロートアイに対しては完全に相性が悪いのだ。群れの場合はオレとジーンで数を減らしてから対応するのだが、それでもダメージを喰らってしまう。交代を考えた程だ。しかしここは我慢しておく。地道にレベルアップは図っておきたい。

時刻は午後十時三十分。広域マップで見たらそろそろ風霊の村に到着する頃か？　遠目に村の篝《かがり》火《び》が見えていた。それに数こそ少ないが夜の狩りを行っているパーティもいる。こっちも負けていられない。ここらで、やるか。

エンチャンテッド・ウェポンを召喚モンスター達へ事前に掛けておいてコール・モンスターを使う。獲物はホーンテッドミストの群れだ。オレのＭ《マジック》Ｐ《ポイント》バーも八割以上、余裕ならある。攻撃呪文も遠慮なく使い倒すつもりで行こう。とは言ってもフォース・バレットですけどね。あまり強力な呪文は召喚モンスター達の獲物が減ってしまうので自重しよう。

《只今の戦闘勝利で【土魔法】がレベルアップしました！》
《【土魔法】呪文のエンチャンテッド・アースを取得しました！》
《【土魔法】呪文のピットフォールを取得しました！》
《只今の戦闘勝利で【解体】がレベルアップしました！》

群れを二つを潰してやるとお望みのインフォはすぐに来た。ピットフォールの呪文、闘技大会に間に合いませんでしたね！

狩りはまだまだ続ける。大きな規模のホーンテッドミストの群れは全体攻撃呪文も駆使してどんどん減らしていく。

もっとだ。もっと、来てくれ！

まだオレのＭＰバーが半分以上あるんだ！

ログアウト前に使わないと！


ホーリーレイスにも遭遇、だが召喚モンスター達に集中攻撃を加えられたらもういけない。呵責《かしゃく》の首輪装備のティグリスとレーヴェの攻撃は特殊攻撃の発動を抑えてくれている。当然、オレも呵責の杖《つえ》で攻撃を加える。かつては強敵だった魔物が完璧に詰んでしまう。装備の恩恵が大きいのであるが、オレ達もここまで強くなっていたのかと感慨深く思ったものだ。

《只今の戦闘勝利で召喚モンスター『瑞雲』がレベルアップしました！》
《任意のステータス値に1ポイントを加算して下さい》
瑞雲は日付が変わるギリギリでレベルアップが間に合いました。瑞雲のステータス値で既に上昇していたのは精神力だった。任意のもう一点は生命力を指定する。

瑞雲
ミストLv2→Lv3(↑1)
器用値　3
敏捷値　3
知力値　18
筋力値　1
生命力　5(↑1)
精神力　16(↑1)

スキル
飛翔
形状変化
物理攻撃透過
MP吸収[微]
闇属性
火属性

獲物は魔石十二個に水晶球が四つ、魔物の数に比べたら上々だろうか？　今日はこの辺で撤収するとしよう。

体感的にはログアウトしてそんなに時間が経過してないけどもうログインしてきました。時刻は？　午前六時ちょうど辺りだ。

《運営インフォメーションが3件あります。確認しますか？》
《フレンド登録者からメッセージが10件あります》

なんでしょうね？　やたら多いんですけど。取り急ぎ人形の文楽を召喚、道具と材料を渡して朝食の準備をさせておく。先に運営インフォからだな。つか一件目を見てみたら、いつもの奴だ。

《統計更新のお知らせ：本サービス昨日終了時点データに更新しました！》

プレイヤーの数だけは先に見ておこう。生データを仮想ウィンドウに表示し、一番下の行を確認しておく。総プレイヤー数は六万人を超えたのか。ちゃんと増えていて何よりです。

久々に職業別で人口分布でも見てみるか？　いや、後回しだ。次を見よう。

《動画機能についてお願い：プレイヤー個人に対する過度な誹謗《ひぼう》中傷はお止《や》め下さい》

中の文も見た。見なかった事にしたい。

オレは無実だ！　弁護士を呼んで！

……何を錯乱している？　後ろ暗い事など無いだろうに。オレは悪くない、悪くないんだ。

ここ数分の記憶はなかったことにして次だ。

《闘技大会ベストバウト投票について：投票受付を開始しました！》

これもまたやるのね？　中身を見たらなんとオレにも投票権がありました。但し、自分の試合は投票不可。対象は本選の試合の中から一つだ。

これは悩む事は無かった。与作達が敗北した試合にしておいた。あれは勝った方が見事だった。

そしてメッセージの方はその殆どがお祝いメッセージでした。フィーナさん達生産職の方々、アデルにイリーナ、紅蓮、ラムダくんのもある。

一件だけ業務連絡込みのメッセージがありましたけどね。マルグリッドさんです。

『相談です。師匠に相談した所、台座素材に銀だと宝石に負けるみたいです。白金かミスリル銀じゃダメ？』

そして添付された見積りが三つ。どれも手持ちで支払えますが、上下差が大き過ぎる！　ミスリル銀だと銀の三倍、白金だと銀の八倍とか凄いな！　まあ素材として使う量を考慮すると、それでも安いのかもだが。

性能最優先で白金を、と返信しておく。問題があるようならまたメッセージが来るだろう。


全てのお祝いメッセージに返信を出し終えると朝飯だ。今日は干し肉スライスのサンドイッチです。とりあえず頭を真っ白にして食べた。

忘れろ。嫌な事なんて忘れるんだ。

呪文のように呟《つぶや》きながら食べてましたよ？


机や道具の片付けを終えたら文楽を帰還させる。

久々に南の洞窟に行って金剛力士でも相手にしてみようか？　いや、西方面で狩りをするのもいい。

まだ未踏のマップに向かうのもいいな。


いずれにせよ移動優先の布陣で行こう。馬の残月、鷹のヘリックス、梟の黒曜、狐のナインテイル、妖精のヘザーを召喚する。時刻は午前六時三十分。ミーティングの時間にはまだ早い。

少し時間を潰しておくか。統計データでも弄《いじ》ってみようかね？


先刻も見た統計データを仮想ウィンドウに表示した。総プレイヤー数は六万人といった所だったか？　では職業別でソートだ。

サモナー職の数は、二百七人に増えている。先般の狂乱の宴《うたげ》に参加していたメンバーは六十名といった所だったかな？　参加率はそこそこ多かったと言うべきなのかね？

では次だ。レア職順で並べるか。

アーチャー（弓兵）…1人

エレメンタル・ソーサラー『火』（火魔法師）…1人

グランドサモナー（召喚魔法師）…1人

ソルジャー（兵士）…1人

フェンサー（衛士）…1人

メイジ（魔法師）…1人

グラスワーカー（ガラス職人）…17人

ブリュワー（醸造家）…23人

セラミックワーカー（陶芸職人）…26人

ラピダリー（宝飾職人）…34人

ファーマー（農民）…36人

ストーンカッター（石工）…40人

フィッシャーマン（漁民）…66人

ランバージャック（樵）…78人

サモナー（召喚術師）…207人

アルケミスト（錬金術師）…221人

ファーマシスト（薬師）…275人

バード（吟遊詩人）…378人

ファブリックファーマー（織物職人）…455人

マーチャント（商人）…582人

見た事が無い職業が幾つかある。一人しかいない職業などはレアの極致だろう。グランドサモナーはオレだけど。プレイヤーがクラスチェンジした職業が増えたって事かな？　そういう時期が始まっているのかもね？

「七時から朝のミーティングです！」

「村の広場まで集合してくださーーーい！」

久々に聞く告知の声。もうそんな時間になっていたのか。オレも村の中央に向かう。今日は何処に行くかはミーティング後に決めたらいい。

最強の布陣を語るスレ★24

1. ココア
最強のパーティ組みたいんだが誰か教えてくれ。
ここはそういう雑談で出来ています。
次スレは **>>950** を踏んだら立ててね。
過去スレ：
最強の布陣を語るスレ★1-23
※格納書庫を参照のこと

——（中略）——

104. クロード＝シン
で、結局壁は１枚がいいの？　２枚がいいの？
結論は出たのか？

105. 新次郎
>>104
いっそもう３枚で
いなくてもいいじゃないｗ

106. ホートン
壁無し蹂躙戦法でいい
尖った能力持ちの魔物でもない限り力押しである程度いける
死に戻りの確率とか、リスクをある程度抱えるけどな
つか闘技大会の本選だけ見ても多様性があって面白かった
絶対的な布陣とかないよ
個人的には全員高機動で揃えたチームは凄かったと思う

107. ブリット
後続もいい所だけど色々と目指せるスタイルがあって参考になるね。
バランス型が安定なのは承知だけど、一点豪華主義って憧れるｗ

108. 野々村
>>107
初期段階から先々の成長を見越してデザインしておこう、な？
攻略最前線では色んな事に遭遇するから過信はマズいよ
特にソロ志向の場合、色々と幅広くスキル取ってないと詰み易い
サモナーでやってるけど、この点はかなり負担になってるよ

109. 安原
>>108
サモナーならユニオン組んだら良くないか？

それでも洞窟じゃ苦しいけど
>>104-107
多様性に満ちたPTでも対応を間違えたら意味が無い
プレイヤー間の連携次第なんだよな
そういった意味では闘技大会の本選に出場した各チームは参考になるよ
特に戦闘ログとか見るといいね
全員種族Lv10になっていないチームとか凄いぜ？

110. グーディ
連携はそう高度でなくていいですけど、互いに信頼出来る事が第一
そう思います

111. 九重
実際、漁師チームも投網対策とられたら簡単に詰んじゃったんだよな。
あれもこれもって何でも取得は難しい。
不足している所は知っていた方がいいかな？
魔物相手なら撤退が出来るんだし。

112. クラウサ
相性はあったと思うけど特化した編成は弱点を如何にカバーするか
そこに焦点を当てて逆に罠を仕掛ける事だってあっていい
手の内を知られていても牽制にしたらいい
要は戦闘しながらも武技やら呪文やらの選択を的確に出来るかどうか
しかも複数のプレイヤー間で役割分担がしっかり出来ていたら尚いい
個人戦とは異なりチーム戦だと対比し易くなったな

113. 紅蓮
>>112
運営が意図的に誘導してる気もする
プレイヤー間の連携とかデータでは現れない要素だけどかなり重要
それを目の当たりにした意味は大きいよね

114. 野々村
サモナーだと布陣を組むにしても時間が掛かり過ぎるのがなんとも
後衛候補が増えたはいいけど先は長いなあ

115. グーディ
>>114
召喚モンスターのクラスチェンジとか色々と楽しみがあって憧れますけどねw
プレイヤー間の交流もあって楽しそうじゃないですか！

116. ココア
つか統計データ最新版北
まだプレイヤー６万とか大丈夫なの？

117. 紅蓮
>>116
今見てる
何じゃこりゃあああああああああああ！

118. 九重
>>117
何を発狂するのかｗ

119. クラウサ
>>116
注目はそこじゃねえｗ
>>117
レア職増えてるなｗ
クラスチェンジ組がサモナーさん以外に５人いるって事かな？
何処の住人か分からないから情報収集ヨロ

120. ナリス
>>119
投げっ放しｗｗｗｗｗｗｗ

121. ココア
>>119
ああ･･･
これは間違いなく荒れるなあｗ
>>117
情報通にお任せｗ

122. ホウライ
鬼が多いスレでつね
クラスチェンジしてる面子で適当に組んだら現時点では最強？
>>117
どの程度、変わってきてるかは早めに知りたいな

123. ナリス
>>122
あんたも鬼やで

124.∈(-ω-)∋
やあ　∈(-ω-)∋　闘技大会が終わってもネタに困らなくていいね！

――――――――――――（以下続く）――――――――――――

サモナーが集うスレ★14

1. ムウ
ここは召喚魔術師、サモナーが集うスレです。
このスレは召喚モンスターへの愛情で出来ています。
次スレは **>>980** を踏んだ方がどうぞ。
召喚モンスターのスクショ大歓迎！
但し連続投下、大量投下はやめましょう。
画像保管庫は外部リンクを利用して下さい。
リンクの在り処は **>>2** あたりで
過去スレ：
サモナーが集うスレ★1-13
※格納書庫を参照のこと

――（中略）――

8. 野々村
>>1
迅速なスレ立て乙
サモナーさん優勝おめ♪
でもここことか見てないんだろうな

9. シェーラ
確実に見ていないでしょうね
それにしてもクラスチェンジしてるとはいえ召喚モンスターも強かった
サモナーさんは普段通り前衛で強かったけど
私も前衛をやってみようか、と考えてしまったけど多分これは酷い錯覚

10. イリーナ
とりあえずメッセで祝福しときました♪
暫くはレムトで錬金術修行なので直接会えるとは限らないので･･･

11. アデル
クラスチェンジ目前の子がいるのに残念！
でも暫くは皆と一緒にいられるから平気！

12. 此花

何かイベントの影響でNPC師匠が駆り出されたみたい
引継ぎしたファーマシー支援業務多過ぎ！
こういった交流はもっとあっていいと思うけどね
でも海に行きたいな･･･

13. 駿河
とりあえず今日は移動だな。
新たなイベントの影響はあるかもだが気にしない方向で。
サモナーで騎馬軍団組んだらあ！

14. ムウ
>>13
港町へ移動するなら護衛任務をギルドで受けて行くか？
何件か募集あったけど
速度重視なら受けずにさっさと移動してもいいんだけどさ

15. 春菜
>>12
当面はレムトで皆と作業週間？
闘技大会決勝戦後の師匠の様子だと長引きそうな予感

16. 峰
お初です。
ドワーフサモナーです。
前衛サモナーで始めるんですが、初期召喚モンスターが蛇って当たりなんですか？

17. 堤下
>>16
召喚モンスターに当たりも外れもないのだよｗ
それはいいとして前衛に？
ああ、でもドワーフならアリだな

18. イリーナ
>>16
一匹目が蛇でしたけど苦労はそんなにしません。
むしろ始めたばかりのサモナーと組むのがオススメですね。

19. 野々村
>>16
>>2の外部リンクは目を通しておくといいぞ
前衛サモナーの戦闘スタイルは先駆者がいる

但し参考にしない方がいいw

20. 春菜
>>16
ドワーフでサモナーはもう何名かいるけど前衛オンリーじゃない筈
基本、後衛でやるのがオススメなんだけど、ねえ？

21. 峰
>>17-20
一応、杖か打撃で前衛やります。
殴りサモナーってダメですかね？

22. モンフォート
>>16
当方はドワーフサモナーだが序盤は厳しい、とだけ言っておく。
外部リンクにもあるけど、二匹目召喚は馬で池。
ドワーフだと機動性に難があるから大きく寄与するのは確実。
本当は後衛で弓がより相性がいいと思うんだがな･･･
格闘関連技能はドワーフで取ってるプレイヤーは僅かだけどいる。
【蹴り】技能は相性が悪いけど称号取るのに有利だから捨てるつもりで取得推奨。
【回避】も同じく。
格闘師範の称号を持ってるドワーフはまだ聞いた事が無い。
ただ武技の練気法は魅力だから狙ってもいい。
あと MP バーの減りはあまり気にせず呪文で使い倒せ。
当面は魔法技能は一種のみに絞って回復呪文取得まで粘るといいよ。
その後は時空魔法を取りに行ってもいいし、ステ振りしてもいい。
つか相棒になれる新米サモナーを先に探せw

23. 堤下
>>22
ドワーフサモナーのデフォは弓矢になってるけど、強弓ってどうなん？

24. モンフォート
>>23
レベル足りないからまだ無理w
ドワーフ専用の強弓があるって話題になってた件ならあれはガセ。
【偽装】商品って説が有力。

25. 峰
>>22
ありがとうございます。
>>2 も見てきます。

相棒もなんとかしたいッス。

26. ヒョードル
殴りサモナー、ですか。
そう言えば殴りエルフも出現しているんですけど、相性的にマズくないですかね？

27. イリーナ
>>26
貴方がそれを言いますかw
自由度があるんだし殴りエルフがいてもいいと思いますけど・・・
無茶？

28. アデル
>>26
半ソロバードの例もありますから！

29. 野々村
サモナーさんの影響は良くも悪くも大きい、のか？

30. 春菜
>>29
オンリーワンのスタイルって難しいと思う。
闘技大会でも優勝したし、フォロワーは確実に出てくると思うけど？
さすがに今からだと手遅れだし私はパス。

31. ムウ
>>29-30
後追いで目指してるプレイヤーが既にいるけどね
さすがに完全コピーは無理じゃね？
あんなのが大量発生したら逆に困るが、ネタ的には美味しい気がするw

32. シェーラ
>>31
つカレー券
本選第一回戦の件は禁止で。
スレごと葬られたらどうすんの！

33. イリーナ
>>32
外部リンク先の掲示板はどうにかなりませんかね・・・

動画機能そのものの見直しとか、ここの運営はやりかねませんし

34. 峰
？？？

35. ムウ
>>32
き、厳しいッス･･･orz
つか最近でスレ削除されてる所ってあるの？

36. アデル
>>34
知らない方が幸せな事だってあるんよ！

37. 堤下
>>35
前から思ってた事だが
サモナー選択してるプレイヤーって女性が多いのかね？
モフモフナデナデの需要が高いせい？

38. 春菜
>>37
多分

39. アデル
>>37
間違いない！

40. イリーナ
>>37
確かにそんな傾向はありますねー

41. ヒョードル
>>37
女性陣が凄く多いように感じます

42. 野々村
>>41
君は逃げる事を覚えた方がいいぞｗ

——————————（以下続く）——————————

【酒】闘技大会実況マターリスレその16

1. 鳴瀬
ここは闘技大会実況スレの避難所を兼ねたマターリスレです。
まあ酒でもどうぞ。
実況避難民はあたたかく受け入れましょう。
次スレは **>>950** あたりでお願いします。
過去スレ：
【酒】闘技大会実況マターリスレ 1-15
※格納書庫を参照のこと

——（中略）——

777. ディレク
まだこのスレ生きてたのか。
使え使え！

778. 小龍
反省会スレが葬られたので来ました
動画リンク貼ったのは何処のバカだ市ね

779. 安原
銚子に乗るのも海苔に乗るのも禁止で

780. 九重
垢 BAN 覚悟の自爆か？
ああいうのは個人で保存しておいて楽しむもんだろうに
>>779
字がw

781. モコ
反省会の新スレマダー？

782. 堤下
>>778
垢 BAN に値するな

783. カササギ

じゃ話の続きすっか
意外とサモナーさんがスルスルと勝ち上がった理由だけどさ
穴は確かにあるけどカバー出来てる所だろうな
決勝戦、呪文で戦力分断と持久戦に持ち込む目論見は正しいと思うよ？
想定以上の事態が起きてしまってたけどな
それでも基本戦術を変えなかったのは正解だったと思う

784. ディレク
>>783
ベストバウト投票で入れたわｗ
フラッシュ・ライトとカーズド・シャドウの組み合わせは見事
スペル・バイブレイト対策にサイコ・ポッドもね
決勝までアレを見せずに戦い抜いたのも凄い
ただグラビティ・メイルで防御陣を力で崩されちゃったけどさ
つかマッドゴーレムの這い寄る様子こえええええ

785. 泉
>>783
杖武技のスペル・バイブレイトによる呪文阻害が強過ぎって意見多いけどさ
杖持ちソーサラーでスペル・バイブレイトを持ってるプレイヤーはそこそこいる
でも大会ではそんなに使われてないんだよね
サモナーさんは前衛で接近戦を挑むスタイルだからこそ活かされてる感じはする
堅守で持久戦を目指すなら呪文の優先順位を変えてたら結果は逆だったと思う
メンタルエンチャント・ライトは先に使っておくべき
フラッシュ・ライトを利用するコンボは後回しだったんじゃ？

786. 無垢
>>784
ランバージャックさんトコの生産職選抜が負けた試合に入れた
まあ卑怯に見えるかもだがアレはアレで有りだな
相手の有利な土俵を徹底的に避けるのはむしろ常道
つかあの高機動を見せた前衛の１人は前回の個人戦準優勝のファイター
地味だけどｗ

787. 都並
>>784
半ソロバードが加入したチームの敗戦に入れた
もう少し連携が上手くいってたら今回の準優勝チームは詰んでたよ
固定 PT である事のアドバンテージは何気に大きいね

788. カササギ
>>784
敢えて漁師チームの初戦に入れたｗ

ネタプレイに見えて理に適っているし
一方的にザクザクと突きまくる姿って素敵

789. モコ
>>784
ランバージャックさんトコの初戦に入れた
蹂躙って怖いよね

790. 堤下
>>784
こちとらサモナーなんでｗ
決勝戦に入れた
危うかったように見えたけどね
そういえば呪文を語るスレがまたしても加速してたね

791. 小龍
>>784
準優勝したチームの第四回戦に入れた
詰み将棋を連想したな、あれ
堅実なのもいいもんだぜ？

792. 九重
>>784 の人気に嫉妬
やっぱ決勝戦に入れたわｗ

793. ウォーレン
武技と呪文の対比で言えば噛み合わせもあったよな
サモナーさんの戦闘スタイルはフォロワー出てくるんじゃね？

794. ココア
敗退したチームだって優勝しておかしくないチームはあったと思うよ？
むしろ全員が種族レベル 10 に満たないチームの善戦に投票した
もう 1 チームいたけど蹂躙されちゃってたね･･･

795. 安原
次があるか分からないけど定期的に大会があってもいいな
職業系等別の個人戦とか
サモナー同士のチーム戦とか
団体戦があってもいいな

796. カササギ
>>795
先鋒　ランバージャックさん
次鋒　半ソロバード
中堅　サモナーさん
副将　漁師弟
大将　漁師兄
団体戦は全チーム棄権だな

797. 泉
>>796
現在のプレイヤーで最強の布陣組むならどうするかね？
サモナーさんは召喚モンスター抜きで前衛になれそうだがw

798. ミック
弓持ちで抜けている強プレイヤーは見当たらないんですよね
いや、皆さんそれぞれに強いんですけど

799. ズオウ
ドワーフ、エルフの括りで個人戦も面白いかもね
個人的には精霊同士のガチバトルは対戦でやってるけどエフェクトが派手でいいw

800. 新次郎
今日は難民が多いのね
立ったよー
つ闘技大会反省会　おかわり 17 杯目
16 杯目は過去ログ倉庫には最初から無いから注意ね

801. 九重
>>800
乙乙

802.∈(-ω-)∋
やあ　∈(-ω-)∋　zzz

803. ミック
>>802
寝てるんじゃないw

────────────（以下続く）────────────

魔物情報総合スレ　リスト７枚目

1. 周防
【識別】結果はスクショ推奨です。
報告書式は **>>2** あたりで。
確定情報でない部分も空欄にせず、不明である事を明示して下さい。
外部リンクの在り処は **>>3** あたりで。
次スレは **>>980** が立てて下さい。
過去スレ：
魔物情報総合スレ　リスト１枚目-6枚目
※格納書庫を参照のこと

――（中略）――

356. シェルヴィ
まとめて６種です。
[場所]
レムトの町、闘技大会試合会場
[名称]
パンタローネ、パリアッチオ、ザンニ
インナモラート、インナモラータ、コロンビーナ
[区分]
イベントモンスター　魔人
[レベル]
不明
[剝ぎ取ったアイテム]
不明
[戦闘スタイル]
不明
[備考]
幻影として登場
名称は全てコンメディア・デッラルテの登場人物に準拠

357. ルナ
>**>356**
乙
またレベルの見えない連中かー
しかも魔人？

358. 浪人２号
>**>356**
コンメディア・デッラルテって？
検索してみたが今ひとつよう分からん

359. ホウライ
>>358
簡単に言えばお約束キャラ
演劇などで観客にも分かり易い工夫とも言い換えていいと思う
能面でも翁とか小面とか般若面とか、見たらどんなキャラか分かる
歌舞伎の隈取りでも赤は正義、青は悪者、茶色は妖怪変化、とかね
例えば
主人公だけど弱虫で泣き虫のイジメられっ子
その友人で機転の利くお助けマン
力が強く暴力的なガキ大将
そのガキ大将の腰巾着、金持ちで傲慢な気取り屋
主人公が憧れている可愛くて人気者の女の子
ハンサムで運動も得意なクラスのリーダー的な男の子
口煩い主人公の母親
こういった役割を役者が即興で演じる訳だ
簡単なお題を与えられる事もある
それぞれの役割が分かり易いように記号的な外見にするのと一緒
コンメディア・デッラルテはイタリア発の即興演劇
各キャラは仮面を使ったりする
使わないのもいるけど、服装とかで分かるよ

360. シェルヴィ
>>359
補足乙です
魔人は今までにソードダンサーを中継ポータル開放時に見ました
あとサモナーさんも魔人と２回戦った、と言ってましたね
他にもいそうですね
アルレッキーノ、ブリゲッラ、プルチネッラ、イル・カピターノとか
いてもおかしくなさそう

361. ルナ
魔物、精霊、妖精、妖怪、天将、神使、それに魔人ねえ
何にせよレベルの見えない相手と戦うのは避けたい

362.zin
>>356
幻影は確定？

363. シェルヴィ
>>362
です。
高位 NPC が全部対応してましたね
明らかにイベントの気配です

364. 桜塚護
魔物の動向がまた変わらなきゃいいけど
狩りが滞ると困る

365. ホウライ
まあゲームなんだし色々と交ぜてカオスなのも許せるけど
混乱さえしなきゃいいさ

366. 浪人２号
>>359
把握した
過疎スレなのに急に人が増えたｗ

367. ツツミ
そういえば北方面でも魔人いたって話は聞いたな
死に戻ってたけど

368. クロウ
魔人か
NPC ドワーフの口伝で何か聞いたことがあるな
詳細が思い出せないが

369. サキ
西方面ではサモナーさんが遭遇した、という話だけしかないですね
【識別】した結果は残念ながら無いのですが

370. 空海
過疎ってる事が多いけど結構重要なんだけどな、ここ
もうちょっと賑わって欲しいんだけど
何が悪いのかね？

371.zin
>>370
先行組が情報秘匿するパターンは普通にある事
情報を公開するしないはプレイヤー側の胸先三寸
つかこのスレの存在を知らないプレイヤーが多いんじゃね？

372. ゾーイ
ま、そういった所も気にせず先に進んでもいいけど
飽くまでもリスクは自己責任よねー

373. クロウ
>>371
情報共有化のメリットデメリットの話は議論スレでお願い
荒れる予感しかしない

374. ホウライ
敢えて掲示板も一切見ないで自力でプレイするのもアリだし
楽しみ方も人それぞれでいいんじゃね？
情報交換を通じての交流を楽しむのだってアリだし
否定せずに全てを受け入れるんだ
価値観は１つじゃないよ

375. 小龍
運営にスレごと削除されるような愚かな行為でもしない限り認める

376.zin
>>375
ああ、あれか

377. ゾーイ
>>375
またか
またなのか

──────────（以下続く）──────────

魔法使いが呪文について語るスレ★57

1. カササギ
荒らしスルー耐性の無い方は推奨できません。
複数行の巨大 AA、長文は皆さんの迷惑になりますので禁止させていただきます。
冷静にスレを進行させましょう。
次スレは **>>950** を踏んだ方が責任を持って立てて下さい。
無理ならアンカで指定をお願いします。
過去スレ：
魔法使いが呪文について語るスレ★1-56
※格納書庫を参照のこと

──（中略）──

144.∈(-ω-)∋
やあ　∈(-ω-)∋　時空魔法 Lv10 呪文お披露目？

145.zin
>>144
多分、な
呪文使った後のレッサーオーガの打撃力は明らかに違うようだし
時空魔法 Lv10 呪文はグラビティ・メイルとリジェネレートの 2 つかな？
もう 1 つあっても不思議じゃないが

146. 紅蓮
>>144
まだ確認取れてないけど多分そう
欲しいけど遠いなあ

147. ニア
つかどんだけ魔法技能が成長してるのって話なんだけどｗ
派生魔法も Lv6 呪文をクリアしてるようだし
つかサモナーさんは技能取り過ぎｗ

148. 紅蓮
サモナーさん以外でクラスチェンジしているプレイヤーも出てきているし
検証も間に合わないよ・・・orz

149.zin
>>148
次の報告書化をお待ちしております

150. エルディ
>>148
統計データ今見てた
お茶噴いたわｗ
ま、いずれは出てくると思ってたけど

151. ツツミ
>>148
期待してるぞｗ

152. モコ
エレメンタル・ソーサラー『火』（火魔法師）
メイジ（魔法師）
この差は何だろう？
確か NPC のギルド長はエレメンタル・メイジ『光』だったと思うけど

まだ先がある？

153. レイナ
生産職も上位が出てきて欲しいなあ

154. 豪徳寺
魔法使いでなくとも呪文他への影響の有無は知りたい
つかクラスチェンジ候補は複数あったんだろうか？

155. コロナ
港町でそれらしきプレイヤーは見掛けた気がする
アーチャーだけど
でもそのうちに珍しくもなんともなくなるんだろうな

156. レイナ
>>155
それは言える
グランドサモナー見飽きましたｗ

157. 紅蓮
>>152
エレメンタル・ソーサラー『火』
この表記を自然に受け止めると、特定の魔法技能に対して強化かな？
魔法技能でも一定のレベルを満たすとエレメンタル・ソーサラー？
複数の魔法技能を育てているとメイジ？
そんな感じじゃないかと推測するけど

158. ホウライ
>>157
究明は解析班に任せたｗ

159. ルパート
あんた鬼やｗ

160. シェーラ
呪文でも色々と定型的な使われ方が確立しそう
弓矢と土壁はもう定着してるけど
今回は光源と影斬りがお目見えしたのは定着する予感

161. カヤ
益々多様化してくるね
装備面でもがんばらないとなあ

162. カササギ
>>157
とりあえずサモナーさん関連で問い合わせヨロ

163. 紅蓮
最近、掲示板で鬼が多くて困ってます

164. コロナ
>>163
アキラメロンw

――――――――――（以下続く）――――――――――

ミーティングでは聞き役に徹しました。何も報告出来る事が無いので仕方ない。

進行はいつも通りフィーナさんとサキさん。プレイヤー人数は攻略組を始め、大会参加者や観戦に行っているせいか少なめか？　ただ初見と思えるプレイヤーが多い。

幾つか収穫もあった。闘牛の剝ぎ取りアイテムでもある肉類の買取り価格を一時的に下げる事を告知してました。在庫が増えつつあるらしい。

W3のエリアポータルの拠点化のため、事前調査も行われたようだ。人員の増加を見越して開発を進める計画が生産職を中心に進んでいるようです。一方でN1W2のエリアポータル拠点化は後回しになるようだ。

攻略組も減っているので今はどの方面も探索が滞っている。大した情報は無い。だが昨日のようなイベントを匂わせる事態を受け、魔人についての注意喚起が行われていた。出来れば【識別】結果はハードコピーで保存、外見もスクショで保存を推奨らしい。

普段、オレってそういう事はやっていないな。召喚モンスター絡みでかろうじて利用するに留《とど》まっている。

生産職の方も滞っているか、と思ったが色々と進展してました。樹木では栗《くり》の収穫があったようだ。畑ではトウモロコシの収穫があり、粉挽《こなひ》きまで進んでいたりする。綿花関連も順調らしい。

木材の伐採は進んでいないみたいだが、キノコの原木栽培による収穫は間近らしい。石工も増えてるようで、村の周囲の防備が整備されつつある。人手がやや減っていても色々進んでいた。

さて、ミーティングが終わると、対戦に興じるプレイヤーを眺めながらどう過ごすか考え込んだ。数日の間はここを拠点に狩りをしながらマルグリッドさんを待つ予定だ。

悩んでいるのは狩りに向かう方向だ。西に行くのは止《よ》そうかね？　聞いた範囲では北も南も進展がそんなに無いみたいだし。

南の洞窟に行ってみるか。牛頭《ごず》に馬頭《めず》、金剛力士を相手に戦いを挑んでみよう。召喚モンスター達のレベルアップにもいい。


「あら、もうこっちに来てたの？」

「改めて優勝おめでとう」

「ども。暫くはここを拠点に狩りの予定です」

「何かまた別のイベントのようね？」

「出現したのは魔人でしかも格上のようですが」

「また魔物の出現状況が変わるのかが心配よね」

「うちのメンバーが戻ったら色々と面白い話は聞く事になりそうだけど」

何でしょう？　二人とも意味ありげな視線を交わしてますが？

「相変わらず、話題に事欠かないわよねえ」

「ま、それも貴方らしいのだけどね」

少しだけ雑談をして、雨避《あまよ》けのローブと食材を幾らか買い込んだら辞去する事にした。ハンネスがいたら野菜とか無料で分けて貰えるんだがなあ。グロウ・プラントは樹木関係だけサービスで掛けておきますけどね。


村を出ると南へと平原を駆けていく。魔物の様子に変わりは無いようだ。移動中の主な獲物はラプターだ。特に変化は無い。

つか残月に乗っているからナインテイルもヘザーも全開で特殊能力を使わせている。ヘリックスと黒曜もだ。オレは呪文を交えながら呵責の捕物棒で突くだけだ。大した活躍は出来ていない。

まあいいか。古代石も剝げているしな。

南の洞窟に到着。陣容は一新させていこう。最初に召喚したのは骸骨の無明、狙いは当然クラスチェンジだ。これに加えて探索役に蝙蝠のジーン、前衛の主戦力でゴーレムのジェリコ。レベルアップ狙いで人形の文楽と蛇のクリープ、主役は闘技大会に参加出来なかった面々だ。存分に暴れさせてやりたい。

視界はノクトビジョンで確保して洞窟へと突入する。まずは牛頭と馬頭からだ。

本日のメイン洞窟の担当はコボルトでした。ジェリコだけで簡単に片付きそうな感じだ。出来るだけ前衛は無明とクリープに任せて進んでいるが、ジーンもいるからまるで難敵にならない。

ダメだこりゃ。早く牛頭と馬頭に会いたい。その思いはすぐに叶《かな》えられた。一番近くにあった出現ポイントにちゃんといました。

牛頭　レベル2
妖怪　討伐対象　パッシブ
戦闘位置：地上　火属性

馬頭　レベル2
妖怪　討伐対象　パッシブ
戦闘位置：地上　火属性

宜《よろ》しい。おっと【解体】は控えにしておかないといけないな。先々で拾えるアイテムが豪勢になるからな！

強化呪文を全員に順次、使用する。さて、久し振りに挑んでみますか。

戦闘終了まで二分掛かりませんでした。反省だな、これは。最初にオレだが、武技と呪文の支援が過剰だった。練気法とグラビティ・メイルの重ね掛けは余計だったように思う。どうしても勝てそうにない所まで我慢して、どちらかを外すべきだろう。力水も当面は禁止だな。
召喚モンスター達も同様です。フィジカルエンチャント系は全部使ってたのだが、グラビティ・メイルは余計だった。牛頭は一分ともたずに沈んでしまっていた。やはり適度な苦戦が望ましい。
急いで近くの牛頭と馬頭の出現ポイントへ向かう。支援呪文の効果が継続している間にもう一組、戦えそうなのだ。苦戦は望ましいが呪文の無駄遣いは望ましくない。中継ポータルへと向かう支道を進むとお望みの連中がいた。

牛頭　レベル3
妖怪　討伐対象　パッシブ
戦闘位置：地上　火属性

馬頭　レベル3
妖怪　討伐対象　パッシブ
戦闘位置：地上　火属性

いつも通りレベルが上がってる。先刻よりは苦戦するだろう。

変わりませんでした。武技と呪文の相乗効果が高い、と言わざるを得ません。オレも馬頭相手に呵責の杖を敢えて使わず素手でやってみたのだが、殴り倒してしまった。壁に突っ込ませたのは最初だけで後は殴る蹴るのみだ。関節技を使うまでもなかった。
これは調整が必要だ。加減するのは難しいと思う。実際、次の牛頭と馬頭で問題は起きた。

牛頭　レベル4
妖怪　討伐対象　パッシブ
戦闘位置：地上　火属性

馬頭　レベル4
妖怪　討伐対象　パッシブ
戦闘位置：地上　火属性

戦闘中に強化呪文の効果が切れた。想定はしてたがグラビティ・メイルが真っ先に効果が切れてしまい、途端に苦戦する状況に陥った。牛頭はジェリコがいてくれたので問題は無かった。馬頭を相手にしていたオレに問題が出た。いきなりパワー負けしてしまい、吹き飛ばされたのだ。喰らったダメージはＨＰバーの三割に及んでいる。

こんな事では先が思いやられる。それでもなんとか倒しきった所で収穫があった。

《只今の戦闘勝利で召喚モンスター『文楽』がレベルアップしました！》
《任意のステータス値に1ポイントを加算して下さい》

普段は戦闘の機会が少ない文楽だが、後方から地味に、それでいて確実な支援を行っている。つか護鬼が後衛だったのが前衛に出ていたりするから、正しく後衛として行動しているのは文楽だけだ。地味だけど貴重な戦力なのです！

文楽のステータス値で既に上昇しているのは器用値だ。任意のもう一ポイント分のステータスアップは精神力を指定しておく。

文楽

ウッドパペットLv6→Lv7(↑1)

器用値　28(↑1)
敏捷値　10
知力値　19
筋力値　12
生命力　12
精神力　11(↑1)

スキル

弓
料理
魔法抵抗[微]
自己修復[微]

さて、ここからだと次の牛頭と馬頭を目指すよりも金剛力士像がある場所の方が近い。空《す》いているようであれば挑んでもいいだろう。

金剛力士像の前に到着。空いてる、というか誰もいません。中の広間にはちゃんとプレイヤーがいて、狛犬《こまいぬ》と獅子のペアと楽しそうに戦闘をしていた。ギャラリーもそっちにいる。空いていたのはたまたまのようです。

いい機会だ。このまま金剛力士に戦いを挑もう。

現在所有する力水の量は半分を割り込んでいる。だが構いはしない。使え！　金剛力士から貰える可能性は高い。そうそう、【解体】はセットしておこうか。

ただ力水を使うのはオレだけにしておく。フィジカルエンチャント系の強化呪文は全員に掛ける。オレだけにメンタルエンチャント系も使った。その上でグラビティ・メイルを全員に使えばかなり効果が高まるだろう。

更にオレにはレジスト・ファイアとエンチャンテッド・アクア。召喚モンスター達にレジスト・アースとエンチャンテッド・ウィンド。考え得る支援呪文で強化してみた。どこまで強くなっているのか、試したかったのだ。但し、動き出した金剛力士がやや想定外でした。

金剛力士・阿形《あぎょう》　レベル7
天将　討伐対象　アクティブ
戦闘位置：地上　火属性

金剛力士・吽形《うんぎょう》　レベル7
天将　討伐対象　アクティブ
戦闘位置：地上　土属性

レベルが高い。今まで見た事が無い数字なんですけど？　まあいい。オレは阿形の相手をしよう。吽形は召喚モンスター達に任せる。

以前に戦った記憶を思い出せ。難敵ではあったが勝っている相手だ。レベルが跳ね上がっているが、こっちも以前のオレ達ではない。


「練気法！」

これも忘れてはならない。両手に持つトンファーを握り締めて阿形に向けて駆け出した。


強いかって？　当然、強いです。以前よりパワーアップしている。動きも速い。ついでに独鈷《どっこ》杵《しょ》から伸びる炎の刃が熱い！　攻撃は速く的確に急所を狙っていた。だがそれを利用してカウンターを狙った。

オレだって以前よりレベルアップしているし、呪文の強化も進んでいる。阿形の防御は堅いが手応えはあった。手首を散々に攻撃されて独鈷杵を落とした阿形、今度は相撲のスタイルで攻撃を仕掛けてくる。

これも速い。だが想定の範囲内だ。多少はダメージを喰らいはするが、カウンターの効果の方が大きい。転がすのは難しかったが、出来なくはなかった。呪文で強化した効果だろう。何よりも体格差によるハンデが感じられないのは有難い。阿形を思い通りにコントロールして倒しきった。

倒すまで三分ちょっと。オレが阿形を倒した時にはジェリコ達も既に吽形を倒していた。力水も拾えたし目論見《もくろみ》は成功だろう。ただ呪文も武技もまだ効果時間に余裕がある。他のプレイヤーがこっちに来る様子も無い。

もう一戦、やっておくか？　力水だけ追加で使うともう一回、おかわりを要求しました。

金剛仁王・阿形　レベル1
天将　討伐対象　アクティブ
戦闘位置：地上　火属性　水耐性

金剛仁王・吽形　レベル1
天将　討伐対象　アクティブ
戦闘位置：地上　土属性　風耐性

レベルが低くなった？　最初はそう思ったが名前が違っていた。金剛力士がクラスチェンジしたのかよ！　だが問題はそこじゃない。両方とも耐性持ちだ！　だが迷う暇は無い。連中はオレ達より先に動き出していた。阿形がオレに。吽形はジェリコに迫る。先手を取られたか！

吽形の独鈷杵の剣先がジェリコに撃ち込まれた。液状化で対応しているがダメージは相応に喰らっているようだ。その代償にジェリコは吽形の体を覆う事に成功する。背後に回ると吽形の足を摑《つか》んで転ばせた。その足にクリープが絡み付いていた。

優勢か？　いや、オレの方も気にしろ！

阿形の炎を纏《まと》った刃が独鈷杵から伸びている。

金剛力士の時と比べても見た目が派手だ。それに阿形の装備は金剛力士と金剛仁王では違う。天女の羽衣みたいな布が体の周囲を漂っている。腰周りも少し派手か？　表情は憤怒のままで変わらないがより厳しく見えた。

脇の下を抜けるついでにトンファーで突きを与えてみたが、手応えが違った。間違い無い、こいつは強い。オレとの力量差がかなりある。

「メディテート！」「ブレス！」

保険で武技も追加して呪文を選択して実行。あの独鈷杵からどうにかしないといけない。攻撃を凌《しの》ぎつつ手首や肘を何度も叩《たた》く。それでも独鈷杵を奪う事が出来ない。逆に相手の攻撃が掠《かす》るだけでダメージを喰らってしまう。レジスト・ファイアは有効な筈だが、それでもダメージが大きい。

それに暑い！　これは気が抜けないぞ？

「フラッシュ・フラッド！」

火には水を、まあ基本だよな？　至近距離からまともに喰らわせましたとも！

同時に右肘を押しながら腕を抱え込んで極《き》めに行く。そのまま体を反転しながら引き込んだ。だが投げるまでには至らない。パワーが違う。

地面に上半身が触れようか、といった所で抱えた腕に膝蹴りを加えた。一撃ではダメだったが、三撃で折れたようだ。

独鈷杵も手から離れる。まだ安心出来ないが見通しはある。阿形のＨＰバーは残り半分とちょっとだ。なんとかなるだろう。

阿形は倒しきった。危なかった。

練気法の効果は途切れた。グラビティ・メイルの効果はもうすぐ切れるだろう。エンチャント系もヤバい。で、召喚モンスター達の方はどうだ？

　咋形は酷い事になってます。両足はクリープに絡まれて外れそうにない。無論、足に噛《か》み付いている。独鈷杵は既にその手に無く、腕はジェリコに踏まれた状態だ。そのまま地味に殴られ続けている。ジーンには頭を突かれ、少し距離を置いた所から文楽が矢を放つ。無明はジェリコと反対側の腕を潰すかのように攻撃し続けていた。

　こう言っては何だが気の毒だな。

《只今の戦闘勝利で【闇魔法】がレベルアップしました！》
《【闇魔法】呪文のエンチャンテッド・ダークを取得しました！》
《【闇魔法】呪文のカーズド・シャドウを取得しました！》
《只今の戦闘勝利で【耐暑】がレベルアップしました！》
《只今の戦闘勝利で【軽業】がレベルアップしました！》
《只今の戦闘勝利で召喚モンスター『無明』がレベルアップしました！》
《任意のステータス値に1ポイントを加算して下さい》
《召喚モンスター『無明』がクラスチェンジ条件をクリアしました！》
《クラスチェンジは別途、モンスターのステータス画面から行って下さい》
《只今の戦闘勝利で召喚モンスター『クリープ』がレベルアップしました！》
《任意のステータス値に1ポイントを加算して下さい》

　これは計画通りだ。無明は昨夜から続けて活躍させていたからな。それにクラスチェンジもある。クリープも順当にレベルアップしているし、先々の楽しみが増えたぞ！

さて、無明のステータス値で既に上昇しているのは精神力だ。もう一点は知力値を指定した。クリープのステータス値で既に上昇しているのは生命力だ。もう一点のステータスアップは器用値を指定する。

無明	**クリープ**
スケルトンLv7→Lv8（↑1）	バイパーLv4→Lv5（↑1）
器用値　16	器用値　12（↑1）
敏捷値　16	敏捷値　16
知力値　13（↑1）	知力値　12
筋力値　13	筋力値　12
生命力　13	生命力　17（↑1）
精神力　13（↑1）	精神力　11
スキル	スキル
槌	噛み付き
小盾	巻付
受け	匂い感知
物理抵抗[微]	熱感知
自己修復[中]	気配遮断
闇属性	毒

クリープの攻撃と支援は地味だ。絡み付くその姿は生体ロープ？　今回のように両足を縛るとか、いい支援だと思う。

戦闘は終わった。金剛仁王達が何もアイテムを残さなかった点は大いに不満であるが、今はそれ所ではない。中継ポータルに急ごう。クラスチェンジのお楽しみがあるのだ。

中継ポータル手前の広間では相変わらずギャラリーはいるが、以前より少ない。戦っている相手は狛虎達だ。しかも挑んでいるパーティはサモナーだ。二人のサモナーと六体の召喚モンスター、これはユニオンを組んで挑んでいる訳だ。

観戦したい誘惑を振り切って広間を迂回《うかい》しながら中継ポータルに向かう。優先すべきは無明のクラスチェンジだ。

中継ポータルに到着。まずは確認だ。現状のステータスを仮想ウィンドウを表示してハードコピーで保存する。そしてクラスチェンジ候補を並べてみた。

クラスチェンジ候補
スケルトンファイター
スケルトンハンター
スケルトンソーサラー

候補が三つあるのか。その名前は現在のスケルトンの名前に職業名がくっついただけのようです。今までの活躍を考えたら順当なのはスケルトンファイターだよな？　まあいい。クラスチェンジ後の変化を比較する方が先だ。

無明

スケルトンLv8→スケルトンファイターLv1(New!)

器用値	16	敏捷値	16
知力値	13	筋力値	14(↑1)
生命力	14(↑1)	精神力	13

スキル

剣(New!)	槌
[ ]	小盾
受け	物理抵抗[小](New!)
自己修復[中]	闇属性

【スケルトンファイター】召喚モンスター　戦闘位置:地上

人間の骨格だけのアンデッド。攻撃手段は武装による。
体格は人間と同等、前衛も後衛もこなす事が出来る。
人間が使う武器はどれも使いこなす事が可能。
夜目は非常に利く。
通常のスケルトンよりもパワーがある。
核を二箇所とも破壊されない限り延々と自己回復し続ける能力を持つ。
日光の下では弱体化するので注意を要する。

《クラスチェンジしますか?》

《Yes》《No》

無明

スケルトンLv8→スケルトンハンターLv1(New!)

器用値	17(↑1)	敏捷値	17(↑1)
知力値	13	筋力値	13
生命力	13	精神力	13

スキル

弓(New!)	槌
[ ]	小盾
受け	物理抵抗[小](New!)
自己修復[中]	闇属性

【スケルトンハンター】召喚モンスター　戦闘位置:地上

人間の骨格だけのアンデッド。攻撃手段は武装による。
体格は人間と同等、前衛も後衛もこなす事が出来る。
人間が使う武器はどれも使いこなす事が可能。
夜目は非常に利く。
通常のスケルトンよりも素早い。
核を二箇所とも破壊されない限り延々と自己回復し続ける能力を持つ。
日光の下では弱体化するので注意を要する。

《クラスチェンジしますか?》

《Yes》《No》

無明

スケルトンLv8→スケルトンソーサラーLv1(New!)	
器用値　16	敏捷値　16
知力値　14(↑1)	筋力値　13
生命力　13	精神力　14(↑1)

スキル	
杖(New!)	槌
小盾	受け
物理抵抗[小](New!)	自己修復[中]
闇属性	[　]

【スケルトンソーサラー】召喚モンスター　戦闘位置:地上
人間の骨格だけのアンデッド。攻撃手段は武装による。
体格は人間と同等、前衛も後衛もこなす事が出来る。
人間が使う武器はどれも使いこなす事が可能。
夜目は非常に利く。
通常のスケルトンよりも特殊能力に秀でている。
核を二箇所とも破壊されない限り延々と自己回復し続ける能力を持つ。
日光の下では弱体化するので注意を要する。

《クラスチェンジしますか?》
《Yes》《No》

スケルトンファイターでは剣が増えました。そして物理抵抗が［微］から［小］になっている。空きスキルには様々な武器技能が入るようです。弓を入れたら鬼の護鬼と被るな。つか後衛に回すと自己修復能力が勿体無い。

スケルトンハンターでは弓が増えました。ステータス上昇は器用値と敏捷《びんしょう》値になっている。個人的にステータスだけならこれが一番理に適《かな》ってるように思える。しかしスケルトンはやはり前衛、という意識も働く。ここに来て悩ましいぞ？

オレだってサモナーでありながら前衛もこなしてきた。スケルトンハンターが前衛に出てもいいじゃないか、とも思う。

そしてスケルトンソーサラーでは予想通り、杖が増えました。空きスキルは属性が入るようで、その選択肢は火、風、土、水の四種だ。スキルだけで言えばこれが最も魅力的に見える。前衛で使うならこれまで通り、槌があればいいんだし。まあとりあえず、データは保存しておく。

ところで運営に言いたい。説明文は手抜きが過ぎると思います！

前衛にするか、後衛にするか。最後はファイターとソーサラーで散々悩んだけど、決めました。

空きスキルを埋めて《ＹＥＳ》を押す。

無明

スケルトンLv8→スケルトンソーサラーLv1（New!）	
器用値　16	敏捷値　16
知力値　14（↑1）	筋力値　13
生命力　13	精神力　14（↑1）

スキル	
杖（New!）	槌
小盾	受け
物理抵抗[小]（New!）	自己修復[中]
闇属性	火属性（New!）

現在の召喚モンスターの布陣を思い返したが、前衛が多いよね？　無明のこのスキル構成ならば後衛は勿論《もちろん》、前衛も可能だ。槌は金属製だと魔法技能にはマイナスだが、プレイヤーでも同様なのだし実際使っている奴だっている。防具は例のカニ装備のままなら魔法技能の邪魔にならないのもいい。杖はオレの持っていた呵責の杖をそのまま渡した。オレの分は昼飯時にでも作っておけばいい。それにオレにはトンファーがある。

　では早速、その真価を見せて貰おう。ただ金剛力士が相手では観察するだけの余裕が無い。牛頭と馬頭のペアがいいだろう。この先の坑道の奥に二箇所、出現ポイントがあった筈だ。

第二章

坑道の奥にある牛頭《ごず》と馬頭《めず》の出現ポイントでオレが把握しているのは二箇所だけだ。最初の一箇所は出現しなかった。どうやら本日分は既に狩られていたようだ。で、もう一箇所なのだが、こっちにはちゃんといました。

牛頭　レベル5
妖怪　討伐対象　パッシブ
戦闘位置：地上　火属性

馬頭　レベル5
妖怪　討伐対象　パッシブ
戦闘位置：地上　火属性

宜《よろ》しい。忘れずに【解体】は控えに回した。敢《あ》えて呪文による強化はオレだけにしておく。無明の地力がどうなっているのか、知っておきたい。召喚モンスター達《たち》には特に指示もしなかった。

さて、どうなりますか？

現在、馬頭の頭を押さえ込んで極《き》めながら牛頭と戦うジェリコ達を見てます。これは酷《ひど》い！

基本的に戦い方が変わっていない。クラスチェンジしたばかりの無明は轟音《ごうおん》の槌《つち》と盾で前衛として戦ってますが何か？　まあジェリコもいるし、クリープが早々に足に絡んで転ばせていたので安心ですけどね。

ただ変わっている所もある。無明の攻撃に新たな手段が加わっていた。黒い帯を伸ばして牛頭を打ち据えている。大したダメージを与えているようには見えなかったが牛頭が状態異常に陥ったのは確認出来た。暗闇状態だ。

ただ牛頭は転がされたままだし、無明の攻撃では槌で喰《く》らわせているダメージの方が大きいようだ。無明も多少はダメージを喰らっているが、それも問題は無い。自動回復してくれている。護鬼と同様、多方面で役に立ってくれるだろう。

では次だ。金剛力士、いや、金剛仁王を相手に戦闘を挑んでみようか？

中継ポータルを抜けて広間に出た。金剛力士のペアは対戦中だった。ギャラリーもいるようだがここもスルーで。広間外の金剛力士は空《す》いているかな？　こっちは空いてました。ギャラリーもいないようです。ならば早速、相手をして貰《もら》おう。

今度は思いっきり呪文で支援してから挑みたい。力水も遠慮せず使おう。

金剛力士・阿形《あぎょう》　レベル2
天将　討伐対象　アクティブ
戦闘位置：地上　火属性
金剛力士・吽形《うんぎょう》　レベル2
天将　討伐対象　アクティブ
戦闘位置：地上　土属性

えっと、弱体化し過ぎ！

どうも良く分からないな。牛頭と馬頭のレベルが上がっていくには【解体】を外してアイテムを拾わなければいい。これは分かり易《やす》い。

だが金剛力士の場合は違うようだ。完全にランダム？　こっちのレベル依存で上が決まっているのか？　まあそっちの方が理解し易い。

阿形は、といえば三角絞めで仕留めました。強さに差があり過ぎ！　正直、グラビティ・メイルも力水も不要でした。

吽形は？　これもまた楽勝。呪文に使った

MP《マジックポイント》が惜しくなってしまう。

アイテムは変性岩塩（聖）をゲット。それはいいとして、呪文を使った分、もう少し付き合って欲しいのですよ。都合がいい事にここの金剛力士に挑むパーティの順番待ちはいない。ギャラリーもいないのだ。ならばもう一戦、やるぞ！

金剛仁王・阿形　レベル1
天将　討伐対象　アクティブ
戦闘位置：地上　火属性　水耐性

金剛仁王・吽形　レベル1
天将　討伐対象　アクティブ
戦闘位置：地上　土属性　風耐性

で、次がこれです。クラスチェンジしているじゃないか！　差が激し過ぎるだろ！

運営に申し上げたい。何とか勝てたからいいですけどね、出来たらもう少し分かり易い法則でレベル変動してくれませんかね？

オレのＨＰバーも半分を割り込んだ。ジェリコも結構喰らっていて三割程度減っている。無明も半分近く喰らっているが、まあ放っておいてもいいだろう。自動回復するからな。クリープは残り三割になっていたので回復呪文を使っておく。

いや、今日はもう連戦は止《よ》そう。牛頭と馬頭を相手にする方がまだいい。

《只今《ただいま》の戦闘勝利で【召喚魔法】がレベルアップしました！》
《只今の戦闘勝利で【身体強化】がレベルアップしました！》
《只今の戦闘勝利で【平衡】がレベルアップしま

した！》
《只今の戦闘勝利で【魔法効果拡大】がレベルアップしました！》
《只今の戦闘勝利で【魔法範囲拡大】がレベルアップしました！》
《只今の戦闘勝利で種族レベルがアップしました！　任意のステータス値2つに1ポイントを加算して下さい》
苦戦した甲斐《かい》はあったけどな！　でも暑かったし痛かったし、大変なんですよ！　勘弁して下さいよ！　一通り文句を脳内で喚《わめ》き散らすと仮想ウィンドウに集中する。

ステータス	
器用値	18
敏捷値	18
知力値	24
筋力値	18（↑1）
生命力	18（↑1）
精神力	24

かなり数字の並びが美しくなった。

6の倍数で揃《そろ》いました。次はどうする？　9の倍数を目指そうか？　それとも5の倍数にするか？　いずれにせよ次は知力値と精神力だな。

《ボーナスポイントに2ポイント加算されます。合計で39ポイントになりました》

《只今の戦闘勝利で召喚モンスター『ジーン』がレベルアップしました！》

《任意のステータス値に1ポイントを加算して下さい》

今回は相手が強敵だっただけの事はあったようだ。ジーンのステータス値で既に上昇しているのは精神力だ。もう一点のステータスアップは知力値を指定しておく。

ジーン

ブラックバットLv2→Lv3（↑1）

器用値　16	敏捷値　20
知力値　15（↑1）	筋力値　13
生命力　13	精神力　15（↑1）

スキル

噛み付き	飛翔
反響定位	回避
奇襲	吸血
闇属性	

これでようやく終わったよね？　だがまだやり残していた事がある。金剛仁王が何かを残していた。それは見覚えのある物体。【鑑定】したらこんな感じだった。

【武器アイテム：剣】

独鈷杵　品質B　レア度5　AP?　破壊力?　重量1　耐久値?　魔力付与品　属性?

天将が用いる武器。
使用者の力を得て顕現する。素材は不明。
強力な武器になり得るが、耐久値の回復は不可能。

なんじゃこりゃ。金剛力士が散々使っていながら、倒されたら消えていくあの武器だよな？　それが今、この手にある。これどうしよう？　護鬼しか剣の技能は持っていない。

柄《つか》に両手で持てるだけの長さは無い。つまり片手剣になる。見た目は鈍く艶の無い金属のようで、非常に地味だ。手に持って軽く一振りしてみる。

すると小さな仮想ウィンドウが開いた。

▼選択画面

時空魔法Lv10
光魔法Lv9
闇魔法Lv10
火魔法Lv10
風魔法Lv10
土魔法Lv10
水魔法Lv10
塵魔法Lv8
溶魔法Lv8
灼魔法Lv8
雷魔法Lv8
氷魔法Lv8
木魔法Lv8

▼収納

何だ、これ？　とりあえず一番上の時空魔法の行を凝視して選択してみる。独鈷杵《どっこしょ》からややグレーで半透明の刃が伸びた。

おお！　刃身の色こそ違うが、金剛力士が使っていたものと同様か？　独鈷杵の重さはそのままで変化は感じない。これ、刃身を戻すには仮想ウィンドウの収納を選択したらいいのね？　選択すると刃身は消えた。では一通り、刃身を出し入れしてみよう。

色々遊んでいたら奇妙な事に気が付いた。僅かだがオレのＭＰバーが減っている。何もしていないのに。いや、独鈷杵から刃身を出して振り回したりしていたけどさ。どうやら刃身を顕現している間、ＭＰバーが削れるのかな？　常時使えるような代物ではない。これは残念。

しかしこれは勿体無《もったいな》い。振り回してみるとその刃身が描く美しい軌道に見とれるばかりだ。護鬼に使わせる、となると闇属性だけって事か？　勿体無い。実に、勿体無いな。

……おかしいな？　オレのボーナスポイントが減っている。それに見慣れない武器スキルもあります。仕方ないじゃないか！　ボーナスポイントが余っているのがいけないんだ！　経緯はアレだがオレは【剣】技能を手に入れたぞ！

さて、こうなると実際に使ってみて使用感がどうなのか、確認しておきたいね！　相手は牛頭と馬頭がいいだろう。一応、左手にはトンファーも持って二刀流でいい。これは保険だ。

メインの洞窟でコボルトに先に出会ったので試してみました。指定したのは一番上の時空魔法。独鈷杵から伸びる刃身はややグレーで半透明。この状態のまま【鑑定】してみたらこうなった。

【武器アイテム：剣】

独鈷杵　品質B　レア度5　AP+19　破壊力1+　重量1　耐久値?　魔力付与品　時空属性

天将が用いる武器。
使用者の力を得て顕現する。素材は不明。
強力な武器になり得るが、耐久値の回復は不可能。

おお、攻撃力が高いな！　でも破壊力はそう高くないようだ。それでも問題は無い。何しろコボルトが弱過ぎる。但しサクサクと仕留めているから独鈷杵の真価が分からんのがいけない。

次のコボルトの連中もつまらなそうだ。振り回すと最も派手になる雷魔法にしてみました。独鈷杵から伸びる刃身はやや黄色がかった白、エフェクトが派手でかなり素敵です。この状態のまま【鑑定】してみたらこうなった。

【武器アイテム:剣】

独鈷杵　品質B　レア度5　AP+17　破壊力1+　重量1　耐久値?　魔力付与品　雷属性

天将が用いる武器。
使用者の力を得て顕現する。素材は不明。
強力な武器になり得るが、耐久値の回復は不可能。

おや？　攻撃力が低くなってないか？　謎だ。

まあいいか。参考にならないコボルトとの戦闘はさっさと済ませて先に進もう。待っていろよ、牛頭と馬頭。試し斬りにしてやる。いや、辻斬り《つじぎ》かな？　どっちにしても楽しみが増えました。

牛頭　レベル6
妖怪　討伐対象　パッシブ
戦闘位置：地上　火属性

馬頭　レベル6
妖怪　討伐対象　パッシブ
戦闘位置：地上　火属性

ありがとう。いてくれてありがとう。

さて、どうするか？　呪文の強化無しでやってみよう。そうそう、【解体】は控えに回すのも忘れてはいけないな。危なかったぜ！

雷撃の刃身で試してみた結論。

これ、いいね！　凄《すご》くいい！

馬頭へのダメージは中々のものだ。確かに破壊力に勝る呵責《かしゃく》のトンファーの方がより大きなダメージを与える場合が多い。でもこいつには別の利点がある。目の前の馬頭は麻痺《まひ》している。手数を出して斬ってたら、こうなってました。確実に麻痺してくれる訳ではないが、これは便利だ！


サクッと牛頭と馬頭を片付ける。次に行こう。

呪文は使ってないが、微妙にＭＰバーは減っている。でも気にしない。まだ十分に余裕はあった。

他の属性も試してみたいよね？　次の牛頭と馬頭だが、光魔法で試してみました。念のため【鑑定】もしておいた。


【武器アイテム：剣】

独鈷杵　品質B　レア度5　AP+18　破壊力1+　重量1　耐久値?　魔力付与品　光属性
天将が用いる武器。

使用者の力を得て顕現する。素材は不明。

強力な武器になり得るが、耐久値の回復は不可能。

攻撃力がまた違う。いや、待て。ここである仮定が成り立つ。攻撃力の差は魔法技能の差になってないか？　セットする魔法技能のレベルに依存していると考えたら合理性があるように思える。

まあそれはそれとして、馬頭を倒そう。光の刃身も雷撃の刃身に迫る派手なものだが、不満もある。これ、観戦側で見てみたい。

そしてこの光の刃身でも追加効果があった。馬頭の頭上の赤いマーカーに状態異常を示す小さなマーカーが重なっている。混乱していた。恐らくは他の魔法技能をセットしても同様な事が起きる、と考えたらいいかな？

では、次は闇魔法にしよう。


で、次の獲物ですが、そろそろ昼飯の事も考えないといけない。時刻は午前十一時を過ぎていた。

S1W2のエリアポータル、断罪の塔へ抜ける支道に二箇所、牛頭と馬頭が出現するポイントがある。そこへと進むのはいいんだが、最後の方にしておかないと効率が悪い。少し気にしておこう。

牛頭　レベル7
妖怪　討伐対象　パッシブ
戦闘位置：地上　火属性

馬頭　レベル7
妖怪　討伐対象　パッシブ
戦闘位置：地上　火属性

で、結果は？　やや戦闘時間がかかったものの、問題なく屠《ほふ》ってます。状態異常も確認した。暗闇状態にしたのだが、戦闘が結構進んだ所だったので恩恵は殆《ほとん》ど無かった。追加効果を過信するのは考え物か？　だが呪文詠唱せずに状態異常をある程度、期待出来る。多くを求めるのは止そう。十分ですよ！

では次だ。残る出現ポイントは三箇所。

全て踏破出来れば有難い。

牛頭鬼　レベル1
妖怪　討伐対象　パッシブ
戦闘位置：地上　光属性

馬頭鬼　レベル1
妖怪　討伐対象　パッシブ
戦闘位置：地上　闇属性

次の出現ポイントにも当然いた訳だが、クラスチェンジしている。オレの持つ独鈷杵だが順番的に火魔法だ。だがこれだけでは心配だ。全員、呪文で支援をしておいた。安全策で行こう。

牛頭と馬頭のペアがクラスチェンジでどこまで戦闘能力が上がるのか？　どこかで死に戻りそうな程に強くなると思うのだが、それだけに得られるアイテムにも期待が出来る。

オレの相手はいつも通りに馬頭、じゃなくて馬頭鬼。召喚モンスター達は牛頭鬼。

特に指示は出さなかった。それだけに驚いた事がある。無明の行動に変化があった。無論、オレだって馬頭鬼を相手に戦いながらだったから推測の部分はあるけど。

いつの間にか無明のＨＰバーは半分を割り込んでいた。その無明が槌と盾を手放し、呵責の杖《つえ》を持って後衛に回っていた。独自にこういった判断が出来る所は評価したい。

だが問題もある。呵責の杖だが攻撃呪文にはまるで寄与しない。ペナルティを受けないだけだ。実際、炎の塊をぶつけたりもしていたが、ダメージはそんなに与えていない。魔法技能を強化出来る装備として、杖なり首飾りなりが別に要る。これはオレのミスだ。

　だが今は妖怪共を倒すのが先だ。攻撃呪文も交えて馬頭鬼を倒しに行く。エネミー・バーンは過剰火力だったかもしれないが、そんな事も言っていられなかった。

　馬頭鬼を片付けると、牛頭鬼を相手にしているジェリコ達に加勢する。囲んでボコボコにして片付けた。だが無明が後衛に回った影響は地味に大きかったようでクリープはかなりダメージが蓄積している。ジーンもＭＰバーが半分以下にまで減っていた。

《只今の戦闘勝利で職業レベルがアップしました！》
《只今の戦闘勝利で【剣】がレベルアップしました！》

　取得してそう時間が経過してないのにもうかよ！　まあそれはそれとして、一旦落ち着こう。インスタント・ポータルを使う。中継ポータルに戻る時間も惜しい。オレ自身、頭を冷やさないといけないしな。


　人形の文楽に料理をさせている合間に《アイテム・ボックス》を整理した。木材ならある。でも矢を作製する為《ため》の端材だけだ。細過ぎて杖には使えない。白銀の首飾りはあるのだが、宝石は付いていない。何よりもヴォルフやティグリス向けのサイズだったりするので無明には合わない。

　仕方ない、無明はここで交代だな。文楽も料理と片付けを終えたら交代でいいかな？　ついでにクリープも交代でどうだろう？　ジェリコはそのまま前衛でいい。ジーンは牛頭と馬頭を相手にパッシブで近寄るのに必要だ。さて、どんな布陣にしようか？

　そうだ、ついでに十八体目の召喚モンスターを決めておこう。【召喚魔法】がレベルアップしているんだし、いい機会だ。呵責の杖を無明から受け取って帰還させる。既に召喚してあるモンスターを除いてリストを表示させるとこうなった。

大亀
ギガントビー
ビッグスパイダー
ビッグクラブ
シースネーク
マーメイド

順当に行けば大亀だろう。でも今のオレの心はマーメイドに傾いていますが何か？　ただ周囲には水場が無い。ここで召喚しても大丈夫なんでしょうかね？　それは分からない。かと言ってテレパスを使ってまで誰かに聞くような事でもないな。ならば試すしかない。

ナイアス

マーメイドLv1 (New!)

器用値　15(-3)	敏捷値　14(-7)
知力値　17(-3)	筋力値　4(-2)
生命力　6(-3)	精神力　15(-3)

スキル

両手槍	水棲
変化	夜目
呪歌	水属性

嫁を召喚しよう。

……ウフ、ウフフフフ。

おっといけない。訂正だ訂正！

マーメイドを召喚しよう。

……欲望に忠実なのは悪い事じゃない。人間だって性欲があればこそ、子孫を残し繁栄出来るのだ！　いずれオレ達も海に行くと思うし。いや、内陸部にだって池や湖もあるだろう。必要なんだ。どうしても今、マーメイドが必要なんだ！

自己弁護はこれ位でいいかな？　ちゃんと納得出来る理由はあった。堂々と召喚しよう。

「サモン・モンスター！」
《周囲に水場がありません。変化した状態で強制召喚になります！　召喚しますか？》
《YES》《NO》
警告がインフォで来ました。だが引き返すつもりは無い。召喚したらすぐに帰還させよう。まだ顔も見ていないマーメイドよ、済まない。今が絶好のチャンスなんだ！
無論、《YES》を選択する。
名前を入力して、と。
さあ、出てきなさい、オレの嫁！

多くは語るまい。実に美しい。魔方陣から出現したナイアスは完全に人間と変わらない姿だ。身長はオレとそう変わらないから女性にしては長身かな？　黒髪ロングで黒い瞳、理想的な嫁、じゃなくて美人さんだ。

だがその前に買ったばかりのローブを着せておこう。目のやり場に困る。恐るべきは胸のボリュームであった。ローブが見事なカーブを描いている。チラ見したその谷間もヤバい。

裸ワイシャツって大好きです。いや、ワイシャツみたいに透けたりはしないけど。裸エプロンでも代替可です。

……何を錯乱している、オレ。さっさとやるべき事を済ませておけ。ナイアスにペナルティを背負わせたままではないか！　とりあえず横顔のスクリーンショットを撮影。ステータスを表示している仮想ウィンドウをハードコピーしておいて保存するとナイアスは帰還させておいた。

これでいい。風霊の村に戻ったら早速着る物を注文しておかないといけないな。

文楽の料理を平らげ、片付けも終えたら再編成だ。ゴーレムのジェリコと蝙蝠《こうもり》のジーンは残して他の面々は交代させよう。虎のティグリス、幽霊の瑞雲《ずいうん》、そして獅子《しし》のレーヴェを召喚する。瑞雲はジェリコに纏《まと》わり付いて貰うとして、猛獣ペアには前衛を埋めて負担を分散して貰う。その上で瑞雲には仮だが後衛の役割を担って貰い、ＭＰが不足する場合には前衛へ出す。当然だけどまだレベルが低いから支援は必要だ。瑞雲は完全に特殊能力頼りなので、呪文の支援も若干少なくなる筈《はず》だ。この布陣で当面、粘るとしよう。

牛頭と馬頭が出現するポイントでオレが把握しているのは残り二つだ。断罪の塔への支道へ向かう。途中で遭遇するフロートボムが面倒ではあるが少数であれば全く問題無い。ジーンの一撃だけで大抵は沈んでくれる。群れでも大きな問題にならない。アクア・スラッシュ一発で地面近くに落ちて弱体化してくれている。

その全体攻撃呪文のアクア・スラッシュなのだが久し振りにここで使ってみると、有効範囲が広がっているのが実感出来た。【魔法範囲拡大】の効果だ。面倒が少なくなって実にいい。

でも全く問題が無くなる訳でもない。フロートボムから剝げる泥炭が重いのですよ。【解体】はセットしていなくとも泥炭は一定の確率で取れ続けている。セットしたら恐ろしい事になりそうなので検証は控えて先に進んだ。

そして遭遇する牛頭と馬頭。いや、牛頭鬼と馬頭鬼だ。ここからが本番になる。

牛頭鬼　レベル2
妖怪　討伐対象　パッシブ
戦闘位置：地上　光属性

馬頭鬼　レベル2
妖怪　討伐対象　パッシブ
戦闘位置：地上　闇属性

召喚モンスター達は呪文で強化、支援はしておく。オレのＭＰバーはまだ六割程度だが残っていた。十分にいけるだろう。

独鈷杵は風魔法をセット、その刃身はほぼ透明な風の刃だ。斬れそうなイメージだがエフェクトは地味になる。だがその威力は確かなものだ。

いや、この場合は切れ味か？　刃身が長めのような気がする。いや、長いというよりも届いていなくても切っちゃっている感じかな？

見切りが厳しいっていうのは、いいな。まあ刃身そのものが見え難《にく》いっていうのもあるけど。

それだけに戦闘そのものは少し楽に進める事が出来ている。時間は掛かってしまっているけどね。

馬頭鬼の得物である錫杖《しやくじよう》を振り回してくるのだが、受けは使わないようにしている。どうもこの独鈷杵、耐久値の修復が効かないらしい。受けるとしたらもう片方の手に持っているトンファーの役目だ。うかつに受けたりしたら吹き飛ばされそうなので、受けるのも懐に入る時だけにしている。

おっと、先に牛頭鬼が屠られてしまったようだ。

こっちも片付けないと。

ティグリスがこっちを見ている。レーヴェもこっちを見ている、よね？　間違いない。

ダメだよ？　これはオレの獲物だ。待っていなさい。二頭の猛獣の目が左右にシンクロして馬頭鬼を追っている。気になって仕方がない。

馬頭鬼と間合いを遠目にとって足を止める。仕方ないな。甘いのかもしれないが、ご褒美って事で。襲っていいよ、うん。

馬頭鬼は完全に包囲された状態で屠られてしまった。可哀想《かわいそう》に。ティグリスとレーヴェなのだが、いい意味で競い合うような所がある。ただ目の当たりにすると、引いちゃいそうになる。普通におっかないのだ。

《只今の戦闘勝利で【光魔法】がレベルアップしました！》

《【光魔法】呪文のエンチャンテッド・ライトを取得しました！》

《【光魔法】呪文のパルスレーザー・バーストを取得しました！》

《只今の戦闘勝利で【精神強化】がレベルアップしました！》

《只今の戦闘勝利で【高速詠唱】がレベルアップしました！》

色々と上がってきていて充実してきた。つかレベルアップして取得した呪文もまだ試していないのがある。だがそれも後回しだ。独鈷杵が楽し過ぎる。

そうそう、光魔法がレベルアップしているのだ。独鈷杵で光魔法を選択したらAPが向上しているのか、確認したい。オーク相手に確認するのは勿体無い。次の牛頭鬼と馬頭鬼で確認しよう。

支道を先に進む。次の獲物をジーンが確認していた。出現ポイントはこれが最後、これで終わりかと思うと残念だ。おっと、確実に勝てるとは言い切れないぞ？　慢心は戒めねばなるまい。

牛頭鬼　レベル3
妖怪　討伐対象　パッシブ
戦闘位置：地上　光属性

馬頭鬼　レベル3
妖怪　討伐対象　パッシブ
戦闘位置：地上　闇属性

宜しい。全員を呪文で強化して挑もう。独鈷杵も光魔法を選択してから【鑑定】もしておくか。


【武器アイテム：剣】

独鈷杵　品質B　レア度5　AP+20　破壊力2+　重量1　耐久値?　魔力付与品　光属性
天将が用いる武器。

使用者の力を得て顕現する。素材は不明。

強力な武器になり得るが、耐久値の回復は不可能。

あれ？　思ってた以上に強い。これはどういう事だ？　破壊力もおかしいようだが。もしかして呪文で強化してから独鈷杵を使ったからか？　オレのステータスはどうなっている？

力水も使ってみて比較しよう。

ステータス
器用値　18(+3)
敏捷値　18(+3)
知力値　24(+4)
筋力値　18(+3)
生命力　18(+3)
精神力　24(+4)

ステータス
器用値　18(+3)
敏捷値　18(+3)
知力値　24(+4)
筋力値　18(+6)
生命力　18(+3)
精神力　24(+4)

【武器アイテム：剣】

独鈷杵　品質B　レア度5　AP+22　破壊力2+　重量1　耐久値?　魔力付与品　光属性
天将が用いる武器。

使用者の力を得て顕現する。素材は不明。

強力な武器になり得るが、耐久値の回復は不可能。

呪文で強化した状態、それに力水で強化した状態のステータスをハードコピーしておく。その上で独鈷杵を【鑑定】してみた。やっぱり上がってるよ！　ステータスの筋力値が独鈷杵のＡＰに反映されているっぽい。筋力値の半分の数値に魔法技能レベルを足した数になるのかな？

更に強化してみよう。練気法を加えてみた。

ステータス

器用値　18(+7)
敏捷値　18(+7)
知力値　24(+9)
筋力値　18(+10)
生命力　18(+7)
精神力　24(+9)

【武器アイテム:剣】

独鈷杵　品質B　レア度5　AP+24　破壊力2+　重量1　耐久値?　魔力付与品　光属性

天将が用いる武器。
使用者の力を得て顕現する。素材は不明。
強力な武器になり得るが、耐久値の回復は不可能。

ステータスはアヴェンジャーみたいな数字になっていてビビる。おっと、目的を忘れてはいけない。もし予測が正しいのであれば、強化後の筋力値から計算するとAPは24になってる筈、と思ってたら案の定だ。破壊力はまだ謎だけど。

いや、まだ強化出来る呪文がある。時空魔法の呪文、グラビティ・メイルだ。いい機会だしついでに検証してしまえ！

ステータス
器用値　18(+7)
敏捷値　18(+11)
知力値　24(+9)
筋力値　18(+15)
生命力　18(+11)
精神力　24(+9)

【武器アイテム:剣】

独鈷杵　品質B　レア度5　AP+26　破壊力3+　重量1　耐久値?　魔力付与品　光属性
天将が用いる武器。

使用者の力を得て顕現する。素材は不明。

強力な武器になり得るが、耐久値の回復は不可能。

強化後のオレのステータスは数字だけ見ると怪物化してます。そして独鈷杵の数値も予測通り、破壊力も更に強化されたみたいです。

あ、牛頭鬼と馬頭鬼！　放置しててゴメンナサイ。怒った訳じゃないだろうが、いつの間にかアクティブになっていて襲い掛かって来た！　どうやら熱中し過ぎたようだ。


決着は早かった。まああれだけ強化してあったんだしそうなるよな。過剰だった点は否定しません。で、独鈷杵だが馬頭鬼は簡単に倒せたが、牛頭鬼に使ったのはマズかった。この牛頭鬼って光属性、まるでダメージが無かった。

それにしてもこの独鈷杵は面白い。この先、ステータスの筋力値の成長に強化、それに魔法技能のレベルアップでもっと強力な武器に変貌する筈だ。欲しい。予備も含めてもう数本、手元に持っておきたい。洞窟を戻るのは時間を割く事になるが、金剛力士を相手に挑む理由が増えた。

だが戻る途上でおかしな事態が起きていた。フロートボムが出現するエリアだ。隠し扉で封じられていた部屋なのだが、来た時と様子が違う。部屋中が明かりで満たされている。フロートボムがいた筈なんだがいなかった。

ソードダンサー　レベル５
魔人　討伐対象　演技中
戦闘位置：地上　火属性
ダーククラウン　レベル１
魔人　討伐対象　演技中
戦闘位置：地上　時空属性　光属性　闇属性
ジャグラー　レベル５
魔人　討伐対象　演技中

戦闘位置：地上　土属性
パントマイマー　レベル5
魔人　討伐対象　演技中
戦闘位置：地上　水属性
アクロバットスター　レベル6
魔人　討伐対象　演技中
戦闘位置：地上　水属性
ナイフスローワー　レベル5
魔人　討伐対象　演技中
戦闘位置：地上　風属性

その代わりにいたのがこの魔人達だ。但しイベントモンスターじゃないのね？　レベルも見えている。つか観客もいないのに演技中？

剣を呑《の》んでみせるソードダンサー。小さな球を出したり消したりするダーククラウン。ボウリングのピンのような棍棒《こんぼう》を四つ、次々と宙に舞わせているジャグラー。そこに壁があるかのように手を動かすパントマイマー。体操選手のように飛び跳ねているアクロバットスター。小さな投げナイフを壁に撃ち込むナイフスローワー。

おひねりでも投げようか？　まあそれはいいのだが、戦う前提で考えたらあのマッドバードがいないのは助かる。地形も広間だし逃げ回るにしてもジーンが捕捉出来るだろう。問題は初見の魔人だ。ソードダンサー、ダーククラウン、ジャグラー、アクロバットスター。想像は出来る。得物を持っている奴《やつ》は特に分かり易い。

こっちはどうする？　無論、戦いますとも！　討伐対象なんだし。ただ以前エリアポータルで遭遇した連中に比べたら若干レベルが高いかな？

油断ならない相手と認識した。幸い広間にいる魔人達はこっちに気が付いていない。呪文で一通り強化しておこう。オレの予想以上に弱いって事もあるまい。

先制はジーンの奇襲。特殊攻撃で闇の帯が壁際にいたナイフスローワーに直撃した。そのまま魔人達の周囲を飛び回る。ただこれは牽制《けんせい》だ。

気を取られた魔人達との距離を詰める。最初の一撃には大いに期待したい所だ。

「サンダー・シャワー！」

全体攻撃呪文は魔人全員に命中した筈。一人だけでも麻痺してくれたら御の字か？　三人が麻痺している。上出来！

いや、おかしい。一人足りない？

横合いから衝撃。転びはしなかったが体の軸がズレた。オレのＨＰバーは一割程度だが減っている。今の攻撃は何だ？　いつの間にかオレの左側にダーククラウン、こいつの攻撃か！

独鈷杵の刃身を伸ばす。事前に選んでいたのは雷魔法。その刃身がダーククラウンを切り裂いた。

筈だったが手応えは皆無。消えた？　まるで幻？　いや、間違いなく幻だったのだ。オレの正面にはダーククラウンが二人いる。

イリュージョン？　だが呪文詠唱らしき行動は無かった。ダーククラウンのＭＰバーは明確に減っている。何かしら仕掛けているのは確かだ。

多分、グラビティ・バレットのような攻撃。イリュージョンと思われる幻影。こいつ、マッドクラウンの上位か？

本体か、幻影か？　もうどっちでもいい。両方を攻撃するまでだ。他の魔人達は召喚モンスター達に任せた。多分こいつが最も厄介な相手だ！

そして奇妙な戦いが始まった。一人を独鈷杵とトンファーで攻撃しながら、呪文も使う。無論、攻撃呪文だ。恐るべき相手である事がすぐに判明した。二体ともが消える瞬間があるのだ。何処《どこ》へ？　大抵はオレの横か後ろに回り込んで攻撃呪文を使っている。但し呪文詠唱は無い。

その代わりに聞こえてくる声、それは嘲笑。

クソッ！　挑発と分かっていても気になる！

その笑い声を消してやる。方針を変えた。幻影を突き止めるのに放つ呪文はフォース・バレットに固定する。呪文詠唱が一番短くて済む。それにMP消費の効率もいい。幻影を確かめるだけの為に撃ち込むのだからそれでいいのだ。

そしてセンス・マジックも使う。苦し紛れだったのだが、これが良かった。魔力の変動が読み取れる。ダーククラウンが何か特殊能力を発動する前に急激な魔力の上昇があるようだ。

ダーククラウンのMPバーは確かに減っている。だが特殊能力を使い続けていても尚《なお》、八割以上を余らせていた。どんだけ上位なんだよ！

それにジーンと似た特殊能力も使ってきたのには焦った。オレが暗闇に陥らなかったのは幸運だったろう。サイコ・ポッドで状態異常対策をとりつつ、攻撃を続けた。

独鈷杵とトンファーの攻撃はまだ当たっていない。フォース・バレットで地味にダメージは積み重なってはいる。ダーククラウンのHPバーはまだ八割以上あるだろう。先が長そうだ。


停滞するかのような戦況、だが援軍は来た。蝙蝠のジーンだ。そして幽霊の瑞雲もだ。幻影がどちらなのか、分かり易くなる。

少しだけ余裕が出来た。《アイテム・ボックス》から獄卒の黒縄を取り出す。独鈷杵は腰ベルトに差し込んだ。

チャンスは恐らく一瞬だろう。上手《うま》くいくかどうか分からない。だがチャレンジする価値はある。

二体のダーククラウンに同時に攻撃する。

オレがフォース・バレット。

瑞雲が炎の塊を飛ばす。共に命中！
だが二体が同時に消えていなくなる。どこに跳んだ？　ジーンがダーククラウンを感知したようだ。オレの真後ろか！

「スペル・バイブレイト！」

同時にジーンが突撃。オレも続く。
ダーククラウンは跳ぶ事も幻影を作る事も出来ていない。ジーンの突撃は避《よ》けたがオレの接近を許していた。縄を首に回し絞め上げる。手応えはある。さあ、これでも跳べるのか？
縄から派手に炎が噴き上がっていた。左手のトンファーで側頭部を撃つ。手応えは十分、どうやら動きを封じる事に成功したようだ。
更に縄を腕に引っ掛けて、胴体も縛り上げた。足を払って転がしてやる。縄は炎を纏い続けていた。ダーククラウンのＨＰバーはそのまま減り続けた。そして消滅する。

他の魔人はどうだ？　どうやらアクロバットスターだけが奮戦中のようだ。ティグリスとレーヴェに噛《か》まれて散々な目に遭っている。あれはもうすぐ片が付くだろう。

《只今の戦闘勝利で【二刀流】がレベルアップしました！》
《只今の戦闘勝利で召喚モンスター『レーヴェ』がレベルアップしました！》
《任意のステータス値に1ポイントを加算して下さい》

これだけの苦戦だったのだ。ご褒美がないといけない。レーヴェのステータス値で既に上昇しているのは生命力だ。もう一点のステータスアップは器用値を指定する。

レーヴェ

ライオンLv2→Lv3（↑1）

器用値	9（↑1）	敏捷値	14
知力値	11	筋力値	18
生命力	21（↑1）	精神力	13

スキル

噛み付き	威嚇
危険察知	夜目

でも魔人達は何も残してくれません。ご褒美にしては足りない。そしてこちら側の被害は甚大だ。全員が無傷ではなかった。ＭＰバーもかなり減ってしまっている。特にオレが酷い。いつの間にか半分を割り込んでしまっていた。金剛力士とあと一回、戦える余裕はまだあるがそれだけだ。

ん？　今、一瞬だが地面が揺れた。地震か？　地震ならばそう大きくないと思うが何かがあった、と見るべきだろう。中継ポータルへ行ってみるか。プレイヤー達の動向も気になる。何か情報を持っているかもしれない。

中継ポータルへ向かう途上でも変わらず魔物は出てくる。今の所、異常は感じない。フロートボムもオークもコボルトも、行動に変化は見られない。そしてプレイヤー達の動向も変わらない。広間の前では金剛力士に挑むパーティがいて、ギャラリーもいた。

地震、大丈夫？　落盤とか心配なんですが。

広間の中は無事か、と思ったがこっちはこっちで金剛力士や狛虎《こまとら》に挑んでいるパーティがいない。そして当然だがギャラリーもいなかった。通常運転過ぎる。

中継ポータルに入ると話が出来そうなプレイヤーがいました。グラスワーカーのフェイだ。

「あれ？　もうこっちに来てたんだ？」

「ども」

「さっき揺れた、よね？」

「そう？　こっちじゃ感じなかったけど」

「え？」

「落盤はこれまで聞いた事が無いけど」

「場所の問題かな？」

「そうかも。少なくともこっちでは騒ぎになってないねえ」

フェイのパーティメンバーが呼びに来たのでそれ以上の事は聞けなかった。うーむ、気になっちゃうんだが。魔人を倒した直後のタイミングだったし怪しくないか？

時刻は午後五時半って所か。少し早いが夕飯にしよう。地面が揺れた時、オレがいたのはこの洞窟でも東側になる筈だ。食後に一通り探索をしてみよう。牛頭と馬頭の出現ポイントで把握している場所は全て回っている。魔人の出現は気になるが、それ以外に強敵はいないだろう。

ゴーレムのジェリコを帰還させて人形の文楽を召喚する。料理をさせている合間にアデルとイリーナ宛に無明のクラスチェンジのデータを送ってあげよう。他にする事もないので古代石の発掘も進めていたのだが、上の空だったのはいけなかった。中に埋まっていた琥珀《こはく》を一つ、間違えて砕いちゃいました。

続けて二個目も琥珀。三個目も琥珀。四個目でツァボライトでした。レベルアップしている成果なのか、この発掘作業も手早く出来るようになったものだ。食事が出来上がった所で作業は中止する。夕食を摂《と》りながら布陣をどうするか悩んだ。

鬼の護鬼にしよう。少し試してみたい事もある。

第三章

食事を終え片付けたら人形の文楽を帰還させて鬼の護鬼を召喚する。そして独鈷杵《どっこしょ》を渡した。護鬼でも独鈷杵を扱えるか、実験だ。牛頭《ごず》と馬頭《めず》のペアと戦う予定は無いから【解体】はセットしておく。金剛力士を相手にするか？　いや、それだとリスクが大きい。コボルトでいいよね？

で、実験の結果は？　護鬼でも使えます。装備させた状態で【鑑定】したらこうだ。

【武器アイテム:剣】

独鈷杵　品質B　レア度5　AP+19　破壊力1+　重量1　耐久値?　魔力付与品　闇属性

天将が用いる武器。
使用者の力を得て顕現する。素材は不明。
強力な武器になり得るが、耐久値の回復は不可能。

オレが使ってる時とそう変わらない。ただ護鬼だと闇属性しか選択出来ない欠点がある。鋼の直剣と比べるとAPでは上だがMP《マジックポイント》バーが減ってしまう欠点もある。しかもオレの時よりも減り方が速いのだ。長期戦を見据えるとかなり微妙な選択になる。護鬼には今まで通り、鋼の直剣を使わせておいた方が無難だろう。

洞窟の東側に延びる支道、と言えばここだ。途中で落盤していて通れなかった場所になる。落盤が続いた、と考えていたんだが違った。落盤の形跡すら無い。通れるようになっていた。

普通じゃない。それに奇妙な連中がいる。

ノーム　レベル3
土精霊　作業中
戦闘位置：地上　土属性

精霊が五体いた。討伐対象じゃない証拠にマーカーは黄色だ。もしかして、彼等《ら》がここを修復した？　坑道だった筈《はず》なのだが、壁も床もかなり整備されている。イベントが絡んでいるのだろうか？　ま、それはそれとして。探索すべきエリアが増えた、という事だな？　どんな魔物が棲《す》んでいるのかね？　早速、先を進もう。

グロウリーチ　レベル2
魔物　討伐対象　アクティブ
戦闘位置：地上、壁面

初見の魔物がいた。ナメクジかヒルのような外見がちょっと気持ち悪い。数は七体。床だけでなく天井や壁を這《は》い回る様子はちょっとアレだ。

天井の奴《やつ》はジーンの一撃でHPバーが残り三割

にまで減っている。そして地面に落ちた所でレーヴェに踏み殺された。

弱い？　多分、弱いな。独鈷杵を使うだけの価値は無さそうだ。この洞窟、どうも各地にいる雑魚モンスターが雑多に存在しているらしい。ゴブリン、コボルト、オーク、グレムリンといった所だ。こいつもその類《たぐい》なのかね？　そして得られたアイテムは石ころ。それだけである。魔物の実力相応だから分かるがガッカリである。

《これまでの行動経験で【解体】がレベルアップしました！》

更に先へ進んで二つの小さな群れを簡単に排除。石ころばかりを剥いでいたらインフォです。

石ころばかり摑《つか》まされていてもこれ位のご褒美はあるようだ。ただ新しい支道を探索するのはいいが、もう少し手応えのある相手が欲しい。そんな事を考えていたのがまずかったか？

牛頭鬼　レベル4
妖怪　討伐対象　パッシブ
戦闘位置：地上　光属性

馬頭鬼　レベル4
妖怪　討伐対象　パッシブ
戦闘位置：地上　闇属性

あの獄卒ペアだ。一本道の支道だから完全に通せんぼだな。いや、そうじゃなくてだ。グロウリーチと戦力差が大き過ぎるだろ！

オレのＭＰバーには余裕はある。馬頭鬼の相手はオレがするからいいとして問題は牛頭鬼だ。今までは必ずジェリコか戦鬼がいた。大丈夫かな？

ここまで移動中は護鬼に瑞雲《ずいうん》を纏《まと》わせて来ている。ジェリコと同じパターンで大丈夫だろうか？

やってみなければ分からないよな？　召喚モンスター達《たち》には呪文の支援はキッチリやっておく。【解体】は控えにする。今回、オレは練気法を控える事にした。先刻の馬頭鬼相手には過剰に強化し過ぎたからな。出来るだけMPの消費は抑えておきたい。フィジカルエンチャント系とメンタルエンチャント系だけにしておこう。練気法は大苦戦しそうになったら使えばいいのだ。

馬頭鬼の錫杖《しやくじよう》が頭の上を掠《かす》める。ギリギリだ。そのギリギリがいいのだ。大振りしてくれるなら回避出来れば隙を突くのは容易《たやす》い。

独鈷杵から伸びるのは氷の刃。僅かなものだが、命中させてやると徐々に動きが鈍くなってくれる。氷魔法の呪文に比べたら効果は薄いが、手数が違うのだ。これで十分！　独鈷杵とトンファーを連続で撃ち込んでいくうちに倒しきった。投げも関節技も使う機会は無かった。

牛頭鬼は？　問題は無さそうだ。グラビティ・メイルの効果も重なっていたからだろう。機動性を活《い》かした戦い方で牛頭鬼を嬲《なぶ》り殺しにしてました。瑞雲にやられたのか、暗闇の状態異常になっている。牛頭鬼は刺又を手にしたまま沈んだ。

完璧。この布陣でもいけそうです。

《只今《ただいま》の戦闘勝利で召喚モンスター『ティグリス』がレベルアップしました！》
《任意のステータス値に1ポイントを加算して下さい》

いい感じでレベルアップも進んでくれる。ティグリスのステータス値で既に上昇しているのは筋力値だった。もう一点は生命力を指定する。

ティグリス

タイガーLv5→Lv6（↑1）

器用値	10	敏捷値	18
知力値	10	筋力値	21（↑1）
生命力	21（↑1）	精神力	10

スキル

噛み付き	威嚇
危険察知	夜目
気配遮断	

これでいい。次は誰がレベルアップしてくれるかな？

支道はまだ一本道が続く。グロウリーチの出現はそう多くない。やや退屈？　だがそんな事を考えたくなるタイミングで牛頭鬼と馬頭鬼が現れてくれる。レベル5のペアはそんなに苦労しなかった。グラビティ・メイルも使わずに仕留めきったのは大きい。特にティグリスの動きがいい。牛頭鬼を嬲るように噛《か》み付く様子はおっかないけど。

レベル6のペアには多少の苦戦をした。護鬼、ティグリス、レーヴェと結構なダメージを喰《く》らっていた。でもそれだって回復呪文一回とポーションで賄えたから十分に満足出来る内容だ。次あたりからはグラビティ・メイルが要るかな？　そう思ってたタイミングで出現です。

牛頭鬼　レベル7
妖怪　討伐対象　パッシブ
戦闘位置：地上　光属性
馬頭鬼　レベル7
妖怪　討伐対象　パッシブ
戦闘位置：地上　闇属性

　やはり通せんぼだ。今回もグラビティ・メイルは使わない。楽勝、とまではいかないが、どうにか仕留めきった。恐らく、グラビティ・メイル無しで稼げるのはこの辺りまでだろう。

《只今の戦闘勝利で【剣】がレベルアップしました！》
《只今の戦闘勝利で召喚モンスター『瑞雲』がレベルアップしました！》

瑞雲

ミストLv3→Lv4（↑1）

器用値　3	敏捷値　3
知力値　19（↑1）	筋力値　1
生命力　5	精神力　17（↑1）

スキル

飛翔	形状変化
物理攻撃透過	MP吸収[微]
闇属性	火属性

《任意のステータス値に1ポイントを加算して下さい》

さて、瑞雲だ。そろそろ筋力値を上げられないか試してみたがダメでした。生命力に入れようとしたらこれもダメ。これではいつまで経《た》っても数字が揃《そろ》いそうにない。

まあそれはそれとして、瑞雲のステータス値で既に上昇しているのは精神力だった。もう一点は知力値を指定する。

召喚モンスター達も調子良くレベルアップしてくれている。牛頭鬼と馬頭鬼はいい相手だ。ただアイテムを拾ったらレベルが最初に戻ってしまうのが惜しい。

時刻は午後十一時過ぎか。もう一回か二回、相手をしてもいい。先に進んでみたのだが久々にちょっとした広間に出た。左右に支道への入り口がある。光が広間全体を照らしているが、光源は何なのかは不明だ。それよりも問題は中央の立像です。仏像だよな？　甲冑《かっちゅう》を着込んだ体軀《たいく》はあの毘沙門天《びしゃもんてん》よりやや小さいか？　その手に持つのはやや短めの槍《やり》。その顔は憤怒の表情であり、怒髪が天を衝《つ》いている。パンク・ファッション？

嫌な予感しかしない。金剛力士と同じ匂いがする。帰ってもいいんだが、こいつを相手に戦ってから戻るのもいいだろう。その代わり、呪文による強化はグラビティ・メイルまでキッチリやっておこう。
像に近寄っていくと、仏像の頭上に例の人魂《ひとだま》が出現した。

《封印を為《な》した者共に仏罰を与えよ！》
《封印を解きし者達に慈悲を与えよ！》
《仏敵を調伏せん！》
《封印を解きし者に告ぐ！》
《汝《なんじ》等の力を示せ！》
やっぱりだ。そして仏像が動き出す。
戦闘が始まった！

迷企羅《めきら》　レベル2
天将　討伐対象　アクティブ
戦闘位置：地上　風属性

えっと、誰？　毘沙門天や金剛力士は知ってました。でもこれは知らない。いや、今はそれ所じゃない！　まだ他に何かが出現してくるようだ。
地面には二つの魔方陣、そこから何かが現れた。

暴れ闘鶏　レベル5
魔物　討伐対象　アクティブ
戦闘位置：地上、空中　風属性

闘鶏？　かなり大きくて黒い姿の鶏だ。ギンケイやキンケイのオスと違ってまるで派手じゃない。だが反面、極めて精悍《せいかん》な印象がある。そんな奴が二羽だ。
いいですか、皆の衆。あの迷企羅って奴は、オレのだからな？　他は好きにして良し。
迷企羅が槍を構える。その穂先が指し示す先にオレがいた。やる気満々だね！

「練気法！」

こっちも全力でやらせて貰《もら》おう。

槍か。槍は怖い。単純に間合いがあるからだ。短めとはいえ槍だ。それに長柄じゃない分、手数も多い。何度も穂先がオレの体を掠めている。十文字槍なのだ。穂先の横に小さな突起状の刃が備わっている。回避するのが難しい。

左手のトンファーで柄を何度も叩《たた》き、懐に飛び込む機会を窺《うかが》っているのだが、これがなかなか厳しい。単純に突いてくるだけじゃないからだ。

横に薙《な》ぐ。下から撥《は》ね上げる。上から振り下ろす。最も危険な攻撃は単純な突きだ。突きだけでは間合いを測られてしまうから他の攻撃を交えているのか？　そこに活路を見出《みいだ》したい。

来た。上から振り下ろしてきたぞ？　半身でギリギリに避《よ》けた。いや。ダメージは喰らっているか？　だが収穫はあった。

足裏で槍の柄を踏む。独鈷杵の刃身を伸ばして抜き撃つ。伸びるのは炎の刃身。ここまでオレは独鈷杵の間合いは見せなかった。その甲斐《かい》はあったかな？

左手首に直撃。剣道ならば小手あり一本か？　反撃は来ない。当然、追撃しに行く。

だが意外な猛反撃を喰らってしまった。渾身《こんしん》の右ストレート。こいつ、槍を手放しやがった！

結構、吹き飛ばされた。ＨＰバーはまだある。一気に三割程も削られていますけどね。

ヤバい。強いな、こいつ。

槍を拾って構え直す迷企羅。オレも立ち上がって構え直す。また最初からだ。懐に飛び込む。その方針に変わりはない。更に踏み込まないとダメかな？　独鈷杵の刃を収納して腰ベルトに差し込む。

『ッ！』

「エネミー・バーン！」

迷企羅から声無き裂帛《れっぱく》。

オレからは至近距離から攻撃呪文。

炎に包まれても怯《ひる》む様子が見えない。迷企羅は突きを放つがオレはタイミングを合わせて前に進む。ダメージは覚悟の上だ。今度は突きを避けるだけでなく、右手で槍の柄を摑み引き込んだ。

掠ったダメージは結構あったが気にしない。突いた槍を引く動作に合わせて更に中へ。手首にトンファーを叩き込む。そして足元に滑り込んだ。

狙いは勿論《もちろん》、足だ。迷企羅の右膝辺りを足で挟んで右足首を腕に抱える。そのままアンクル・ホールド。躊躇《ちゅうちょ》出来る相手じゃない。

脇を締めて力を込めて、折った。膝を支点にして体を反転。迷企羅を前のめりに倒すと背後をとる。そのまま裸絞めに行く。

迷企羅は苦しげな様子を見せない。だがそのHPバーは確実に減り続けた。ロックしてある腕を引き剝がそうとするが構うものか！

絞める箇所を少しずらす。喉仏を潰す位置だ。同時に首そのものを捩《ねじ》れないか試みたが、これは腕でブロックされた。

まあいい。裸絞めは極《き》まっている。逃すか！


横目に召喚モンスター達の様子も見る。暴れ鬪鶏は一羽に減っていた。ティグリスとレーヴェはそこそこダメージを喰らっている。だが残った一羽もHPバーが三割も残っていない。もうすぐ決着するだろう。


迷企羅は絞めから逃れようと奮闘するが、オレが逃がす筈も無い。エスケープにもディフェンスにもなってないよ、それ。パワーはあるのだが寝技の技術は備わっていないようだ。

残念過ぎる。だがこっちには有難い話だ。ちょっと時間は掛かったが仕留めきった。

《封印を解きし者に告ぐ！》
《我等を封印せし仏敵を討つべし！》
《仏敵を調伏せん！》
《汝等の力を更に示すのだ！》
インフォはそこで終わった。迷企羅の死体は自然と消えてしまう。迷企羅は何か残したのか？
いいえ、そこに何もありません。暴れ闘鶏の死体に剝ぎ取りナイフを突き立てたが、何も残さなかった。いや待て。オレってば【解体】を控えにしたままだったじゃないか！
迷企羅の立像は変わらずそこにある。触ってみると、金剛力士と同様に挑む事が出来るようだ。
そうか。また挑む事が出来るのならいいさ。楽しみが出来たと思えばいい。
もう遅い時間だ。風霊の村にリターン・ホームで戻ってもいいが、ここに来るまでの時間も惜しい。広間の端でインスタント・ポータルを使った。もう数日分の食事が出来るだけの貯《たくわ》えはある。この広間から延びる支道の先の探索は優先してやっておきたい。召喚したばかりの人魚のナイアスに色々と買い与えたい所だが仕方ない。
召喚モンスター達は回復呪文でＨＰバーをフル回復させてから帰還させた。充実した探索であったと言えるだろうか？　得られたアイテムは少なかったが不満は無い。独鈷杵だけで満足です。
それにしても強敵相手に【剣】技能が一気に伸びたものだ。技能を優先して取得して来た事に後悔は無い。魔法技能は特にそうだ。武器技能にまで手を出す予定は無かったんだけどな。まあいいさ、流されるままに楽しめたらいい。

ログインしたのは午前五時半頃だ。テントの外に出ると迷企羅の立像も見える。柏手《かしわで》を打って合掌。お早うございます。

早速、人形の文楽を召喚して朝食の用意を進めさせる。その間に外部リンクから検索した。検索ワードは迷企羅。色々と興味深い。


迷企羅は十二神将のうちの一柱だった。つか仏様の世界は色々と複雑に絡まっているように見えます。迷企羅の他にもいるのかね？　そうであって欲しい。あの四天王の一角、毘沙門天の他にいる筈の三柱の天将がいるといいな。つかこのゲームって色々と混ざってて実にカオスだ。

朝食を済ませたら編成だ。今日はどう組む？

人形の文楽はこのまま連れて行こう。早期警戒は梟《ふくろう》の黒曜に任せるとして、前衛は？　鬼の護鬼と蛇のクリープで組んでみよう。後衛には狐《きつね》のナインテイルを加えた。目の前の迷企羅にはいつでも挑戦出来る。今は探索を優先だ。


マグネティック・コンパスの呪文を使い方角も確認。ではどっちに進む？　北寄りの方向に続く支道を進むか？　南寄りの方向に続く支道を進むか？　ま、どっちでもいいか。北へ行こう。


支道では何故《なぜ》か魔物が出てこない。不気味であった。難無く広間に出たのですが、その中央に立像がありますよ？　迂闊《うかつ》に近寄ったらイベントが進んじゃうから遠目で見ておく。金剛力士の阿形《ぎょう》に近い姿形だが、甲冑を着込んでいるのが大きく異なる。右手に持っているのは剣だ。

召喚モンスター達を呪文で強化していく。オレ自身の得物は独鈷杵とトンファーの二刀流で。忘れずに【解体】もセットしておく。

さて、やるか。

《封印を為した者共に仏罰を与えよ！》
《封印を解きし者達に慈悲を与えよ！》
《仏敵を調伏せん！》
《封印を解きし者に告ぐ！》
《汝等の力を示せ！》

それ、昨日も聞いたよ！　半分以上を聞き流して仏像が動き出すのを待つ。そして地面に描かれる魔方陣。何が出てくるのか？

伐折羅《ばさら》　レベル2
天将　討伐対象　アクティブ
戦闘位置：地上　溶属性

ヘルハウンド　レベル6
魔物　討伐対象　アクティブ
戦闘位置：地上　火属性　闇属性

事前に検索していて良かった。伐折羅と書いてバサラと読むそうだが、検索先の情報によると、金剛力士と同一視する向きもあるらしい。因《ちな》みに昨日の迷企羅はメキラと読むそうだ。キメラ、と読んでしまいそうで困る。

そしてヘルハウンドか。大きな黒犬ですね。

分かっているね？　君達。ヘルハウンドはあげよう。伐折羅って奴はオレの獲物だからな！

伐折羅の眼《め》が周囲を睥睨《へいげい》している。目から火が噴出しそうな眼光、手にした剣を眼前で捧《ささ》げ持つと構えた。カッコイイぞ！

オレもこれに応える。独鈷杵から水の奔流が迸《ほとばし》って刃身を形成する。伐折羅と同じく、眼前に捧げ持ってから構え直した。さあ、やろうか！

この伐折羅なんだが、剣であるが故に間合いはオレと噛《か》み合う。楽か、と言えばそうでもない。こいつ、見掛け通りのパワーファイターなのも間違いないが、テクニシャンでもある。隙が少ない。オレの攻撃も体だけを捌《さば》いて避けてもいる。まだ練気法は使ってないがどうする？　もう少し、粘ってみよう。力押しだけで倒すのは趣味じゃない。

徐々に間合いを詰めながら懐に迫る。こっちも前に出てるが、伐折羅もまた前に出る。鍔迫《つばぜ》り合いの距離に何度もなった。剣戟《けんげき》だけでは突破口が見当たらない。搦《から》め手《て》で行こう。

伐折羅の剣を持つ手をトンファーで受けて右手は独鈷杵を手放した。右手で肘を押さえる。伐折羅の右腕をたぐって肘関節を極めてから折りに行く。でも折れません！

今度は逆回転に体を反転して伐折羅の腕を担いだ。そのまま投げる。変形だが一本背負いだ。同時に梃子《てこ》の原理で肘を折りに行った。綺麗《きれい》に投げる事は出来なかったが、結果は十分。肘は折れた。剣も手放してしまっている。

伐折羅は残った左腕を振り回しているが、その腕に飛びつくと左肘を伸ばしに行った。飛び付きの腕挫《うでひしぎ》十字固めだ。

でも伐折羅が凄《すご》い！　オレの体は浮いたままだ。片腕だけでオレの体重を支えるとか、体格に見合わない剛力、素晴らしい！　実に戦い甲斐のある相手だ！

そのまま地面に叩きつけられそうになったが、その前に技を解いた。腕返しに行く。だが投げられない。痛めた筈の腕で凌《しの》がれた。

今度は背中側へ左腕を担いで背負い投げた。肘も折る。今度は綺麗に投げきった。いや、綺麗と言うのは適切じゃないな。頭から地面に投げ落としたのだから。

両腕を折った上で封じ、首に足を絡めて絞め続けた。そのまま仕留める。練気法に頼らずに片付けた事には大満足だ。

ヘルハウンドは？　クリープが顎に巻きついています。黒犬の体には何本も矢が突き刺さっている。地面を転がりながら前脚でクリープを剝がそうと暴れてるが効果は薄い。クリープの受けていたダメージはナインテイルが癒していた。

黒犬に護鬼が斧《おの》を叩き込み、黒曜が眉間を嘴《くちばし》で突いた。それでヘルハウンドは沈んだ。

まさに数の暴力。気の毒に。だが気の毒な存在はここにもいる。このオレです。伐折羅もヘルハウンドもアイテムを残さなかったのでした。

《封印を解きし者に告ぐ！》
《我等を封印せし仏敵を討つべし！》
《仏敵を調伏せん！》
《汝等の力を更に示すのだ！》

また聞いたようなインフォだ。聞き流しながら状況を確認。問題は無い。では次だ。この広間にも支道への入り口がある。その先に別の仏像がいるであろう事は容易に想像出来た。呪文の効果があるうちに次の広間で待つ仏像に挑みたい。

急げ、急げ！

《汝等の力を示せ！》

インフォなんて聞いてなかった。どうせ一緒だ。聞き流してますが何か？

宮毘羅《くびら》　レベル2
天将　討伐対象　アクティブ
戦闘位置：地上　灼《しゃく》属性

マッスルボア　レベル5
魔物　討伐対象　アクティブ
戦闘位置：地上　土属性

宮毘羅か。クビラと読むらしい。コンピラ様、と言われたら聞いた事があったんですけどね。伐折羅とはまた違った姿だが憤怒の形相は同様、得物はまたしても剣だ。
今度のお供は猪《いのしし》だ。結構デカい。だがこれも今まで通りでいい。オレが宮毘羅の相手をする。召喚モンスター達でお供の相手をして貰おう。呪文の効果にはまだ余裕がある。さっさと狩っておきましょう。

勝った事だしいいんだけどさ。宮毘羅を腕挫十字固めに極めた所で意外な反撃を喰らっちゃいました。足を噛まれたのだ。しかも結構なダメージになりましたよ？　いや、本当になんでもあり、反則無しであれば噛む事だって有効だろう。甘いのはオレの方だ。
マッスルボアも奮戦したらしい。どうやったものか、黒曜が結構なダメージを喰らっていた。ナインテイルが回復させていたから平気だけど。猪の最後はある意味悲惨でした。最後は毒のダメージでＨＰバーが消えてしまっていた。

《汝等の力を更に示すのだ！》
また聞いたようなインフォで以下略。それにしてもまあ何だ、ここの仏像とお供はアイテムを残さないのがデフォなんでしょうか？

《汝等の力を示せ！》
信じてくれ。今回は最初から最後までちゃんと聞いてました。呪文の掛け忘れが無いか、確認はしてましたけど。

毘羯羅《びから》　レベル２
天将　討伐対象　アクティブ
戦闘位置：地上　土属性

ヒッピングラット　レベル4
魔物　討伐対象　アクティブ
戦闘位置：地上　風耐性　土耐性

毘羯羅、か。ビカラと読むらしい。今までの仏像とは違って肌が赤い。そして得物は三鈷杵《さんこしょ》。独鈷杵とは微妙に形状が異なっている。

そのお供はネズミが三体、魔方陣から出現してます。意外だったが、こいつ等には苦戦しませんでした。

三鈷杵は独鈷杵と同様の武器だった。黒曜石にも似た刃身、オレは最初からまともに相手しなかった。一気に密着する程、懐深くまで接近して足元から崩して草刈りで倒し、寝技に持ち込んだ。三鈷杵を持っていた腕をアームロックで極めて壊してから決着まではすぐでしたね。そして反省。今までの連中もまともに戦うんじゃなかった。

ヒッピングラット三体は動きが素早い分、仕留めるのに苦戦したようである。素早いとは言ってもこっちは数で勝っていた。一体が仕留められたら後は早かった。数の暴力って怖い。最後の一体はナインテイルに混乱させられた挙句に嬲り殺しにされてました。可哀想《かわいそう》に。

《汝等の力を更に示すのだ！》

インフォは一応聞きますが以下略。

「キュ？」

ナインテイルが得意気に鳴く。文楽とクリープは大人しい。護鬼もクラスチェンジ後はややおとなしくなっている。黒曜は普段から余計な声は出さない。すぐ次に行くけど、あまり大きな声を出すなよ？

次の広間に到着。インフォは一応全て聞いたのですが、どうしても仏像が気になる。良さそうな得物を持ってるじゃないですか！

招杜羅《しょうとら》　レベル3
天将　討伐対象　アクティブ
戦闘位置：地上　光属性
闘牛　レベル3
魔物　討伐対象　アクティブ
戦闘位置：地上

まだ呪文の効果はある。本当は途切れる前に戦いたいが足を止めて観察したくなる。

招杜羅ね。ショウトラ、と読むそうだ。怒りの表情はまあいい。青い肌、そして大きな違和感がある。得物が太刀だ。太刀なのだ！

抜いた刃身には美しい刃紋が浮かんでいる。重《じゅう》花丁子《かちょうじ》かな？　銘が何なのか気になるが、倒したらこれも消えちゃうのだ。気にしても仕方ない。

それにお供が闘牛ですよ？　お肉、残してくれるんだろうか？

おっと、時間が勿体無《もったいな》い。さっさと戦いますか。


レベルが地味に高かったが問題は無い。太刀を大振りしてくる分、隙を突くのがむしろ簡単でした。背後をとって片羽《かたは》絞《じ》めにした。そのまま闘牛と召喚モンスター達の戦い振りを観察した。

どうなんだろう。明確な前衛がもう一枚、あった方がいいのだろうか？　護鬼も以前よりも装備もいいしクラスチェンジだってしている。闘牛の突進をギリギリで凌げているのだが、負担が集中している印象は拭えない。後衛に位置する文楽かナインテイルのどちらかを交代すべき？　まあもう少し様子を見よう。

ここでも蛇のクリープがナイスアシスト。毒を与えては牽制《けんせい》攻撃、護鬼の攻撃も所々で効果的に命中している。クリープが気になるのか、闘牛は目標を定めて攻撃が出来なくなっている。

闘牛が一頭で良かった。二頭だと苦戦してたような気がする。

黒曜が後方から闘牛の後頭部に襲い掛かる。連続で突かれて闘牛が沈んだ。お見事。

観察してたらいつの間にか招杜羅は仕留めきってました。床に転がっていた太刀も消えてしまう。勿体無い。太刀が全く活躍してなかったよね？

もはや聞き飽きたインフォだが、その後に聞き逃せないインフォが来てました。

《只今の戦闘勝利で召喚モンスター『ナインテイル』がレベルアップしました！》

《任意のステータス値に1ポイントを加算して下さい》

そしてナインテイルがクラスチェンジ目前に達した訳だ。これは交代し難《にく》い。

ナインテイルのステータス値で既に上昇しているのは知力値だ。もう一点は精神力を指定した。

ナインテイル

赤狐Lv6→Lv7（↑1）

器用値　10	敏捷値　20
知力値　21（↑1）	筋力値　10
生命力　10	精神力　21（↑1）

スキル

噛み付き	回避
疾駆	危険予知
MP回復増加[微]	光属性

数字の並びが崩れたが仕方ない。先々で調整するしかないな。それにしても残念なのは闘牛が何も残さなかった事だ。招杜羅も何も残さない。洞窟内でお肉が確保出来たら嬉《うれ》しいんだけどな。

今更ですがお供に出てくる魔物って何？　その並びに覚えがあるんだが何だったかな？　思い出せそうで思い出せない。モヤモヤする。

次の立像は今までとちょっとだけ印象が異なる。金剛力士の吽形《うんぎょう》に近い。口を閉じての怒りの表情、だが今までの仏像と違う点がある。

得物を何も持っていない。これは格闘戦の予感がする。これはオレの獲物だからな！

呪文で一通り強化して仏像に近寄った。インフォは一応全て聞いたが馬耳東風とはこの事か？特に気になる事は言ってないよね？

真達羅《しんだら》　レベル3
天将　討伐対象　アクティブ
戦闘位置：地上　時空属性

シュトルムティーガー　レベル3
魔物　討伐対象　アクティブ
戦闘位置：地上　風属性

真達羅ね。シンダラ、と読むようだ。そのまま口にすると非常に無礼な表現になりますね？

そして今度のお供は虎だ。レベルは極端に高くない。それに一頭だけだ。護鬼達に任せよう。

期待は大きい。どんな戦いになるだろう？


オレも得物無しで挑みましたが何か？　それに素手で挑んで正解でした。完全に格闘家、本当にありがとうございました！

打撃良し。蹴り良し。投げも良し。関節技までも良し。

完璧だ！

しかもこいつ、どう考えてもオレよりもパワーがある。だからこそ戦い甲斐があった。体格はオレよりやや大きい程度か？　ここまで戦った像もだが金剛力士や馬頭のようなサイズは無い。

それでも強い。同じかそれ以上の脅威だ。何といってもオレの繰り出す攻撃を防御している。ディフェンスの次にオフェンス。決してエスケイプではない。

攻防は長かったようにも思えたが短かったのかもしれない。四つに組んで内股で投げられそうになった所で内股透かしで切り返した。アームロックを仕掛けに行く。防御しに来た所でマウントに移行、後は殴るだけで詰んだ。

虎は？　こっちも詰んでいる。後脚をクリープに絡められて身動きがとれなくなってました。護鬼が多少、ダメージを喰らってはいたが大した事は無いようだ。腹に矢が何本も突き刺さっていて、なんとも壮絶な様相だ。奮戦したのだな。

護鬼の剣が首元に叩き込まれてシュトルムティーガーも沈んだ。いいファイトだったな！ でもアイテムは何も貰えない。困った事だ。

おっと、時間が勿体無い。呪文の効果が続いている間に次の広間へ行かねば。

勿体無い。ああ、勿体無い。

呪文の効果が残っているうちに次の立像を目指した。広間と広間の間隔は同一だろう。即《すなわ》ち、大体どの程度移動したらいいのかも把握出来た。

次も無手の相手ならいいなと思ってたが残念、明らかに斧を持っています。それに今度の仏像は肌が白い。真っ白だ。

摩虎羅《まこら》　レベル3

天将　討伐対象　アクティブ

戦闘位置：地上　水属性

カーリーラビット　レベル6

魔物　討伐対象　アクティブ

戦闘位置：地上

摩虎羅か。マコラ、と読むらしい。それにお供がウサギですか。単なるウサギならば可愛《かわい》くていいと思うけど、こいつは違う。目が細く吊《つ》り上がっていて凶悪な表情に見える。眉間には鈍く光る角もある。一体だけだし、これまでのお供と同等の力量があると見るべきだ。

だから今までと何も変えない。ウサギは召喚モンスター達の獲物でオレの相手は摩虎羅だ。

で、斧使いの摩虎羅なんですが、得物が斧のくせに大振りしない。即ち隙が少ない。実に厄介だ。

突破口はやはり斧を持つ右手だ。斧そのものは片手斧だが、両手でも扱う時がある。両手で持たせるように誘導したい。脇から腹にかけて隙が出来るからだ。

独鈷杵から伸びるのは黒曜石の如《ごと》き刃身。土属性の刃で傍目《はため》から見ると地味だ。ただ実際に使ってみると一瞬だけ煌《きらめ》く。摩虎羅の籠手《こて》に攻撃を撃ち込む度に弾《はじ》ける僅かな火花、それが何倍にも増幅するように反射する。実に美しい。

それにしてもこの摩虎羅、しぶとい。最後まで斧を落とさなかった。勝ちはしたもののオレのダメージは四割を超えていた。侮ってはいけない。

ウサギはどうか？　首をクリープに噛まれて胴体まで巻かれてました。これは酷《ひど》い。護鬼達も戦闘に介入出来ない。ただ毒を受けていたようで、仕留めるのに時間は掛からなかった。どれ程の強さだったのか、結局分かりませんでした。観察する暇が無かったから仕方ない。護鬼もクリープも相応のダメージがあったし、強敵だとは思う。

回復呪文とポーションでＨＰバーを全快にしていく。まだオレのＭＰバーには余裕はあるが、気にしておいた方がいい。思わぬ消費を強いられる可能性もある。

次の広間に到着。でも立像に近寄る事はしない。今度の仏像の得物が弓矢だったからだ。

弓矢か。オレと一対一でまともに勝負してくれるかな？　腰に短剣も着けているし、弓矢を奪えたらなんとかなりそう？　そしてこの立像なのだが顔が真っ赤でまるで赤鬼だ。

どうしよう。召喚モンスター達に集《たか》らせて数で攻めた方がいいのだろうか？　間違いなくお供もいる。そっちはオレが相手をしたっていい。

武闘大会でもそうだが弓矢持ちが相手だと戦い

が噛み合わない。そうだ、そうしよう。

呪文で強化し終えてから近寄ってみる。何者だろうね？

波夷羅《はいら》　レベル3
天将　討伐対象　アクティブ
戦闘位置：地上　木属性

ドラゴンパピー　レベル1
魔物　討伐対象　アクティブ
戦闘位置：地上　？？？

え？　ドラゴン？

思考が停止した。


……固まってる場合じゃない！

外見は？　ドラゴンと言われなければちょっと大き目のラプターのように見える。よく見たら背中に小さいながらも翼があった。その脚は太く、二足歩行のラプターと同様だ。そして腕が太く鉤《かぎ》爪《づめ》も太い。ヤバそうな気配が満載です！


「練気法！」

すかさず武技を追加だ。そして呪文を選択して実行。右手に持つ独鈷杵から雷撃の刃身が伸びる。

僅かでいい、麻痺《まひ》してくれませんかね？


パピーって事は赤ちゃん？　そこに活路を見出すしかない。それに【識別】で見えていない項目がある。つまり格上だよな？　そう判断すべきだ。ならば悩まず全力で行け！

距離を詰める。勿論怖いですよ？　でも剣の間合いで戦わなければ勝機は無い。

オレとドラゴンパピーの視線が合う。

魔物が大きく溜《た》めを作って口を開けた。

目の前が灼熱の炎に覆われた。ブレス攻撃？

「ディメンション・ミラー！」

攻撃は何が来るのか分からない。ならば最初の攻撃は跳ね返す。保険で用意してあった呪文が間に合った。でも反射したブレスを浴びたドラゴンパピーに大したダメージが無い。火耐性か、火属性がある？　多分あるだろう。

接近は出来た。だが近寄ったら近寄ったで恐るべき相手であるのを実感する。独鈷杵で表皮に何度か撃ち込んでみた。ダメージ、少な！　無論、麻痺もしない。呵責《かしゃく》のトンファーで与えるダメージの方がまだマシだ。ただダメージこそ少ないが、与えた衝撃で体勢を崩せる。こいつは時間が掛かりそうだ。あのブレス攻撃に対処しながら？　自信なんて無い。だがやるしかあるまい。

どうやらブレス攻撃は何度も連続で繰り出せないらしい。次のブレス攻撃は足元に滑り込む事でなんとか回避した。危なかった。直撃したらどうなっていた事か！　代わりに脚の鉤爪に引っ掛けられた。地味に痛いダメージを喰らう。

「ディフェンス・フォール！」

何にせよ攻撃でダメージを積み重ねないと話にならない。呪文で防御力を下げに行くが効果は分かりはしない。独鈷杵は牽制、トンファーメインで攻撃を続ける。先刻よりもダメージは通るようだが、それでもまだ微々たるものだ。

次の呪文でどうにか出来るのか？　自信は無いけどやるしかない！

「パルスレーザー・バースト！」

至近距離から攻撃呪文を撃ち込む。どうだ？

だが同時にオレも攻撃を喰らっていた。今のは何だ？　尻尾だった。互いに大きなダメージになったが収支はオレの赤字だろう。

距離が出来た所で悠然とオレに近寄るドラゴンパピー。次に何をしてくるのかは分かっていた。

ブレスが、来る！

タイミングを合わせて前に飛び込んですかさず横へとステップを踏む。肩が熱い。だが痛みはすぐに止《や》む。選択して実行してあった呪文はキャンセルされてしまっていた。

諦めてなるか！　次の呪文を選択して実行。

ドラゴンパピーの後脚に独鈷杵とトンファーを連続で撃ち込む。動きを止めないと！

また尻尾だ。宙に跳んで避ける。足元を凄い勢いで尻尾が通過する。せっかく背後を見せてくれたのに反撃は出来ない。

着地した後も攻撃を後脚に集中させる。動きは多少鈍ったか？　麻痺する様子は無い。

強い。強いな。べらぼうに、強いな！

これがドラゴンか、とんでもないな！


「リジェネレート！」

再度、振り回される尻尾を跳躍して避けつつ呪文を使う。長期戦の覚悟は完了した。とことん、付き合おうか？

独鈷杵にセットしてあった雷魔法から氷魔法に切り替えた。麻痺しないのでは話にならない。攻撃を続行するのだが、氷の刃身でも効果が薄いのか？　動きが鈍る様子は無い。

ブレスが派手で目がいってしまうが、恐れるべきなのは攻撃じゃない。この強固な防御力こそが恐れるべき代物だろう。状態異常にもまるで引っ掛かってくれない。どうしろと？

まだ手段は残っている。独鈷杵の刃身を収納すると腰ベルトに差し込む。やや苦労したが《アイテム・ボックス》から目的の物を取り出した。

獄卒の黒縄だ。果たしてこいつが通用するか？

試してみない事には分からない。

仕掛けるタイミングはどうする？

尻尾か？　ブレスか？

ドラゴンパピーが溜めの動作をとる。

ブレスだ！

足元へスライディングして回避。そして後脚に黒縄を回し掛ける。縄に輪を作りその中に縄を通す。片足だけだが拘束出来た。

その脚が跳ね上がる。直撃はしなかったが結構なダメージがあった。クソッ！

もう片方の脚にも黒縄を同様に回し掛ける。そして縄をより短く引き絞ってやった。どうだ？

クリープ程には上手じゃないが、どうにか両脚を拘束した。こっちを振り向いて襲い掛かろうとするドラゴンパピーだがその両脚から炎が噴き上がっている。そのダメージは小さい。だが転がす事には成功した。ここだ、逃してなるか！


今度は両腕を封じに行く。黒縄を右腕に引っ掛けて引っ張る。首にも縄を回し掛けて左腕にも引っ掛けて固定してやった。途中で噛まれそうになったが、既に縄は首にも絡んでいた。

行動の自由が利かない。ドラゴンパピーもそれを理解しているようだ。絡んだ縄を切ろうと首を動かすのだが上手《うま》くはいかない。体中が炎に巻き込まれてしまう。オレは縄に手を掛けて首に取り付いた。狙うのは目だ。

トンファーの先端を目に突き込む。取っ手に縄を掛けて、縄を引っ張った。徐々にトンファーがドラゴンパピーの頭部に食い込んで行く。

「ッ！」

急激にドラゴンパピーのＨＰバーが減り始めた。更にもう一押し！

「パルスレーザー・バースト！」
後頭部に直撃、更に暴れるドラゴンパピー。縛られた状態で暴れた結果、トンファーが更に深く頭の中に突き込まれてしまう。ドラゴンパピーのＨＰバーが一気に消滅した。
終わったのか？　終わったみたいだな。
ちゃんと仕留めたらしい。いや、まだだ。まだ波夷羅が残っている。どうなっている？
まだ召喚モンスター達と戦闘中でした。波夷羅の手に弓矢は無い。短剣で護鬼とやりあっている。
ナインテイルが護鬼を癒して支援、クリープは波夷羅の足元を狙っているが、中々上手くいっていない。こいつ、結構素早いぞ？
だがこれまでに積み重なっていたダメージは大きかったようだ。後方からの黒曜の奇襲をまともに喰らって波夷羅は沈んでしまった。
《只今の戦闘勝利で【打撃】がレベルアップしました！》
《只今の戦闘勝利で【回避】がレベルアップしました！》
《只今の戦闘勝利で【受け】がレベルアップしました！》
《只今の戦闘勝利で【ロープワーク】がレベルアップしました！》
《只今の戦闘勝利で召喚モンスター『黒曜』がレベルアップしました！》
《任意のステータス値に1ポイントを加算して下さい》
これだけ苦戦しておいて何もレベルアップしてなかったら泣いてますよ。いや、真面目な話です。痛いし熱いしもうね、大変でした。
おっと、黒曜のステータス画面に集中せねば。
黒曜のステータス値で既に上昇しているのは敏《びん》捷《しょう》値《ち》だ。もう一点のステータスアップは生命力を指定する。

黒曜

ミスティックアイLv3→Lv4（↑1）

器用値	13	敏捷値	22（↑1）
知力値	21	筋力値	14
生命力	14（↑1）	精神力	21

スキル

嘴撃	無音飛翔
遠視	夜目
奇襲	危険察知
天耳	水属性

よし、ここで急ぐのは止《よ》そう。次の広間にはゆっくりと移動したいです。

《汝等の力を更に示すのだ！》

インフォは以下略で。脱力してまともに聞くだけの気力がありませんから！　そしてアイテムは何も得られないのもこれまでと一緒だ。これはもう何かの罰ゲームに違いない。

ああ、そうだ。これってゲームでした。

喰らったダメージをポーションで癒しながら先を進んだ。出来るだけゆっくりとだ。冷静になれる時間が欲しかった。それにここまで進んでみてようやく気が付いた。マグネティック・コンパスで進んでいる方角がいつの間にか南西になっている。そう、方角がおかしい。どうやらこの支道、円を描くような構造になっているようだ。

いずれは最初の広間に着くのか？　レギアスの村の西にある森の迷宮のようなものなのだろうか？　それに気になるのは立像のお供の順番だ。

先刻のお供がドラゴンパピー。

その前がカーリーラビット。

その前はシュトルムティーガー。

その前が闘牛。

その前がヒッピングラット。

鈍いオレでも気が付きましたよ？　これは干支《えと》だ。子《ね》、丑《うし》、寅《とら》、卯《う》、辰《たつ》、巳《み》、午《うま》、未《ひつじ》、申《さる》、酉《とり》、戌《いぬ》、亥《い》で十二支。暴れ闘鶏が酉。ヘルハウンドが戌。マッスルボアが亥。そういう事だな。ならば次は巳になるから蛇が出てくるかね？


次の広間に到着した。今度の立像も赤鬼のように見える。その得物は槍？　いや、その形状から察するに戟《げき》かな？

ゆっくり考え事をしながら移動していたから呪文の効力は全て途切れている。改めて全員を呪文で強化する。そして近寄ったら例のインフォだが気を回す余裕は無い。【識別】が先だ。さあ、今度はどんな奴かね？

因達羅《いんだら》　レベル3
天将　討伐対象　アクティブ
戦闘位置：地上　雷属性

カーズドバイパー　レベル3
魔物　討伐対象　アクティブ
戦闘位置：地上　闇属性

ビンゴ！　ちゃんと蛇が出現しましたよ？

そして因達羅ね。インダラと読む訳だが、これは帝釈天《たいしゃくてん》に通じる名前らしい。この辺、関連性が良く分からないな。いずれにしても雷を司《つかさど》るって事らしい。

因達羅の相手はオレがやろう。蛇の方は召喚モンスター達に任せた。先刻のドラゴンパピーより強かったら？　まあそこはそれ、戦ってみたら分かる事だ。


再び右手に独鈷杵、左手にトンファーの二刀流スタイルで因達羅に正対する。得物として考えたら戟はどうか？　槍は突きに特化した武器だ。戟はこれに殴打する事を加えた武器と言える。洋風に言えば、ポールウェポンが近いか？　要するにその先端は槍よりもかなりの重量級である、という点が問題なのだ。当たれば洒落《しやれ》にならない。その反面、槍のような素早い突きは飛んで来ない。その筈なのですが速いよ！

因達羅さん、どんだけパワーあるんだよ！　よくもまあこんな突きを軽々と繰り出せるものだ。

でもオレの選択はこれまでと変わらない。懐に飛び込み、関節を狙う。突っ込んだ勢いそのままに前蹴りを喰らわせて体勢を崩すと追撃。独鈷杵から伸びる氷の刃身を、呵責のトンファーを、連続で籠手に撃ち込む。そして足払いを仕掛けた。

完全に間合いはオレの距離で一方的になる筈なんだが、強引に戟を振り回してやがる！　強引にも程がある！

結局、独鈷杵は引っ込めて肘関節を極めてから腕返しを仕掛けて投げた。片手で、しかも転んでからも戟を振り回すとか、しつこい。最後は三角絞めに極めて仕留めた。付き合いきれん！

カーズドバイパーも何とかなった模様だ。護鬼が奮戦、斧で頭部を真っ二つにしてました。いい音が重低音で響いてたからすぐに分かった。渡してある轟音《ごうおん》の鉈《なた》はクリティカルの発生が分かり易《やす》い。そしてそんな鉈を振り回す護鬼の様子は名前の通り鬼のようでおっかないです。

《只今の戦闘勝利で【蹴り】がレベルアップしました！》
《只今の戦闘勝利で【関節技】がレベルアップしました！》
《只今の戦闘勝利で【投げ技】がレベルアップしました！》

《汝等の力を更に示すのだ！》
このインフォは省略出来ないのかな？　まあどうせ聞いちゃいないんだが。そしてアイテムも無し。これもどうにかして欲しいです。

急いで次の広間へ向かう。早めに因達羅が片付いたのだし、呪文の効果があるうちに次も片付けておきたい。

次は、午か。漢字では午と書くのに馬なんだよな。そう、次は馬の魔物になる筈です。どんなお供が出てくるのか？

立像の得物ですがまたしても戟だ。しかも法螺《ほら》貝《がい》も持っている。肌の色は青い。で、こいつの正体とお供は何かね？

珊底羅《さんてら》　レベル3
天将　討伐対象　アクティブ
戦闘位置：地上　火属性

シフカ　レベル2
魔物　討伐対象　アクティブ
戦闘位置：地上　光属性

お供はやはり馬の魔物のようでその毛並みは芦《あし》毛《げ》だ。綺麗な灰色、光の加減で白くも見える。

そして珊底羅ね。サンテラ、と読むようだが先刻の因達羅と同じ手順でいいか？

そうはいかなかった。法螺貝が問題です。

珊底羅が法螺貝を吹く。広間の空気を振るわせたその音には威圧する効果があった。オレを含めて動きが鈍る。そしてその隙に馬が襲いに来るのだ！　広間とはいえ狭い場所を器用に駆けている。その重量級の馬体だけでも脅威だ。体当たりでも喰らえば洒落にならない。

そんな中、淡々と馬に攻撃を加える文楽。唯一、法螺貝の音にも動じていない。素晴らしい！　でも先に珊底羅を狙って欲しいぞ！

どうにか法螺貝の音が止んだ。珊底羅の体に矢が何本も命中している。馬の突撃はオレに向かっていたのは幸運と言って良かったのか？　独鈷杵から伸びる水の刃身で脚を払って転んだ所を召喚モンスター達が集って仕留めてしまっていた。

残るのは珊底羅のみ。ここは全員で仕留めに行った。戟を持つ珊底羅はその得物の間合いの長さを活かしてこっちを近寄らせない構えだ。ただ文楽の放つ矢までは捌き切れない。そして黒曜の牽制。隙が出来た所でオレと護鬼、クリープが同時に突っ込んで行く。

そこから先はもう数の暴力で決着が付いた。珊底羅は戟をまともに扱う事が出来ずに沈んだ。ただこっちも無傷では済まなかったけどな。

《示すのだ！》

インフォはオレの脳内で省略しておいた。そしてアイテムも当然無し。十二神将、十二支を当てはめているのであれば、残るはあと二つ。時刻は午前八時四十分。昼飯の時間を気にして確認してみたんだがとんでもない！　まだこんな時間なのかよ！　時間が濃密に過ぎる！

まあそれもいい。どうやら昼飯までに十二神将全員と戦えそうだ。いや、十一体目に勝てると決めてかかるのはどうなんだ？　自重しろ。

それに一連の立像がずっと同じインフォで通してきているが、最後の一体には何かあるかもしれない。十二体目は最初から最後まで、聞いておこうかね？　では十一体目、行ってみよう。

次の広間もまた立像がある。そしてお供には未、つまり羊が出てくると思われるのだが近寄らずに像を観察する。またしても戟だ。そして真っ赤な肌に怒りの表情。

問題はその戟がかなりの長柄なのだ。今までの戟と同じ感覚で戦うのは危険だな。間合いを摑んでしまうと怖いのが思い込みだ。特に成功体験を繰り返してしまうと、疑義の目を向けなくなってしまう。ここは慎重に行け。

呪文で強化して近寄るとまたしても同じインフォ、そして以下省略。だがそれよりもオレの意識は出現しつつあるお供に向けられていた。

摩尼羅《まにら》　レベル3
天将　討伐対象　アクティブ
戦闘位置：地上　塵《ちり》属性

レッドシープ　レベル6
魔物　討伐対象　アクティブ
戦闘位置：地上　火耐性

摩尼羅とは？　マニラ、と読むようです。どこの都市だ？　そしてお供のレッドシープ。名前の通り、その姿は真っ赤です。赤鬼のようなお顔の仏像にお供も真っ赤と来たか。

では摩尼羅はオレの獲物だ。

《示すのだ！》

はいはい、省略省略。

そして摩尼羅の戟の扱いは力強くて見応えが

あった。でも振り回すだけってのは芸が無いと思うよ？　隙が大きくなるだけだし。

オレは独鈷杵を使わなかった。接近して関節狙いだった。懐に飛び込む際には多少のダメージがあったが、収支は十分だったと思う。ポーションで賄える範囲だ。

レッドシープは？　こいつはかなりタフだったようです。羊毛がフワフワで攻撃が通じ難いような印象だ。特に黒曜が攻撃し難いように見えた。

それでも最後はクリープが脚に絡み付いて転がし、護鬼が腹に剣を押し込んで始末してました。

羊毛って凄いな！　天然のクッションだね！

でも残念ながらアイテムとしては残らないのである。無念だ。

さあ次が十二体目、全てを倒したら何かが起きるかな？　期待したい。

《封印を為した者共に仏罰を与えよ！》
《封印を解きし者達に慈悲を与えよ！》
《仏敵を調伏せん！》
《封印を解きし者に告ぐ！》
《汝等の力を示せ！》
今回は最初から真面目に聞いてみた。でも文言は変わっていないよね？　目論見《もくろみ》通りとは行かないかも？
立像はこれまでの連中とそう変わらない。得物はメイス、いや槌《つち》だな。殴打武器を得物にしている立像は初めてだ。それにしても顔色が緑色ってどうなの？　まあ今までも顔色がいい立像はいなかった訳ですが。

安底羅《あんてら》　レベル3
天将　討伐対象　アクティブ
戦闘位置：地上　時空属性

キラーエイプ　レベル7
魔物　討伐対象　アクティブ
戦闘位置：地上

安底羅か。アンテラ、と読むらしい。お供はキラーエイプ、レベルが高い！　それにこいつの名前には覚えがある。どこだっけ？　まあそれは後にして今は戦闘が先だ。

この安底羅なんですが槌の攻撃は全て避けてはいます。だが危険な音がしてたりする。

ブォォォン！

これだ。槌の風切り音にしてはかなり珍妙な音がしている。直撃したらどうなる？　試す度胸なんて無いけどさ！

独鈷杵は風の刃身を使った。これが一番、間合いを長くとれるからだ。小心者かって？　前衛で真っ先に突っ込んでるのに？　こんなオレでも危険を感じる事だってあるのですよ。今回は無理をせず、独鈷杵でダメージを重ねた。傍《はた》で見たら戦いは一方的に見えたかも？　でも一瞬だって気が抜けない時間が続いていた。あの槌はヤバい。根拠は無いけど。

安底羅を倒すのはかなり時間を掛けた。召喚モンスター達は早々にキラーエイプを倒して観戦モードで待たせてしまった。

《封印を解きし者に告ぐ！》
《我等を封印せし仏敵を討つべし！》
《仏敵を調伏せん！》
《次が最後だ！》
《汝等の力を更に示すのだ！》

また聞いたようなインフォだが文言に変化があった。次が、最後だって？　実は十二体じゃないとか？　何にせよオレの目論見は外れた訳だ。

仕方ないな、次に行こう。

次の広間に出た。だが進むべき支道は二つ見える。そして広間の中央の立像には見覚えがある。迷企羅だ。一周して戻ったのは間違い無い。近寄ってみても立像が動く様子は無い。像に触れてみた。

《迷企羅に挑みますか？》

《YES》《NO》

《十二神将への連続戦闘継続中です。強制戦闘に入ります》

え？　連続戦闘継続中？

《封印を為した者共に仏罰を与えよ！》

《封印を解きし者達に慈悲を与えよ！》

《仏敵を調伏せん！》

《封印を解きし者に告ぐ！》

《これが最後だ！》

《汝等の力を示せ！》

いかん、考えるのは後だ。呪文の効果はまだある。だが残り時間は心許《こころもと》ない。ここは使え！

「練気法！」

立像が動き出す。そして魔方陣から現れるのは二羽のニワトリだ。

迷企羅　レベル3

天将　討伐対象　アクティブ

戦闘位置：地上　風属性

暴れ闘鶏　レベル6

魔物　討伐対象　アクティブ

戦闘位置：地上、空中　風属性

ここは速攻だ。長引かせて良い気配がしない。

槍をトンファーで凌ぎつつ隙を窺う。昨日、最初に戦った時はレベル2だったよな？　たった1つだけのレベルアップだが明らかに強くなっている。リスク無しで懐に入り込めそうにない。

「エネミー・バーン！」


ならば、呪文だ。迷企羅の全身が炎に覆われる。それでも構えを解かないとか、凄いな！

既にオレは槍の間合いに踏み込んでいる。

後退？　それこそ愚策。ここから踏み込め！

槍の穂先が腕を掠めた。トンファーで受け流しきれなかった。だが構わない。間合いはまだ遠い、だが行け！

独鈷杵から伸びる炎の刃身が迷企羅の腹を直撃した。一気に迷企羅のＨＰバーが減る。それにも構わず槍を振り上げる迷企羅。

独鈷杵の刃身を収納、半身に転じて避けながらトンファーで腹を打つ。再び独鈷杵の刃身を展開。喉元に剣を突き込んだ。

一気に迷企羅のＨＰバーが吹き飛んだ。クリティカルだったか？　多分、そうなのだろう。

暴れ闘鶏は一羽に減っていた。その一羽も矢を何本も喰らったままで動きは鈍い。残りＨＰバーも三割って所だ。召喚モンスター達の獲物は横取りせず、戦闘を見守っておこう。

《封印を解きし者に告ぐ！》
《我等を封印せし仏敵を討つべし！》
《仏敵を調伏せん！》
《汝等の力は示された！》
《仏敵を祓《はら》い調伏せよ！》

戦闘を終えてみたらインフォの内容が違ってました。何が悪かったのかは分からない。連続で、というのが条件？　だが今更検証なんて出来ない。アイテムが残らないのも同様だ。何かが変わっているように思えない。

《十二神将の試練をクリアしました！》
追加のインフォはあったがこれだけだ。呪文の効果はもうすぐ途切れるだろう。オレのＭＰバーも半分を割り込んだが、安全策でマナポーションを使う。もう一度、迷企羅に触れてみた。
《薬師如来の間に転移可能です。転移しますか？》
《ＹＥＳ》《ＮＯ》
ここは勿論ＹＥＳを選択。何が始まるんですかね？　転移した先は何処《どこ》であるのか？　ぐるりと一周した中、というのが順当なのだと思うがどうでしょう？
そこは仏殿のように見えた。正面に坐像《ざぞう》。その両脇に立像。部屋の周囲には立像が幾つもあるようだ。背後の仏像を見ると珊底羅がいる。法螺貝を持っているし間違いない。周囲の立像はこれまでに戦った十二神将のようだ。
《仏ならばここに在ってここには居ない》
いきなりオレの横合いから声が響く。そこに立っていたのは威厳たっぷりの老齢の男。ややぽっちゃりか？　口髭《くちひげ》も顎髭も頭髪も見事に白い。太古の文官のようにも見える。
《薬師本尊だけではない。日光菩薩《ぼさつ》も月光《がっこう》菩薩もまた同様。十二神将もまた然《しか》り》
誰だろう？　イベント関連だと思うが親切な解説お爺《じい》さん？
泰山王《たいざんおう》　？．？．？
？．？．？　？．？．？
？．？．？　？．？．？

失礼しました、ゴメンナサイ。名前以外が全く見えないって事は遥《はる》かに格上ですね？

《我もまた然り。この地に顕現するための雛型《ひながた》があるだけに過ぎぬ》

泰山王はそう言い残すと薬師本尊を見る。泰山王は薬師如来の左手にある壺《つぼ》に手を伸ばす。蓋を取りその中身を手にした。薬師如来に一礼すると、今度はオレに向けて手を振る。これは灰か？

《そなた等の行く先に解脱への道があらんことを》

そう言い残すと泰山王もまた消えた。

イベントはこれで終わりなのか？

《称号【瑠璃光の守護者】を得ました！》

成る程、イベントはこれで終了のようです。ところで出口は何処でしょう、如来様？

答えはすぐに判明した。法螺貝を持っている珊底羅に触れてみたらインフォが出た。

《珊底羅守護の広間に転移しますか？》

《YES》《NO》

おっと、まだこの場所を調べていない。一旦《NO》を選択する。十二神将を一体ずつ、触れてみる。ここの立像とは戦えない代わりに各々の広間に転移する仕掛けのようだ。

薬師如来像の左右にある立像は？　薬師如来像の左側、向かって右側の像を見る。右手を上げ、左手を下げたポーズだ。十二神将達と違い柔和な表情。武器のような無粋な代物は持っていない。手を合わせて一礼してから触ってみる。

《天空に日輪在りて慈悲を与えん》

インフォはこれだけだ。何も起きない。

反対側の立像はどうか？　こっちは左手を上げ、

右手を下げたポーズだ。こっちも手を合わせて一礼してから触ってみる。

《天空に月輪在りて慈悲を与えん》

こっちもこれだけだ。何でしょうね？　まあいい、如来の次の位となれば菩薩だ。泰山王が言っていた日光菩薩と月光菩薩なのだろう。

本命は薬師如来だ。やはり一礼して触ってみるが何も起きない。壺はどうする？　やめておきましょう、仏罰が怖い。

さて、どうやらこの十二神将の試練、というのは称号を得る為《ため》のミニイベントらしい。これまでを総括しよう。

一番強力な相手は？　ぶっちぎりでドラゴンパピーでした。しかもレベル的に一番弱い筈なんですがね。十二神将の試練、というのは看板の掛け違いではなかろうか？

それに称号、と言っても何に寄与しているんだか、ハッキリしないのもある。

武技は？　増えていない。

呪文は？　増えていない。

謎だ。まあアイテムは得られていないが、レベルアップが色々とあったし、収穫はあった。戦闘も充実したものと言っていいだろう。時刻は午前九時半って所か？　濃密な時間でした。

迷企羅に触って転移して戻ろう。まだ昼飯にするには早い。牛頭と馬頭を相手に狩りをしておこうかね？　迷企羅と戦えるならそれでもいい。

転移した先は中央に立像のある広間、その筈である。だがそこに立像はいない。プレイヤー達と戦っていた。

迷企羅　レベル1

天将　討伐対象　アクティブ

戦闘位置：地上　風属性

暴れ闘鶏　レベル3
魔物　討伐対象　アクティブ
戦闘位置：地上、空中　風属性

おい、オレの時と比べたら随分とレベルが低くないか？　オレ達が出現したのは広間の隅だ。プレイヤー達は戦闘中でこっちを気にする様子は無い。もう一回位は迷企羅と戦ってみてもいいな、とか思ってたんだけど、先を越されたようだ。これは仕方がない。待っているのも性分に合わないので移動しよう。牛頭と馬頭の出るポイントに向かおう。おっと、忘れずに【解体】を控えにしておこうか。

第四章

メインの洞窟に至るまで、グロウリーチにしか遭遇しなかった。そりゃそうだ。先刻のパーティが牛頭《ごず》と馬頭《めず》のペアを倒してしまったのだろう。他にも幾つかある牛頭と馬頭の出現ポイントを漁《あさ》ろう。メインの洞窟から中継ポータルへ向かう支道にもポイントは二箇所あるのだが、どうせ狩られた後だろう。別の場所に行ってみた。

牛頭鬼　レベル8
妖怪　討伐対象　パッシブ
戦闘位置：地上　光属性

馬頭鬼　レベル8
妖怪　討伐対象　パッシブ
戦闘位置：地上　闇属性

目的の相手がいたけどどうにもいけない。あのドラゴンパピーと比べてしまうのだ。それに十二神将とも比較してしまう。

パワーでは遜色無い。むしろこいつ等《ら》の方があるように思える。攻撃の的確さは圧倒的に十二神将が上だろう。防御に至っては牛頭と馬頭の頃からずっと稚拙で牛頭鬼と馬頭鬼にクラスチェンジしていても同様だ。馬頭鬼の方がまだスピードがある分、厄介ではあるが、基本はパワーファイターだ。得物の扱いも雑過ぎる。

まあ比べても仕方ない。比較すべきはもう一段階クラスチェンジした後だろう。牛頭大将に馬頭大将、早くそこまで辿《たど》り着きたいものだ。

牛頭鬼と馬頭鬼は比較的簡単に倒してしまった。スキルのレベルアップも無くてあっけない。

南にある断罪の塔へ抜ける支道にも牛頭鬼と馬

頭鬼が出るであろうポイントは二箇所ある。でもそこへ行くのは面倒だ。まだ狩られていない事を期待して回ってみる。

三箇所、全て狩られていなかったのは幸運であった。でも全てを回っても牛頭大将と馬頭大将にクラスチェンジしてくれないのだ。

牛頭鬼　レベル11
妖怪　討伐対象　パッシブ
戦闘位置：地上　光属性

馬頭鬼　レベル11
妖怪　討伐対象　パッシブ
戦闘位置：地上　闇属性

今日はこの辺りが限界のようです。当然、油断は出来ない相手だ。前衛にフィジカルエンチャント系は必須になる。で、唯《ただ》のパワーファイターである牛頭鬼、意外だったが、戦鬼やジェリコよりも護鬼を中心に組んだ方が喰《く》らうダメージが少ないように感じられる。クリープの搦《から》め手《て》も影響していたのかも？

そろそろいい時刻かな？　中継ポータルに向かおう。適当な所でインスタント・ポータルを使ってもいいのだが、目的はそこではない。金剛力士とも戦っておきたい。狙いは当然、独鈷杵《どっこしょ》だ。予備に何本か欲しい。混んでなきゃいいんですがね。

広間前の金剛力士は戦闘中でした。ギャラリーも少なからずいる。そして広間の中は？　狛犬《こまいぬ》と獅子《しし》のペアが戦闘中でした。こっちにもギャラリーはいるが、そんなに多くない。まあ今は昼飯が先だ。中継ポータルに行こう。

到着するやすぐ人形の文楽に食事の用意を進めさせておく。オレは矢の補充だ。文楽が放った矢はある程度は回収しているものの、補修が必要だったり、もう使えなくなる物もある。補充は必須だ。護鬼はそんなに消費していない。前衛で頑張っていたからこれは当然だ。

《これまでの行動経験で【木工】がレベルアップしました！》

作り過ぎちゃった。護鬼と文楽の矢筒に入りきれない数になってました。まあ【木工】がレベルアップしてるからいいんだけどね。だが矢尻素材も矢羽根も少なくなっている。どこかで在庫を確保しておかないといけない。

文楽が料理してくれたのは最後のサーロインの塊だった。無論、変性岩塩（聖）を使っている。今日は朝から激戦が続いていた。MP《マジックポイント》バーは半分以上残っていたが、可能な範囲で回復させておきたい。金剛力士に挑むにしても、どのレベルになるのかが分からない。そこが悩ましい所だ。

そうそう、召喚モンスター達《たち》の布陣は変更しておこう。クラスチェンジ狙いで残しておきたい所だが人形の文楽は帰還させておく。探索役だった梟《ふくろう》の黒曜も帰還だ。鬼の護鬼と狐《きつね》のナインテイルも帰還させた。残したのは蛇のクリープだけだ。

前衛に虎のティグリスと獅子のレーヴェ、後衛に妖精のヘザーと幽霊の瑞雲《ずいうん》を召喚する。全体的にレベルアップを図っておきたい。

本当は広間外の金剛力士を相手にしてみたい所だったが、順番待ち兼ギャラリーがいる。いや、普段に比べたら少ないのだが、広間の方がより少ないのであった。今は挑戦するパーティがいない。先日まで開催していた闘技大会の影響が出ている。ただ既に対戦を終え、MPバーが消耗したパーティが残っている。彼等は中継ポータルに戻ってログアウトするか昼飯にする様子だったが、広間の外へ移動する者達もいた。

そして誰もいなくなった。オレ達も対戦する様子を見せなかったからだろう。

さて、静かになった所で金剛力士に挑むとするか。注意すべきなのはここのペアは風属性と水属性を持つ事だ。オレはどっちの相手をしようか？

水属性の吽形《うんぎょう》にしておこう。風属性の阿形《あぎょう》には召喚モンスター達で相手をして貰《もら》う。トータルで見たら属性的にその方が相性はいい筈《はず》だ。ちゃんと【解体】をセットしているのを確認。

では、やりますかね？


広間の外と中の金剛力士のペアだが、レベルがどう変動するのか、規則性がまるで感じられない。広間の中の金剛力士を相手に対戦を十回、重ねてみた。下は金剛力士のレベル1もある。上は金剛仁王のレベル2もあるのだ。ランダムと考えるしかない。

金剛仁王のレベル2は強かった。どの十二神将よりも凄《すご》かった。水属性の吽形は比較的テクニカルな所があってやり難《にく》いって事もある。阿形は数に押されてしまい、その強さを発揮し切れていなかったようだ。評価は保留すべきか？

で、結局金剛力士と八回、金剛仁王と二回戦った結果、全てに勝利した訳だが変性岩塩（聖）は四つ、力水は二つ得ている。独鈷杵？　拾えていませんよ？　ちゃんと【解体】をセットしてある筈だ。それでも拾える訳ではないらしい。


ギャラリーが少し増えた。特に戦いたがっている様子も見せないので、更に連戦してみた。

やはりランダムだな。更に対戦を十二回、下は金剛力士のレベル2から、上は金剛仁王のレベル2までだ。規則性は見出《みいだ》せない。金剛力士と九回、金剛仁王と三回戦って、変性岩塩（聖）は五つ、力水は二つだった。独鈷杵、どこ？

《只今《ただいま》の戦闘勝利で召喚モンスター『レーヴェ』がレベルアップしました！》

《任意のステータス値に1ポイントを加算して下さい》

まあ経験値はちゃんと入っているようではある。十二戦目、金剛仁王レベル2を倒した所でレーヴェがレベルアップしてました。

独鈷杵が得られていないけどレベルアップのお楽しみがある。さ、寂しくなんかないぞ！　レーヴェのステータス値で既に上昇しているのは筋力値だ。もう一点のステータスアップは器用値を指定する。

レーヴェ

ライオンLv3→Lv4(↑1)

器用値	10(↑1)	敏捷値	14
知力値	11	筋力値	19(↑1)
生命力	21	精神力	13

スキル

噛み付き	威嚇
危険察知	夜目

ちょっと休憩だ。連戦し過ぎてMPバーが心許《こころもと》ない。一応、強化呪文を一通り全員に一回使ってはある。でも消費するものは消費する。夕飯以降も対戦をしておきたいし、マナポーションも合間に使っておく。では、ギャラリーが適度に散った所で対戦を続けよう。

対戦する事、九回。下は金剛力士のレベル1から、上は金剛仁王のレベル1まで、出現はやはりランダムだ。金剛力士とは八回、金剛仁王とは一回戦って、変性岩塩（聖）が三つ、力水は一つだった。アイテムドロップの確率が悪化した？まあ気のせいなんでしょうけど。

《只今の戦闘勝利で【剣】がレベルアップしました！》

《【剣】武技の突剣を取得しました！》

《技能リンクにより武技のパリィを取得しました！》

それにしても【剣】技能のレベルアップが早いな！　もうレベル4になっている。昨日から強い敵を相手に連戦しているからだろう。独鈷杵にもいい感じで慣れてきた。一通り各種魔法属性をセットした場合の特性も把握出来ている。お気に入りは木魔法です。これが一番、地味だ。地味だが水属性の吽形相手に効率良く戦える。確率は低いが動きを鈍らせる瞬間があるのだ。よく見ると刃身から木の枝が顕現して絡み付いている。木魔法の呪文、ブランチ・バインドと同じ効果だ。傍《はた》目《め》には呪文を使っているように見えるだろう。

更に対戦を十七回続けた。下は金剛力士のレベル1から、上は金剛仁王のレベル2まで。金剛力士と十四回、金剛仁王と三回戦って、変性岩塩（聖）は八つ、力水は二つだった。独鈷杵はまだか！　でも別の物が来てましたよ？

《只今の戦闘勝利で【木魔法】がレベルアップしました！》

今日はここまで、木魔法の呪文は使っていない。ただ独鈷杵にセットしていたのは木魔法だった事が多かった。確かに独鈷杵は使い続けている間はＭＰバーが地味に減っている。どうやら魔法技能を使っている事になっているようです。ま、呪文よりも入ってくる経験値は少ないと思われるけど。この辺りは本当はどうなのか、分からない。検証だって難しいだろう。比較し難いし。

おっと、次だ次。考えるだけ無駄な事は考えないようにしないと時間が勿体無《もったいな》いぞ？

更に対戦する事、十四回。下は金剛力士のレベル1から、上は金剛仁王のレベル2まで、金剛力士と十二回、金剛仁王と二回戦って、変性岩塩（聖）は六つ、力水は一つだった。またしてもアイテム取得率が悪化した。だが戦闘をここまで繰り返すと独鈷杵の新しい使い道も見出す事になる。まあ偶然だったんですがね。

裸絞めの体勢から耳元に独鈷杵を押し当てたまま、刃身を展開する。これだけだ。

だがこれが凄いのだ。一発で大ダメージは確実だ。金剛仁王の叶形であっても、である。寧《むし》ろ裸絞めにするまでが大変だ。

独鈷杵も選択するのは氷魔法だけにして暫《しばら》く使う事にした。一応、再確認はしておきたい。

《只今の戦闘勝利で召喚モンスター『クリープ』がレベルアップしました！》

《任意のステータス値に1ポイントを加算して下さい》

そしてインフォも来る。今回は昨日から活躍が続くクリープであった。連戦が続いていたしずっと活躍してたから順当だ。それに前衛でありながら搦め手も使ってくれて重宝してます。クリープのステータス値で既に上昇しているのは敏捷値《びんしょうち》だ。もう一点のステータスアップは精神力を指定する。

クリープ

バイパーLv5→Lv6（↑1）

器用値	12	敏捷値	17（↑1）
知力値	12	筋力値	12
生命力	17	精神力	12（↑1）

スキル

噛み付き	巻付
匂い感知	熱感知
気配遮断	毒

うむ、実に美しい。ではここで一旦、区切ろうかね？　何故《なぜ》ならば、これがあったからだ。

《フレンド登録者からメッセージがあります》

タイムスタンプを見てみると、戦闘中に来ていたらしい。で、誰からか、と言えばマルグリッドさんからだ。これは期待したい！

少ないながらもギャラリーはいるが、その視線を無視して中継ポータルの一角に腰を下ろした。時刻は午後六時前。ちょっと早いけど夕飯にしよう。レベルアップしたばかりの蛇のクリープは帰還させて人形の文楽を召喚する。料理をさせている間にメッセージを確認しよう。

『依頼の品は完成しました。明日はリック達と一緒にレムトの町からレギアスの村へ移動予定です』

それで？　それで？

『明後日《あさって》には風霊の村に到着予定です。出来は見てのお楽しみで』

じらされてるようでもうね、辛抱たまらん。どんなサプライズになるんですかね？

かと言ってこっちから出向く事はしない。風霊の村で受け取る旨、返信しておいた。では連戦の続きだ。マルグリッドさんの到着を待ちつついでにここで狩りを続けよう。

料理が出来上がるまでは普段通りに古代石の発掘をする。残っていた二つだけだ。一つ目で琥珀《こはく》、二つ目でオパールだった。オパールって初めて見るよな？

【素材アイテム】

オパール　品質B　レア度4　重量0+

ケイ酸鉱物。蛋白石とも呼ばれる。
宝石の中では唯一水分を含んでいる。

中々の代物ではないですかね？　マルグリッドさんにお土産が出来ました。

夕食で腹を満たすと再び金剛力士に挑もう。前衛は虎のティグリス、獅子のレーヴェと揃《そろ》ってい る。人形の文楽はそのまま後衛、妖精のヘザーと幽霊の瑞雲もこのまま後衛で継続だ。狙うのは勿《もち》論《ろん》、独鈷杵です。それにしても拾えないな！

広間の金剛力士は空《す》いていた。誰も挑戦してません。静かなものだ。広間の外も確認してみたが、金剛力士に挑んでいるパーティがいた。ギャラリーも少し増えている。

それではこっちはこっちで対戦を進めさせて頂きます。何回連戦になるのかは運次第？　いいえ、独鈷杵次第です。

連戦し続けて十三回、下は金剛力士のレベル1から、上は金剛仁王のレベル2まで。金剛力士と十回、金剛仁王と三回戦って、変性岩塩（聖）が四つに力水は一つだった。そして念願の独鈷杵を手に入れたぞ！　さっさと《アイテム・ボックス》に放り込んでおく。こっち側の金剛力士でも独鈷杵を得られる事が分かったのも収穫だろう。持ってないのかと勘繰る所だった。

目的は果たした。でも移動する時間も勿体無い。いつの間にかいたギャラリーの中に挑戦を望むパーティもいないようだ。引き続き対戦しましょう、そうしましょう。

呪文の支援も少し変える事にした。フィジカルエンチャント・ファイアでの強化を止《や》めて力水を使う。力水が増え過ぎた。使わないのも勿体無い。つか最初に拾った力水をようやく使い切った所だった。容器となる桶《おけ》は消えない。まあこれは何かに使えるだろうし取っておこう。

対戦は十九回も続いた。下は金剛力士のレベル1から、上は金剛仁王のレベル3まで、金剛力士と十四回、金剛仁王と五回戦って、変性岩塩（聖）七つ、力水は三つだった。

そして独鈷杵が一つ。意外に早く独鈷杵がアッサリと手に入りましたよ？　レアっぽいのだが【解体】がいい仕事をしていたのかも？

金剛仁王・阿形　レベル4
天将　討伐対象　アクティブ
戦闘位置：地上　風属性　火耐性

金剛仁王・吽形　レベル4
天将　討伐対象　アクティブ
戦闘位置：地上　水属性　土耐性

気を良くして次に現れたのがこれまでの最高レベルのペアだった。こいつには全力で相手をする事になってしまった。独鈷杵で耳を穿《うが》つ事をしなかった訳ではない。そこまで持っていくのに苦労しただけです。

攻撃呪文も交えて隙を作るのに躍起になってしまった。難易度は十二神将よりも確実に上だ。それにオレが相手をした吽形は独鈷杵を中々手放してくれなかった。無論、手首を狙って攻撃したのだが、オレの狙い通りに命中する訳じゃない。

阿形も召喚モンスター達が奮戦して何とか倒せるレベルだった。さすがにこの辺りから厳しそうだ。クラスチェンジ組がもう一体、加わっていたとしても苦戦しそうである。

《只今の戦闘勝利で召喚モンスター『瑞雲』がレベルアップしました！》
《任意のステータス値に1ポイントを加算して下さい》
幽霊の瑞雲ですが相変わらず筋力値に加算出来ない。どうなっているんだか。クラスチェンジしてもこの有様だとちょっと困るんですけど？
瑞雲のステータス値で既に上昇しているのは知力値だった。残りもう一点は精神力を指定した。

瑞雲

ミストLv4→Lv5（↑1）

器用値　3	敏捷値　3
知力値　20（↑1）	筋力値　1
生命力　5	精神力　18（↑1）

スキル

飛翔	形状変化
物理攻撃透過	MP吸収[微]
闇属性	火属性

確実に知力値と精神力の特化が進んでます。そうなるしかないんだけどね。

そこから対戦を六回、下は金剛力士のレベル3から、上は金剛仁王のレベル1まで。金剛力士と五回、金剛仁王と一回戦って、変性岩塩（聖）が二つだけだった。そろそろ店仕舞いにしよう。オレのMPバーは残り二割をも下回り、一割に迫ろうとしていた。余裕がもう無い。

《これまでの行動経験で【解体】がレベルアップしました！》

いい機会だ。連戦はここで止《よ》そう。

では中継ポータルで休むか？　風霊の村に跳ぶか？　やや悩んだが、インスタント・ポータルを使う事にした。明日は朝一番から牛頭と馬頭のペアを相手に戦いを挑みたい。中継ポータルの先にある出現ポイントの近くでログアウトしておけばいい。うん、そうしよう。時刻は午後十時三十分、今日は長いような短いような、結構ハードな一日になった。まあ収穫は少ないながらも質は高かったし満足すべきなんだろう。

明日は起きたら牛頭大将と馬頭大将から相手になる予定だ。今日よりもハードになる予感がした。

第五章

ログインしたのは午前四時三十分頃だ。朝食には早過ぎたかな？　では予定通り、今日は牛頭《ごず》大将と馬頭《めず》大将に挑みたい。獄卒の黒縄を狙いに行くのもいいが、当面は何処《どこ》まで先に進めるのか、試しておきたい。確かあのペア、全体攻撃もしてくるんだよな？

布陣はどうする？　探索役と兼任で早期警戒は蝙蝠《こうもり》のジーン。前衛はゴーレムのジェリコと鬼の護鬼、それに獅子《しし》のレーヴェ。後衛は妖精のヘザーとした。クラスチェンジ組を多めにするのは安全策だ。強敵が相手になるのが分かっているのだからここは無理をしない。

牛頭大将と馬頭大将の出現ポイントを潰したらどうしようか？　十二神将に再チャレンジか、金剛力士に挑戦するか、どちらかだな。いずれにしても戦い甲斐《がい》のある相手なのが素敵だ。

編成し終えたらインスタント・ポータルを出る。すぐそこに牛頭と馬頭の出現ポイントがある筈《はず》。おっと、毎度の事だが【解体】も控えにしておこう。さて、目論見《もくろみ》通りに行けるかな？

牛頭大将　レベル1
妖怪　討伐対象　パッシブ
戦闘位置：地上　光属性　土属性

馬頭大将　レベル1
妖怪　討伐対象　パッシブ
戦闘位置：地上　闇属性　火属性

いた。クラスチェンジしているのも思惑通りになる。牛頭、牛頭鬼、牛頭大将となるから、これが第三段階な訳だ。最初は過剰でもいいから呪文の強化を出来るだけしておこう。フィジカルエンチャント系にメンタルエンチャント系、そして力水にグラビティ・メイル。但しヘザーは後衛専任なのでメンタルエンチャント系だけだ。

そしてレジスト系。オレは馬頭大将狙いなのでレジスト・ダークとレジスト・ファイア。召喚モンスター達《たち》には全員にレジスト・ライトにレジスト・アースだ。

オレの戦闘スタイルも昨日と一緒だ。左手に呵《か》責《しゃく》のトンファー、右手に独鈷《どっこ》杵《しょ》。そして練気法も状況により使えるようにしておく。

では、狩るか。


確かに強敵だ。その点に間違いはない。だがオレの中で強敵の基準が上がっている。その基準はあのドラゴンパピーになっている。仕方ないよね？　相手の馬頭大将は雑魚とは到底言えない強敵なのに、ちょっと使った呪文が勿体《もったいな》無い気がしてしまう。

馬頭大将を完封出来たのは大きい。接敵して強引に寝技に持ち込んで、独鈷杵から氷の刃身を眼《がん》窩《か》に叩《たた》き込んだ。ただその一撃で沈まなかったとか、どんだけタフなのよ？　まあすぐに仕留められたからいいけど。

牛頭大将は完封とは行かなかった。土属性の全体攻撃を喰《く》らった影響だ。使って良かった、レジスト・アース。結構喰らっていたのは離れてたオレの方だったりする。まあそれもポーションで賄える範囲だし問題は無い。

練気法は結局使わなかった。これが大きい。連戦でこの先まだ強くなるであろう牛頭大将と馬頭大将に対してまだ使える手札が残っている訳だ。これならもっと先に進められるだろう。

力水も不要か？　でも呪文の効果が残っているうちに次の牛頭大将と馬頭大将を片付けておこう。ここから割と近くに出現ポイントがある。

牛頭大将　レベル2
妖怪　討伐対象　パッシブ
戦闘位置：地上　光属性　土属性
馬頭大将　レベル2
妖怪　討伐対象　パッシブ
戦闘位置：地上　闇属性　火属性

いた。いましたよ？　坑道側へ狩りに出ているプレイヤー達に先を越されていなかった。呪文の効果時間も十分、有効時間は半分以上ある。さあ、一つレベルが上がってどうなるかな？

　戦闘には勝利した。但し一点、オレが大きな失敗をしてしまった。呵責のトンファーで馬頭大将の錫杖《しやくじよう》による攻撃をまともに受けたのだ。そして呵責のトンファーはバラバラに砕けてしまった。受け流さないとダメだろう！

《只今《ただいま》の戦闘勝利で召喚モンスター『ヘザー』がレベルアップしました！》

《任意のステータス値に1ポイントを加算して下さい》

　呵責のトンファーを一つ失ったがこれで少しは癒しになるのかね？　ちょっとだけ落ち込んだ気分だったが、少しだけ持ち直した。ヘザーのステータス値で既に上昇しているのは精神力だ。任意のもう一点は敏捷値《びんしようち》にしよう。

ヘザー

フェアリーLv6→Lv7（↑1）			
器用値	6	敏捷値	22（↑1）
知力値	22	筋力値	3
生命力	3	精神力	24（↑1）

スキル	
飛翔	浮揚
魔法抵抗[中]	MP回復増加[小]
風属性	土属性

ヘザーも瑞雲《ずいうん》と同様で筋力値も生命力も相変わらず増やせない。自然、特化した成長を見せている。だがヘザーもこれでクラスチェンジにリーチだ。現在、クラスチェンジ目前なのは人形の文楽、狐《きつね》のナインテイル、そしてこの妖精のヘザーになる。誰からクラスチェンジを狙うのか、悩ましい所ではある。

念《ねん》の為《ため》、在庫に残された最後の呵責のトンファーを左手に持つ。素材の地獄の閂《かんぬき》はまだある。中継ポータルに戻ったら忘れないように予備も含めて作っておこう。

中継ポータルに到着。中はテントが並んで設営されているがその数は以前よりも少ない。まだ闘技大会の影響はあるようだ。でも明日辺りには増えているだろう。プレイヤーが増えるタイミングでまだ行っていないマップを探索するのもいいな。

今の所、この洞窟では召喚モンスター達の経験値稼ぎは順調だ。だがずっと洞窟だと馬の残月と鷹《たか》のヘリックスの活躍する場が無い。マルグリッドさんが風霊の村に到着するのを機に狩場は移動しましょう、そうしましょう。

一旦、妖精のヘザーを帰還させて人形の文楽を召喚し料理を作らせている合間にオレも木工作業を行う。地獄の閂から四角棒を棒状に切り出す。そして円柱状に加工。トンファー二本分の部材を切り出した。地獄の閂はもう一本トンファーを作れそうな長さが余ったが、これは呵責の杖《つえ》にしておいた。食事を手早く終えるとトンファーの接着と組み立てだ。これは暫《しばら》くの間、養生して使わないでおこう。

そして人形の文楽は帰還させて狐のナインテイルを召喚する。文楽には悪いが、先に戦闘要員のクラスチェンジを進めておきたい。次の牛頭大将と馬頭大将の出現ポイントへ向かおう。

広間の中で金剛力士に挑んでいるパーティはいなかったが、広間の外にはいました。しかもサモナー二名に召喚モンスター六体、ユニオンを組んで挑んでいるようだ。正直、観戦したかったがここは狩りを優先だ。

メイン洞窟までは一本道、その途中で牛頭大将と馬頭大将の出現ポイントは二箇所ある。だがいずれも出現しません。他のプレイヤー達に先を越されてたみたいだ。他の出現ポイントへ先を急いで確認しておこう。

牛頭大将　レベル3
妖怪　討伐対象　パッシブ
戦闘位置：地上　光属性　土属性

馬頭大将　レベル3
妖怪　討伐対象　パッシブ
戦闘位置：地上　闇属性　火属性

まだいて良かった。そして予定通りの相手だ。これも熱戦ではあったが、相手の強さも想定の範囲内である。大きな問題は無い。ダメージもポーションの回復量で賄えた。

《只今の戦闘勝利で召喚モンスター『護鬼』がレベルアップしました！》
《任意のステータス値に1ポイントを加算して下さい》

だが嬉《うれ》しいのはこれだ。護鬼のステータス値で既に上昇しているのは精神力だ。もう一点のステータスアップは筋力値を指定する。

護鬼

羅刹Lv3→Lv4（↑1）	
器用値　20	敏捷値　16
知力値　16	筋力値　19（↑1）
生命力　19	精神力　16（↑1）

スキル	
弓	手斧
剣	小盾
受け	回避
隠蔽	闇属性

昨日から奮闘続きだったしな。順当な成長と言えるだろう。

今の布陣は壁役に徹するジェリコがいるから安心感がある。今のうちに戦力の底上げ狙いで交代させよう。鬼の護鬼は帰還させて虎のティグリスを召喚する。前衛が手厚い方が牛頭系相手にはいいようだ。事前に呪文で支援出来ているのも大きいと思う。

牛頭大将　レベル6
妖怪　討伐対象　パッシブ
戦闘位置：地上　光属性　土属性

馬頭大将　レベル6
妖怪　討伐対象　パッシブ
戦闘位置：地上　闇属性　火属性

更に二組を倒して進んでみたのですが、徐々にキツくなってきましたよ？　ここからは支援を手厚くしておきたい。前衛組には力水も投入する。勿論《もちろん》、オレも含めてだ。戦況によっては練気法も使うつもりだが、恐らくは今回、使わずに済むだろう。独鈷杵がいい感じで活躍している。

だが独鈷杵にも問題がある。馬頭大将の目に撃ち込む為には一瞬だが片腕にしなければならないからだ。その瞬間だけ片腕になるから抑えるのが難しくなる。馬頭大将のパワーが上がってきているのだ。

このレベル6の馬頭大将でも同様だろう。フィジカルエンチャント・ファイアに力水、グラビティ・メイルまで使っていても、である。残る手札は練気法だけだ。

だがまだ工夫は出来るかもしれない。思いついたのはドラゴンパピーとの戦いで使った方法だ。

獄卒の黒縄で締め上げたらどうだ？　このレベル6の馬頭大将にどこまで通じるか、試してみたい。
問題なのは縄を操るのに両手がフリーである必要がある訳だがそこはそれ、独鈷杵は止《とど》めに使う事にしよう。

結論。馬頭大将にも獄卒の黒縄は使える。当然、相応のリスクもあるけど。それに馬頭大将は火属性である影響か、獄卒の黒縄の噴き上げる炎ではダメージが大してないのだ。だがオレの目的は動きを出来るだけ封じる事にある。縛り上げた縄も足とトンファーを持ったままの左手を使って拘束するのに問題は無かった。その上で右手で独鈷杵を腰ベルトから抜いて、目に氷の刃身を突き込む。それでも仕留めきれず、喉元にも追撃。馬頭大将はそれで沈んだ。もう暫くはこの方法で凌《しの》げそうな感触がある。

牛頭大将はどうか？　問題は無い。ジェリコは液状化を利用して捕縛してくれている。後はティグリス、レーヴェ、ジーンによる公開処刑だ。ただ動けない牛頭大将の足首を噛《か》んでいるナインテイルはどうなんだろう？　必死過ぎるがダメージは皆無だ。そもそも無茶だろ？　まあやる事が無い証《あかし》だろうな。牛頭大将は光属性も持っている。ナインテイルの特殊能力では相性が悪いのだ。オレからしたら他の召喚モンスター達を癒すだけで十分なんだけどな。

メインの洞窟に戻って今度は十二神将のいる東側に向かう。ここにも二箇所、牛頭大将と馬頭大将の出現ポイントがある。
そして現れた牛頭大将と馬頭大将のレベル7のペア。強い、というか、厳しい！
オレは練気法を使えばそうでもないが、召喚モンスター達にはもう余裕が無い。何故《なぜ》か？　ジェリコのパワーでも拘束しきれないからだ。その影響でダメージがかなり積み重なっていた。戦闘中はナインテイルが回復させていた筈だ。つまり戦闘中の回復手段が無ければ、死に戻っていてもおかしくないと見るべきだろう。

次で一旦、区切りますかね？　それともメンバーを代えて戦ってみようか？　多少悩んだがここは区切ろう。また獄卒の黒縄が拾えるのか？　別のアイテムを拾う事になるのか？　オレの興味はそこにあった。

牛頭大将　レベル8
妖怪　討伐対象　パッシブ
戦闘位置：地上　光属性　土属性

馬頭大将　レベル8
妖怪　討伐対象　パッシブ
戦闘位置：地上　闇属性　火属性

十二神将の広間の手前までもう少し。【解体】のセットを確認する。急いで移動しているから呪文の効果時間は十分に残っていた。オレとしては牛頭大将にも注意を払っておきたい。場合によってはオレも回復呪文を使わねばならない。

危なかった。危なかったのは召喚モンスター達じゃなくオレの方だ。馬頭大将の喉元に縄をかけたつもりだったのだが縄を口に咥《くわ》えられてしまったのだ。何この暴れ馬？　呪文どころじゃない見事な暴れっぷりに感服するばかりである。独鈷杵の氷の刃身で首元を重点的に攻撃、動きが鈍ってくれたのが幸いだった。下手したらオレの方が死に戻ってたかもしれない。

牛頭大将もどうにか倒しきっていた。ティグリスもレーヴェもＨＰバーが三割以下にまで減っていたけどな！　この辺までが今のオレ達の適正な相手となりそうだ。

《只今の戦闘勝利で【風魔法】がレベルアップしました！》

《只今の戦闘勝利で【ロープワーク】がレベルアップしました！》

《技能リンクが確立しました！　取得が可能な武器スキルに【捕縄術】が追加されます》

捕縄術？　運営ってば、よくもまあこんなレアな武術を技能にしたたな！　まあそれは後回しだ。牛頭大将と馬頭大将が何を残したのか？　そっちの方が気になる。

残されたアイテムは確かにあった。

それも、二つもあるんですが。

【武器アイテム：戟（槍、杖）】

獄卒の刺又　品質B　レア度5　AP+10　M·AP+10　破壊力4+　重量3+　耐久値300　魔力付与品　属性?

獄卒が亡者を捕らえるために用いる武器。
穂先に相当する金具はUの字、折り返しがある。
柄との接続部分には棘が備わる。
金具、柄ともに素材不明。
カテゴリは戟だが【槍】または【杖】技能があれば使用可能。

【武器アイテム：杖】

獄卒の錫杖　品質B　レア度5　AP+10　M·AP+12　破壊力3+　重量3+　耐久値300　魔力付与品　属性?

獄卒が亡者を調伏するのに用いる武器。
穂先に相当する金具は輪が備わり、そこに六つの遊環がある。
金具、柄ともに素材不明。普通に扱っても音はしない。
魔力を込めて振ると音が鳴り、魔を近寄らせないという。

誰が獄卒か！　心の中でツッコミを入れておくとして、これってどうしよう？　オレが使うにはどちらも微妙に思える。魔法攻撃力にしてもオレが身に着けている首飾りよりも下だ。武器として使うにしてもどうなんだろう？　何かしら効果がありそうだ。レア度も品質も高い。

後で効果を確認したら骸骨の無明に獄卒の錫杖を使わせてみようかね？　獄卒の刺又は？　槍《やり》としても使える、となるとナイアスに使わせるとか？　彼女には重たくないかな？

それに捕縄術なんだがどうしよう？　先刻の馬頭大将相手に苦戦してしまった。獄卒の黒縄を有効利用するのに取得するのも悪くない。幸いな事にボーナスポイントは十分に余っている。必要なのは9ポイント、結構消費するようだが。

ここは取得しておこう。縄を今以上に使いこなせる可能性は高い。早速【捕縄術】を取得して有効化しておく。

では次に行くか。十二神将に挑戦しよう。森の迷宮でも二周目があったのだからここでもあるかも？　どうせマルグリッドさんが来るまで暇なのだ。試したい事はやっておこう。

迷企羅《めきら》　レベル3
天将　討伐対象　アクティブ
戦闘位置：地上　風属性

暴れ闘鶏　レベル6
魔物　討伐対象　アクティブ
戦闘位置：地上、空中　風属性

立像に触れてみたらこんなのが出てきました。
暴れ闘鶏は三体出現している。呪文の強化はフィジカルエンチャント系だけにして戦ってみました。

問題は無かった。つか獄卒の黒縄が便利過ぎる。噴き上がる炎に巻かれて迷企羅はそのまま沈んだのでした。ただこれだと少し不満だ。折角、呪文で強化したのに！　お供の魔物も比較的簡単に屠《ほふ》られている。

【素材アイテム】

変性岩塩（聖）　品質C　レア度3　重量0+

清めの儀式を経ている聖なる岩塩。
普通の塩としても使える。

で、何か残るかと思ったら、塩？　十二神将、あんたらも金剛力士と一緒かよ！　そしてお供の魔物は何も残さなかった。【解体】はちゃんとセットしてあるよね？

このまま迷企羅を相手に連続して挑戦するのもいいだろう。だがここは敢《あ》えて十二神将に順番で戦ってみたい。像に触れて転移するのを利用したら広間から広間への移動時間は短縮出来る。連戦は望む所です。

連戦を通じて傾向は摑《つか》めてきたと思う。共通項はちゃんとあった。十二神将はレベルがランダム、アイテムは落とすが絶対ではない。恐らく、レベル3までなら変性岩塩（聖）だ。レベル4以上で力水だろう。お供の魔物の方もレベルは上下するし、出現数も増減すると思われる。ヒッピングラット五体とかもあった。十二神将と組ませた戦力で難易度を調整しているようにも見える。

そして得られたアイテムは？　迷企羅から始めて七連戦で摩虎羅《まこら》まで、変性岩塩（聖）は三つに力水が一つ。金剛力士と一緒だが無意味じゃない。十二神将の戦闘スタイルは様々だ。まあ黒縄で縛り上げて独鈷杵で止めを刺す。相手の得物が何であれ、オレはこれで一貫してますけどね。

ここで深呼吸を一つ。次はあいつだ。

ドラゴンパピーと波夷羅《はいら》。波夷羅がメインの相手じゃない。ドラゴンパピーが主力と認識する！

波夷羅　レベル4
天将　討伐対象　アクティブ
戦闘位置：地上　木属性

ドラゴンパピー　レベル2
魔物　討伐対象　アクティブ
戦闘位置：地上　？？？

どう見てもドラゴンパピーが格上じゃないかな？　【識別】結果は間違っていないと思う。前回、戦ってみた感じだが、波夷羅が多少レベルアップしていても埋まるような戦力差じゃない。

ドラゴンパピー相手に手加減などしない。寧《むし》ろ打てる手段は全て使うつもりだった。レジスト系も使った。怪しい、と思ったのは？　火、灼《しゃく》、溶、塵《ちり》の四つの属性だ。で、その結果は？　それでも大苦戦だよコンチクショウ！　早めにリジェネレート使っていなかったら死んでた！　間違いなく死に戻ってるよ！

本当にレベルが一つ上がっただけでこうなのか？　ヤバい。ドラゴンヤバい、マジでヤバい。

パピーって事は赤ちゃんなんだろ？　生まれてであの強さはヤバい。でもそれがいい。

考えてみたらドラゴンとはいえ、相手は赤ちゃんだよな？　目に独鈷杵を押し当てて、そこからオレはなんて酷《ひど》い事をしてたんだ！　でも反省はしない。しても意味など有りはしない。

波夷羅は？　とっくに召喚モンスター達が片付けてましたが何か？

《只今の戦闘勝利で【捕縄術】がレベルアップしました！》
《只今の戦闘勝利で【氷魔法】がレベルアップしました！》
《只今の戦闘勝利で【識別】がレベルアップしました！》
《只今の戦闘勝利で【摑み】がレベルアップしました！》
《只今の戦闘勝利で【精密操作】がレベルアップしました！》
《只今の戦闘勝利で【平衡】がレベルアップしま

した！》

まあ色々と上がっていたし結果は上々だ。ただ今回はアイテムを得られなかった。では次、行ってみよう。

迷企羅から始まって安底羅《あんてら》まで。独鈷杵は塵魔法を選択した。再び一周した形だが特に何も無いようだ。薬師如来像のある広間にも転移してみたが、そこでも何も無い。二周目で称号が、というパターンじゃないのか？　もしくは条件が違っているとか？　試してみよう。

十二神将は十二支とも対応しているようだ。確認の為、薬師如来のいる広間でマグネティック・コンパスを使ってみる。真北に位置するのは毘羯《びか》羅《ら》。メイン洞窟から最初に辿《たど》り着く十二神将の立像は迷企羅でその場所では西に位置している。

十二支の順番で最初から最後まで、連戦でどうだろう？　やってみよう。

外れです。オレの目論見は完全に外れていました。無念です。

当然だけどドラゴンパピーとも戦っている訳ですが、レベル1だった事もあってどうにか倒せました。それでもリジェネレートがないと苦しい。普通にブレスが無くても強いんですけど！

掛かった時間は薬師如来の広間に転移しながら一周するのに一時間半といった所だ。長いような、短いような。

いや、待て。転移して移動時間を端折《はしょ》っているのがいけないのか？　試してみたい。

その前に早い時間だが昼飯にしておこう。鬼の護鬼を帰還させて人形の文楽を召喚する。料理が出来上がるまでの間、改めて十二神将と十二支について、外部リンク先で検索、調べておこう。何かヒントが見付かるだろうか？

ヒントは無い。仕方ないな。では地道に歩いて検証をしてみよう。食事を摂《と》り終えると立像に触れて転移する。真北の方位、毘羯羅から始めるか。文楽はそのまま継続で戦闘に参加させておこう。脅威なのはドラゴンパピーだ。他はある程度任せても余裕がある。いけるだろう。

一周するのに三時間も掛かったのはまあいいとして、これも外れだったようだ。薬師如来の広間に転移しても特に何も起きない。

仕方ないな。十二神将のどれかに連続で挑戦でもしようか。時刻は午後二時三十分。時間なら十分にある。問題はどの十二神将と戦うのか、なんですがもうオレは決めてあった。ドラゴンパピーである。波夷羅？　主力はドラゴンパピーです。

《只今の戦闘勝利で【剣】がレベルアップしました！》

《只今の戦闘勝利で【連携】がレベルアップしました！》

《只今の戦闘勝利で【軽業】がレベルアップしました！》

《只今の戦闘勝利で召喚モンスター『レーヴェ』がレベルアップしました！》

《召喚モンスター『レーヴェ』のスキルに【隠蔽】が追加されます》

《任意のステータス値に1ポイントを加算して下さい》

三戦連続でドラゴンパピーと戦った所で色々と上がってました。まあ相手がずっとレベル1だったのは幸運だったのか不幸だったのか、オレの心境は微妙な所だ。
そして格上との戦闘が続いたせいなのか、獅子のレーヴェが早くもレベルアップしている。レーヴェのステータス値で既に上昇しているのは生命力だった。もう一点のステータスアップは筋力値を指定する。

レーヴェ

ライオンLv4→Lv5(↑1)

器用値	10	敏捷値	14
知力値	11	筋力値	20(↑1)
生命力	22(↑1)	精神力	13

スキル

噛み付き	威嚇
危険察知	夜目
隠蔽(New!)	

ここで想定外の出来事が発生した。別のパーティが広間に入って来たのだ。連続挑戦はここで止《や》めよう。特に知り合いもいないようなので、隣の広間へ移動した。今度は摩虎羅を相手に試してみたい。何を？　獄卒の刺又、それに獄卒の錫杖の使い勝手を確認しておきたい。どんな感じなんでしょうかね？

摩虎羅とカーリーラビットを相手に獄卒の刺又を試してみた。これ、便利な武器である事はまあ分かる。でも趣味じゃない。

刺又の先で摩虎羅の喉元を押さえると何が起きたか？　摩虎羅の頭上にあるマーカーに状態異常を示すマーカーが重なっていた。目を凝らして確認してみると停滞だった。なんじゃ、それ？　どうやら捕らえた相手を無力化してしまう、という事らしい。

困ったのはそこからだ。相手を抑え込めるのはまあいい。だが両手が刺又で塞がってしまうからオレの攻撃手段が呪文だけになってしまう。いや、便利なんだけどさ。

結局、摩虎羅はカーリーラビットを始末した召喚モンスター達に攻撃させて屠った訳で、オレ自身が活躍したって実感は皆無になってしまう。だから趣味じゃない。

再度、摩虎羅とカーリーラビットを相手に獄卒の刺又を試す。今度は普通に武器として使ってみた。杖術で使うにしてはやや長いし重たくて、使い勝手は良くない。槍として使うにはいいのだろうが、それでも重たいのではないかな？　どうしても攻撃の手数が減ってしまう。その分、命中した際に与えるダメージが大きい。それに普通に魔法も問題無く使える点は高く評価したい。

今度は獄卒の錫杖を試してみた。普通に扱っている分には音はしない。呪文も普通に選択して実行すれば使えた。説明文では、魔を寄せ付けない、とあるようなので、何かあると思うのだが。暫く分からなかったが、戦っているうちに判明した。

この獄卒の錫杖、摩虎羅の攻撃ダメージを大きく減少させてくれたのだ。錫杖の先にある六つの輪に意識を集中したら発動した。用途としては防御呪文の代わりといった所か？

だがこれもオレの趣味じゃない。重たい、というのが一番のネックだ。殴打武器として見たら決して悪くないんですがね。

どうしようか？　オレ自身が使うのは止めておいた。獄卒の刺又と獄卒の錫杖は無明に使わせてみて、合わないようであれば諦めよう。人魚のナイアスに獄卒の刺又を使わせる？　こんな重たい物を振り回しちゃいけません！


波夷羅の立像のある広間へ戻ってみる。既に先刻のパーティはいない。勝ったのか負けたのかは知る由も無い。

折角なのでドラゴンパピーに挑戦しよう。あ、召喚モンスターの皆さんは波夷羅を相手にするように。それにしても上手にドラゴンパピーを倒せないものだろうか？　強敵だからこそ、オレの戦闘スタイルだと噛み合わないのがもどかしい。戦いの中でアイデアが閃《ひらめ》く事だってあるかもしれないのだが。


波夷羅とドラゴンパピーを相手に連戦を続ける。MP《マジックポイント》バーの消費が加速していた。それだけドラゴンパピーを相手に全力を出している。MPバーが三割になった時点でマナポーションも使い始めた。苦しい状態が続くが夕食時まで粘ってお

ステータス	
器用値	18
敏捷値	18
知力値	25(↑1)
筋力値	18
生命力	18
精神力	25(↑1)

きたいものだ。

《只今の戦闘勝利で【召喚魔法】がレベルアップしました!》

《只今の戦闘勝利で種族レベルがアップしました! 任意のステータス値2つに1ポイントを加算して下さい》

更に四体、ドラゴンパピーを倒した所でレベルアップだ。ここの所、激戦が続いていたしこれは嬉しい。そして成長させるステータス値は前もって決めてあった。

《ボーナスポイントに2ポイント加算されます。合計で24ポイントになりました》

もう少しだ。もう少し、粘ろう。時刻は午後五時といった所だ。夕飯時を区切りにして、もう少し楽な相手と戦う事にしよう。

《只今の戦闘勝利で召喚モンスター『ジーン』がレベルアップしました！》

《任意のステータス値に1ポイントを加算して下さい》

更に六体と戦ってみた。途中でマナポーションを二本消費して粘りましたよ？　その甲斐は十分にあったと思う。ジーンはずっと先導して早期警戒と奇襲を担当してくれていたのだし、レベルアップも当然ではある。でも良く考えたら金剛力士や十二神将を相手に戦うのに警戒する必要なんて無いよね？　まあ、いいか。

ジーンのステータス値で既に上昇しているのは敏捷値だ。もう一点のステータスアップは知力値を指定しておく。

ジーン

ブラックバットLv3→Lv4（↑1）			
器用値	16	敏捷値	21（↑1）
知力値	16（↑1）	筋力値	13
生命力	13	精神力	15

スキル	
噛み付き	飛翔
反響定位	回避
奇襲	吸血
闇属性	

連戦は順調？　まあ順調だろう。いい機会だし陣容を変更しよう。蝙蝠のジーンは帰還させた。召喚するのは狼《おおかみ》のヴォルフである。やはり心理的に探索役、というか早期警戒が出来る召喚モンスターにはいて欲しい。それにヴォルフにも戦闘で活躍して欲しいからな。

現在の陣容は、狼のヴォルフ、虎のティグリス、獅子のレーヴェ、狐のナインテイルにゴーレムのジェリコだ。モフモフ成分が多い。まあ遠からずナインテイルは交代させる予定だ。ＭＰバーが半分を大きく割り込んできている。夕飯の時間で交代だ。そしてオレもレベルアップした事で新たな召喚モンスターも追加出来るのだ。休憩のついでに召喚しておきたい。

次の相手からは無理をしない方針で行く。少し難易度の低い相手にしたい。オレのＭＰバーもかなり減っているし、これは仕方ない。波夷羅の立像のある広間から薬師如来の間に転移する。ただ問題ならある。次はどの十二神将にしよう？

戦っていて楽しい相手にしましょう。安底羅だ。あの槌《つち》が醸し出す恐怖、それがいい。オレとしては戦いに慣れ過ぎて緊張感が途切れてしまうのが怖い。素手で格闘が出来る真達羅《しんだら》も捨て難いんだが格闘戦を楽しみ過ぎてしまうから困る。今日は自重しよう。安底羅のお供はキラーエイプになる。現在の陣容であれば大きな問題はない筈だ。

スリルを味わいながら安底羅を相手に戦いを続けた。捕縄術の武技も使ってみましたよ？　首掛け、というのがあった。相手の首など、特定部位に対し、確実に縄を掛ける武技でした。これ、基本にして奥義って言わないか？

捕縄術、というのは実にマイナーな武術だ。オレは概要しか知らない。そもそもが相手を生きたまま捕縛する事を前提にしている武術なのだ。江戸時代、捕物方の間で発達していたらしい。

何でもありのタイ捨流でも紐《ひも》を利用した組討はある。だが、捕縄術はその目的故により高度なものの筈だ。相手の生死を問わず戦うのは楽だ。思いっきり戦えばいいだけだ。生け捕りにするのは遥《はる》かに難しくなる。加減をする、というのはそれだけのリスクを抱えるのと同義だ、と思う。

でも安底羅を相手に加減とかしてません。黒縄だけを手にして挑む。拘束した上で独鈷杵を使う。実に単純だがいい感じだ。何と言ってもエンチャント系の呪文を使わなくても勝てるのがいい。四戦ほどこなしたらナインテイルのＭＰバーがかなり減ってきていた。時刻は午後六時を少し過ぎた辺りだ。少し早いが夕飯にしよう。

安底羅の立像のある広間の隅でインスタントポータルを使う。狐のナインテイルは帰還させて人形の文楽を召喚、夕飯を作らせた訳だが普通の塩が無くなった。変性岩塩（聖）が結構な量を確保してあるので問題ないけど。古代石も手持ちには無いし、矢も十分にある。つか矢尻や矢羽根の素材がもう多くない。要するに、オレは暇だった。

そうだ、獄卒の黒縄の端を加工しよう。黒曜石の塊はかろうじてまだ残っていた。シェイプ・チェンジの呪文で変形させて、重しとして縄の端で結び付ける。古くは鉤爪《かぎづめ》なんかも使われたそうだがオレにはこの方がいい。金属じゃないから魔法技能へのペナルティも無いだろう。

作業はすぐに終了、暇だ。獄卒の刺又、それに獄卒の錫杖を《アイテム・ボックス》から取り出して眺めてみた。もっと上手《うま》い利用方法はあるだろうか？　そんな事を考えてました。

刺又はドラゴンパピー相手に使えないか？　あの厄介なブレス攻撃だけでも封じる事が出来れば有利な展開が望める。いや、ダメだ。オレが振り回すには重た過ぎる。動きを封じる前に大ダメージを喰らう未来が見える。パワーがありながら器用でもあるドワーフ達ならばすごく似合うと思うんだが。後はそう、火消しで使うとか？　そもそもこのゲーム内で火事とかあるのか？　ま、いずれどこかで役に立ってくれるに違いない。

文楽の作った料理を食っていると、安底羅の像が動いてました。プレイヤー達が来ていたようだ。その編成はバランス型かな？　インスタント・ポータル内では【識別】が利かない。でも観戦するだけなら十分に楽しめた。食事を摂りながら優雅に観戦とはなんという贅沢《ぜいたく》だろう！

戦闘はプレイヤー達の勝利でした。かなり見応えがあったぞ？　キラーエイプを仕留めるまでの過程が見事だった。殊勲賞は後衛で手を止めて状況を確認しながら戦っていたトレジャーハンターだ。眼福でした。

そして彼等《ら》の行動がヒントを与えてくれた。戦闘終了後、そのパーティはオレとは逆の方向に進んでいったのだ。そう、逆時計回りだ。これは検証していませんでした。オレも試してみたい。

食事を早々に終えると片付けを進める。陣容はどうするか？　現在はヴォルフ、ジェリコ、ティグリス、レーヴェ、そして文楽。回復役になれるナインテイルはまだ消耗している筈だ。文楽は帰還させて妖精のヘザーを召喚しようか？　だがその前にやっておきたい事がある。新たな仲間を召喚しておこう。十九体目の仲間はどうしよう？

「サモン・モンスター！」

リストから既に召喚しているモンスターを除いて表示させると？

剛亀

大亀Lv1（New!）

器用値	3	敏捷値	3
知力値	18	筋力値	14
生命力	22	精神力	20

スキル

噛み付き	堅守
魔法抵抗[微]	MP回復増加[微]
土属性	

大亀
ギガントビー
ビッグスパイダー
ビッグクラブ
シースネーク

残念ながら僅かに期待していたドラゴンパピーはいない。アレを召喚となると戦力的に大きな期待が出来ようというものだ。まあドラゴンパピーがプレイヤーに召喚出来るようでは洒落《しゃれ》にならないのだろう。残念ではある。

で、召喚したのはこんな奴《やつ》です。亀さんだ。足、遅そうだね！　ジェリコも遅かったな……いや、今も遅いけど。剛亀はどうなんだろうか？　少し走らせてみたが、オレが普通に歩く速度よりもやや速い程度では走れるみたいだ。そう、全速で走ってだ。移動を伴う冒険には相性が悪そうです。その反面、防御面では素晴らしいものがある、と思いたい。今後に期待だ。

亀の剛亀は一旦帰還させよう。妖精のヘザーを召喚した。子《ね》の方角、即《すなわ》ち毘羯羅から挑んでいこう。安底羅に触れて薬師如来の広間へ飛ぶ。薬師如来の広間の北側にある毘羯羅立像に触れて再び跳んだ。逆回りを試してみよう。

さて、今度は逆時計回りで進む訳だ。最大の難関はやはりドラゴンパピー、夕食時にゆっくり出来たとはいえＭＰの消耗は完全に賄えてはいない。

今のうちにマナポーションも使っておく。それでもＭＰは全快には程遠いがこれは仕方ない。連続して服用しても効率が悪くなる上に気分まで悪くなるから避けねばならない。そして薬師如来の広間には跳ばずに一周する事にしよう。時間は掛かるが確実な方法にすべきだ。

時刻は午後八時五十分、招杜羅《しょうとら》と闘牛を倒し切って毘羯羅のいる広間に到達した。逆時計回りでも十二神将とそのお供には変化が無い。そして最強の相手がドラゴンパピーなのも変わらない。十二神将にはもっと頑張って頂きたい。

最後の相手、毘羯羅像に触れて薬師如来の広間に跳んだ。その筈でした。

目の前には薬師如来の像が無い。

日光と月光《がっこう》の菩薩《ぼさつ》像も無い。

そして十二神将達の像も無かった。あれ？

やっちゃった？　場所そのものは薬師如来像が安置されていた広間で間違いないようだが。
《物事には目に見えぬもう一つの姿がある》
泰山王《たいざんおう》の声だ。その姿は目の前に在った。
《表裏は一体。光も影も分かつ事は叶《かな》わぬ》
意味ありげな言葉を残すと泰山王の姿は消えてしまう。周囲の様子は？　薬師如来の像がある。日光と月光の菩薩像もある。そして十二神将達の像もあった。
何かが変わった様子は無い。オレの称号にも変化が無かった。一体、今のは何だったんだ？

ログインした時刻は午前四時五十分と普段よりもかなり早い。昨日は早めにログアウトしたからだ。インスタント・ポータル内から迷企羅の立像に手を合わせて拝んでおく。まあ今日はすぐに対戦はしません。何卒《なにとぞ》お慈悲を！

今日は先に牛頭と馬頭を相手にする予定だ。テントを片付けると本日の陣容を決めておく。昨日、牛頭大将と馬頭大将からはアイテムを奪取している。牛頭と馬頭のペアは最初の段階であるレベル1にまで戻っている筈だ。ならばまだレベルの低い召喚モンスターの経験値稼ぎにいいだろう。

探索役には狼のヴォルフ、後衛、そしてクラスチェンジ狙いで人形の文楽と狐のナインテイル、前衛には獅子のレーヴェだ。そして最後の一体に悩んだ。剛亀にしようか？　いや、まだ早い。それに移動速度を考慮したら時間が掛かり過ぎる。ここは虎のティグリスにしておこう。

メインの洞窟に向けて移動を開始する。グロウリーチは相変わらず気色悪いがヴォルフ達はまるで気にしない。このヒルの魔物との遭遇は少なかった。でも精神的に効く。少なくともオレには効く。生理的に受け付けない存在は誰にでもある。召喚モンスター達が平気なのは救いだ。

そして牛頭と馬頭だ。【解体】を控えに回してそのまま戦闘に挑む。敢えて呪文での強化は一切しない。その結果は？

呆気《あっけ》なさすぎて困る。牛頭は召喚モンスター達に集《たか》られてあっという間に詰んでいた。馬頭もオレが簡単に仕留めた。黒縄の出番も無い。全然、苦戦しないじゃないか！

次の牛頭と馬頭も大差が無い。レベルは確かに上がったがやはり苦戦しない。困った。オレに呪文を使わせてくれ！　せめて独鈷杵に活躍の機会を！　いや、黒縄でもトンファーでも構わない、バグナグで沈んじゃうとかやめて！

メインの洞窟に出た。本日の担当はオーク達のようです。五体前後の群れではヴォルフだけで全滅しかねない。オレは黒縄を有効に使えないか、軽く練習だ。

首に巻き付けて絞める。それだけで首から炎が噴き上がりオークが絶命してしまう。これでは練習にもならない！

中継ポータルへ向かう支道で牛頭と馬頭とに連戦、問題無くクリア、更に出現ポイントを巡る。レベル6辺りから戦闘が苦しくなり始める。だがまだまだ、オレが求める戦いには届かない。

牛頭鬼　レベル1
妖怪　討伐対象　パッシブ
戦闘位置：地上　光属性

馬頭鬼　レベル1
妖怪　討伐対象　パッシブ
戦闘位置：地上　闇属性

牛頭と馬頭がクラスチェンジするまで八連戦で八連勝だ。この連中が相手となると、呪文を使いたくなった。でも黒縄の存在が大きい。そして独鈷杵も便利だ。呪文を使わず仕留めきった。

では次だ。早く牛頭大将と馬頭大将になって欲しい。戦いも相応に楽しくなるだろう。


断罪の塔に向かう支道には向かわず、中継ポータルの奥に向かったが、そっちは先に狩られていた。これは仕方がない。先に朝食を済ませておこう。終わったら金剛力士とでも戦おうかね？


中継ポータルで文楽に作って貰《もら》う食事を待ちながら寛《くつろ》いだ時間を過ごす。文楽以外の召喚モンスター達と少し遊んだ。皆、モフモフだ！

追いかけっこをしてみたり。トンファーを投げて持って来させてみたり。ご褒美に蟻人《ぎじん》の蜜を舐《な》めさせてやったら、狐のナインテイルが何度もトンファー投げを迫るようになった。このちゃっかり者め。まあ楽しいからいいんですがね。

虎のティグリスも獅子のレーヴェも悠然としたものだ。遊びには付き合うのだが熱中する程じゃない。それでいて両者共に先達となる狼のヴォルフには敬意を示す行動もする。こういった日常的な場面では性格が透けて見えるのが面白い。ティグリスもレーヴェも互いを意識してる？　ライバルってそういったものかもしれない。

文楽の作った食事を摂ると今度は金剛力士を相手に戦闘だ。でもその思惑もやや想定外になった。広間の中は朝早くからギャラリーが多くなってしまっていた。挑戦するパーティも順番待ちになっている。広間の外は？　広間の中よりも比較的空《す》いているが、それでも多い。ギャラリーもいる。
予定変更、ここはパスしよう。観戦しながら順番待ちもいいが、迂遠《うえん》過ぎる。独鈷杵のストックも欲しいんだが、これでは今日中に確保出来るか、心許《こころもと》ない。闘技大会から移動してきたプレイヤーが増え過ぎ！
移動しよう。十二神将ならば挑戦する相手も多い。ここよりも空いている筈だ。戻る形になるけど気にしない。【解体】もセットして、と。金剛力士よ、いずれまた挑戦しに来るからね！

ヒルの魔物のグロウリーチを乗り越えて迷企羅のいる広間に出ました！　十二神将のどれの相手をしよう？　ＭＰバーはたっぷりと残っているから選択肢は多い。一番の難敵でいいよね？　ドラゴンパピーに挑戦しよう。

とりあえず五戦して五連勝、無論、呪文での強化は抜かりなくやっているし、力水も練気法も使った。全力です。それでいてスリルは満点！　ドラゴンパピーは全部レベル1だったんだが、それでも強い！　ＭＰバーの減りも早い。今のうちにマナポーションも使っておこう。

《只今の戦闘勝利で【水魔法】がレベルアップしました！》
《只今の戦闘勝利で【塵魔法】がレベルアップしました！》
《只今の戦闘勝利で召喚モンスター『ナインテイル』がレベルアップしました！》
《任意のステータス値に1ポイントを加算して下さい》

そしてナインテイルにクラスチェンジの季節が来た！　ナインテイルのステータス値で既に上昇しているのは敏捷値だ。もう一点は知力値を指定した。さあ、クラスチェンジだよな？

ナインテイル	
赤狐Lv7→Lv8（↑1）	
器用値　10	敏捷値　21（↑1）
知力値　22（↑1）	筋力値　10
生命力　10	精神力　21
スキル	
噛み付き	回避
疾駆	危険予知
MP回復増加[微]	光属性

《召喚モンスター『ナインテイル』がクラスチェンジ条件をクリアしました！》

《クラスチェンジは別途、モンスターのステータス画面から行って下さい》

よし、いいぞ。ナインテイルよ、お前にはご褒美に蟻人の蜜をやろう。

波夷羅の像があるこの広間には魔物は出てこない。早速、クラスチェンジさせてみよう。つかナインテイルよ、蜜のおかわりはダメ！

クラスチェンジ候補

金毛狐

銀毛狐

ナインテイル

赤狐Lv8→金毛狐Lv1(New!)

器用値	10	敏捷値	21
知力値	24(↑2)	筋力値	10
生命力	11(↑1)	精神力	23(↑2)

スキル

噛み付き	回避
疾駆	危険予知
MP回復増加[小](New!)	光属性
火属性(New!)	

【金毛狐】召喚モンスター　戦闘位置:地上

明るい茶色の毛並みを持ち、時には金色にも見える狐。
主な攻撃手段は噛み付きと特殊能力。
体格は赤狐よりやや大きくなった。
特殊能力による攻撃力が増している。

《クラスチェンジしますか?》

《Yes》《No》

ナインテイル

赤狐Lv8→銀毛狐Lv1(New!)

器用値	10	敏捷値	23(↑2)
知力値	22	筋力値	10
生命力	10	精神力	23(↑2)

スキル

噛み付き	回避
疾駆	危険予知
MP回復増加[小](New!)	光属性
闇属性(New!)	

【銀毛狐】召喚モンスター　戦闘位置:地上

明るい灰色の毛並みを持ち、時には銀色にも見える狐。
主な攻撃手段は噛み付きと特殊能力。
体格は赤狐よりやや大きくなった。
より動きが素早くなり、捕捉するのは難しい。

《クラスチェンジしますか?》

《Yes》《No》

クラスチェンジの候補は二つあった。名前で外見がどう変化するのか、分かり易《やす》いな。で、どちらにするかね？　ステータスだけで言えば金だが特殊能力で状態異常に期待するなら銀だ。おっと、このデータは保存しておこう。

結構悩んだが銀毛狐にした。状態異常を起こしてくれる可能性が増えるのは有難い。首飾りを外してから銀毛狐にクラスチェンジさせた。

そして銀毛狐になったナインテイルの姿だが、少し、大きくなったかな？　首飾りも少し窮屈なようだが、長さを調整して間に合わせた。

大丈夫か？　関係なんて無かった。オレに蟻人の蜜をせがむナインテイルがそこにはいた。お前ってば変わらないな！

それでは続きだ。ドラゴンパピーを相手に連戦しよう。独鈷杵は灼魔法をセットしておいた。ＭＰバーに余裕があるうちに出来るだけ戦っておきたい。変性岩塩（聖）が溜《た》まってしまう予感がするけど気にしない！

《只今の戦闘勝利で召喚モンスター『文楽』がレベルアップしました！》
《任意のステータス値に1ポイントを加算して下さい》

更に六連戦、奮戦奮闘が続く。その甲斐あって文楽にもクラスチェンジの季節が来た。来る時は立て続けに来るよね？　文楽のステータス値で既に上昇しているのは知力値だ。もう一ポイント分のステータスアップは精神力を指定しておく。

文楽

ウッドパペットLv7→Lv8（↑1）

器用値	28	敏捷値	10
知力値	20（↑1）	筋力値	12
生命力	12	精神力	12（↑1）

スキル

弓	料理
魔法抵抗[微]	自己修復[微]

《召喚モンスター『文楽』がクラスチェンジ条件をクリアしました！》

《クラスチェンジは別途、モンスターのステータス画面から行って下さい》

クラスチェンジ候補

メタルスキン

オートマトン

そしてクラスチェンジ候補を表示させたら見た事がある名前だった。師匠が作業で召喚していたオートマトン、家の管理を任されていたメタルスキンの姿を思い出す。

文楽

ウッドパペットLv8→メタルスキンLv1（New!）

器用値　28　　敏捷値　10
知力値　20　　筋力値　14（↑2）
生命力　14（↑2）　　精神力　12

スキル

[　]　　弓
料理　　魔法抵抗[微]
自己修復[小]（New!）

【メタルスキン】召喚モンスター　戦闘位置：地上

皮膚に金属を被覆した人形。主な攻撃手段は武装による。
本来は戦闘向けではない人形であるが、戦闘でも活躍が期待出来る。
疲れを知らない忠実な従僕。

《クラスチェンジしますか?》

《Yes》《No》

文楽

ウッドパペットLv8→オートマトンLv1（New!）

器用値　29（↑1）　　敏捷値　10
知力値　21（↑1）　　筋力値　12
生命力　12　　精神力　12

スキル

弓　　料理
[　]　　魔法抵抗[小]（New!）
自己修復[微]

【オートマトン】召喚モンスター　戦闘位置：地上

より高度な行動が可能な人形。主な攻撃手段は武装による。
様々な雑用も器用にこなせる。疲れを知らない忠実な従僕。

《クラスチェンジしますか?》

《Yes》《No》

どんな感じになるのか確認してみた。メタルスキンの空きスロットには武器スキルが入るようだ。こちらは戦闘向けにスキルを構成出来そうだが、問題はオートマトンだった。こちらの空きスロットには薬師や木工といった生産技能が入るようです。それってオレがやってるから！　ただ他の生産技能も入れていいのかもしれない。

文楽

ウッドパペットLv8→メタルスキンLv1（New!）

器用値	28	敏捷値	10
知力値	20	筋力値	14（↑2）
生命力	14（↑2）	精神力	12

スキル

両手槍（New!）	弓
料理	魔法抵抗[微]
自己修復[小]（New!）	

人形の文楽はメタルスキンにクラスチェンジさせました。そして文楽には獄卒の刺又を渡しておこう。文楽はオレの目の前で弓を矢筒に入れると獄卒の刺又を手に持った。

少し素振りをさせてみる。振り回すような使い方ではやや不安が残るが、突くのであれば問題ないようだ。よし、ならば戦闘再開だ！

ドラゴンパピーを相手に更に八戦した所で他のパーティが来てました。彼等の邪魔をしてはいけない。それにオレのMPバーも半分程になっている。クラスチェンジした文楽やナインテイルの戦い振りも落ち着ける相手で確認したい。

オレに向けられる視線が痛いような気もするが気にせず広間を後にした。次は摩虎羅とカーリーラビットを相手にしましょう、そうしましょう。

転移はせずに広間を移動する。摩虎羅とカーリーラビットを相手にどんな感じで戦闘が展開されるのか？　楽しみです。

最初は失敗した。摩虎羅を仕留めた頃にはカーリーラビットは既に狩られてしまっていた。本当にオレはバカだな。文楽にナインテイル、一体ずつオレと一緒に戦わせたらいいじゃないか！

で、どうなっていたかと言えば？　いい感じで強化されています。

狐のナインテイルは元々素早い。牽制《けんせい》を仕掛けながら、光の塊を飛ばし、闇の帯も撃ち込む。摩虎羅は混乱こそしなかったが暗闇の状態異常に陥っていた。オレが黒縄で拘束するのも簡単だ。状態異常を期待出来る点は大きい。

そして人形の文楽だ。これまで後衛専任で不安は大きかったが杞憂《きゆう》だった。獄卒の刺又による攻撃は手数が少なくなってしまう。だがそれを勘案しても戦力向上は間違い無いだろう。摩虎羅は首元を刺又で抑えられると身動きが出来ない状況になってしまう。オレの負担は大幅に減っていた。どう料理しようが自由自在です。

獄卒の刺又はいいな。オレが使うには微妙だが、文楽には相性がいいだろう。

《只今の戦闘勝利で【捕縄術】がレベルアップしました！》

調子に乗って六連戦したら捕縄術がレベルアップしてます。そろそろ相手を変えたい。ドラゴンパピーはもう空いたかな？　移動してみよう。

ついでに布陣も変更しておく。人形の文楽と狐のナインテイルは帰還させよう。妖精のヘザーと幽霊の瑞雲を召喚する。戦力の底上げで波夷羅の相手をして貰いましょう。あ、ドラゴンパピーはオレが相手をするから無理はしないようにね？

薬師如来の広間を経由して波夷羅の広間に転移した。先程のパーティは既にいない。

遠慮無くドラゴンパピーを相手に七連戦、七回目がレベル2だったのは焦ったが、攻撃呪文も惜しまず注ぎ込んで倒している。ＭＰバーはかなり減ったけどどな！　つかこのドラゴンパピー、リジェネレートが無いと苦戦必至だ。それにブレス攻撃の範囲が広いから複数で囲んで戦うのも有利とは言い難《にく》い。

《只今の戦闘勝利で【ロープワーク】がレベルアップしました！》

これで少しは縄の扱いも向上するかね？　まだ昼飯には早い時間だ。もう少し稼いでおきたい気もするが悩む必要はないみたいです。

《フレンド登録者からメッセージがあります》

マルグリッドさんからであった。

そしてその内容は？

『風霊の村に到着しました』

うん、行きます。今、行きます！　リターン・ホームで転移しよう。おっと、外はまだ明るい時間だ。幽霊の瑞雲は帰還させておこう。

依頼していたアレキサンドライトがどうなったのかな？　それに人魚のナイアスの装備品も相談しておきたい。

「リターン・ホーム！」

ここ数日、ログアウトはインスタント・ポータルを利用していた。風霊の村に直接跳べる筈だ。

風霊の村が眼前に見える。ほんの数日の筈なのに様子がまるで違う。そりゃそうだ。小麦畑は豊《ほう》穣《じょう》な実りがある事を主張している。何名かのファーマーが刈り入れ作業をしていた。

村の中心の広場では対戦も行われているが、プレイヤーの姿は少ない。外で狩りに出ているのだろう。そしていつもの建屋の前に荷馬車と幌《ほろ》馬《ば》車《しゃ》、見慣れた生産職のメンバーもいる。フィーナさんと話し込んでいるマルグリッドさんもオレに気付いたようだ。

「速ッ！」

「文字通り飛んで来ました」

リターン・ホームはいい。それにインスタント・ポータルもいい。遠征には便利だ。

場所を変えて依頼品の受け取りをする事になった。テーブルに着席、差し向かいでマルグリッドさん、斜め向かいにフィーナさん。狼のヴォルフはオレの座る椅子の横でお座り。妖精のヘザーはヴォルフの頭の上だ。で、虎のティグリスと獅子のレーヴェはマルグリッドさんの両脇で待機中なんだが？　お前達、ご主人様はオレだって分かってるよな？

「じゃあ早速。これが依頼の品になるわね」

静かに机上に置かれた二つの宝石、大きさはどちらかと言えば小さい方だが輝きが違う。ツァボライトとはまた違った緑色？　外見は多面体カットだろう。手に持って様々な角度で見ると輝きが微妙に異なっている。それに台座も宝石にも負けない輝きがある。その紋様は角度によって見える模様が変わっているようだ。凄《すご》いな、これ。

「カットはまだいいのよ。台座は師匠抜きじゃ加工出来なかったわね」

「難しかったんですか？」

「指導無しじゃ無理ね。【鑑定】してみたら驚くわよ？」

【素材アイテム】

アレキサンドライト　品質A-　レア度6　重量0+

クリソベリルの変種。太陽光下では青緑、蝋燭光下では鮮紅に変色する。
希少な宝石で、大きい石は更に少ない。
魔法発動には色相変化が鮮やかな石である事が大きさよりも優先される。

［カスタム］

台座に呪符紋様『風紋』が刻まれている。

宝石を手にして【鑑定】したんだが、何なのこの品質？　もう一つも同じだった。宝石の大きさも揃《そろ》っている。

「凄い。宝石でこの品質は見た事が無い」

「この宝石、特性を二つ持ってるのよね」

「二つ？」

「ＭＰ消費の減少、それに他の宝石の効果そのものを強化するみたいよ？」

何ですか、それは？

「簡単に言えばツァボライトの上位互換。まあ実際に見た方がいいわ。首飾りを出して」

「あ、はい」

首飾りを外してマルグリッドさんに渡す。オレの目の前で彼女はあっという間に組み替えてしまう。ツァボライト二つは外して交換した形だ。

「ま、予想通りかしらね？」

そう言って渡された首飾りには今までツァボライトのあった位置にアレキサンドライトが二つ、セットしてある。【鑑定】してみたんだが、こりゃ凄いな！

【装飾アイテム：首飾り】

白銀の首飾り+　品質C+　レア度3　M·AP+20　重量1　耐久値120

銀の玉鎖で作られた首飾り。銀製の鎖としてはかなり丈夫。
魔法発動用に強化されている。

［カスタム］

アクアマリンを嵌め込んだ台座を連結して強化してある。
アレキサンドライトを嵌め込んだ台座を連結して強化してある。
ブルースピネルを嵌め込んだ台座を連結して強化してある。
アイオライトを嵌め込んだ台座を連結して強化してある。
※回復呪文効果が増、呪文のMP消費が減、宝石の特殊効果を強化
　状態異常抵抗の判定が小上昇、呪文射程が微増

「白銀の首飾りの強化としたら現時点で最高レベルだと思うけど？」

「凄いですね、これ」

「余ったツァボライト、どうする？」

「一つはこの子に使いますよ」

妖精のヘザーを呼んでベルトのようにして装備する腕飾りを外した。レッドジャスパーを外してツァボライトを嵌《は》め込む。

【装飾アイテム：ベルト】

白銀の腕飾り+　品質C+　レア度2　M・AP+7　重量0+　耐久値60

銀の網鎖で作られた腕飾り。
網鎖にする事で非常に軽いが、その分、耐久性は低い。
魔法発動用にも使える。

［カスタム］

ツァボライトを嵌め込んだ台座を連結して強化してある。
※呪文のMP消費が微減

「もう一つも別の子に使います」

そして狐のナインテイルを召喚する。フィーナさんもマルグリッドさんも少し驚いた顔だ。クラスチェンジした姿を見るのは初めてだからか？

ナインテイルの装備する首飾りには元々ツァボライトが一つ使われている。首飾りを外して宝石を組み換えた。中央にレッドジャスパーを嵌め込んで、その両脇にツァボライト。これでどうだ？

【装飾アイテム：首飾り】

白銀の首飾り+　品質C+　レア度3　M·AP+10　重量0+　耐久値90

銀の捻り鎖で作られた首飾り。軽量で丈夫。
魔法発動用に強化されている。

［カスタム］

レッドジャスパーを嵌め込んだ台座を連結して強化してある。
ツァボライトを嵌め込んだ台座を連結して強化してある。
※回避判定+1、呪文のMP消費が減

これでいい。ナインテイルに装備させよう。つか何で装備させて即、マルグリッドさんの膝の上に移動するのかな？　媚《こび》を売るな！　つかその場所を代わって！

「じゃあ精算する？」

フィーナさんがそう言うと腰を上げた。いや、こっちにもまだ用件があるのです。

「あ、追加で買い足したい物が色々ありまして」

「何かしら？」

「新しい召喚モンスターに装備を買い与えたいんですが」

「順調に増やしているのね。サキを呼ぶ？」

「え？」

「革装備じゃない方がいい気がします」

「見て貰った方が早いですね」

そうしましょう。相談するにしても実際に見て

【装飾アイテム：首飾り】

ミスリル銀の首飾り+　品質C+　レア度5　M･AP+12　重量1　耐久値150

ミスリル銀の鎖で作られた首飾り。

魔法発動用に強化されている。

［カスタム］

複数の真珠を首飾りの全てに嵌め込んで強化してある。
※水魔法強化[中]

ナイアス

マーメイドLv1

器用値	15(-1)	敏捷値	14(-1)
知力値	17(-2)	筋力値	4
生命力	6	精神力	15(-1)

スキル

両手槍	水棲
変化	夜目
呪歌	水属性

貰った方が理解され易い筈だ。

妖精のヘザーを帰還させて人魚のナイアスを召喚する。人型で召喚されたナイアスを隣の椅子に座らせた。

「この子なんですが」

どうしました？　奇妙な視線を感じる。少し時間を置いて口を開いたのはマルグリッドさんだ。

「キース、貴方《あなた》の手持ち装備に真珠はあったわよね？」

「ええ、ありますが」

「この子に装備させてあげて。話はそれからにしましょう」

マルグリッドさんが立ち上がるとナイアスに寄り添うように座る場所を変えてきた。あれ？

「真珠装備でステータスペナルティを緩和出来る

のよ。早くしてあげてね？」

え、そんな事が可能なの？　狐のナインテイルを帰還させて梟《ふくろう》の黒曜を召喚する。その首元にある首飾りを外すとマルグリッドさんが奪うようにその手に取った。長さを調整するとナイアスの胸元に装備させる。凄い早業だ。

ナイアスの胸元の首飾りを改めて【鑑定】してみる。あの、フィーナさん、邪《よこしま》な目的じゃないですよ？　必要だから【鑑定】してるんです！

そしてナイアスのステータスを見てみた。確かにペナルティが緩和されている。でもどうしてマルグリッドさんが知っているのかな？

「これでいいわ。どう？」

「ペナルティはかなり緩和されてますね」

聞けば此花《このはな》というマーメイドを召喚したサモナーの依頼で真珠装備を作った経験があったんだとか。ああ、確かにあの交流会にいました。

「で、この子なんだけど。装備一式でいいのよね？」

「ええ」

「とりあえず恥ずかしくない格好にしないと話も出来ないわ。この子、借りるわよ？」

「お願いします」

「予算は十分にありそう？」

「ええ、まあ」

「じゃあ任せといて」

マルグリッドさんがナイアスを連れて何処《どこ》かに行ってしまった。既にマーメイドの装備を整えた事があるなら任せた方がいい。

そしてオレの目の前にはフィーナさんだけが残った。いい笑顔だけどちょっと怖い。

「弁明の機会はあげるわ。変な事はしてないでしょうね？」

オレは無実だ。誰か弁護士を呼んでくれ！

まあフィーナさんなりにからかっただけのようです。でも会話の途中で時々、怖い視線が飛んでいた気がします。油断ならん。

「まあ運営が何もペナルティを与えていないみたいだし。これでも信じてるのよ？」

オレの心境を察した言葉なのだろう。恐縮するしかありません。

そんな所で黄色い声が聞こえてきた。マルグリッドさんがナイアスを連れて戻ってくるのは、いい。サキさん、レイナ、ミオ、レン＝レン、ヘルガ、優香《ゆうか》と生産職の女性陣が一気に増えていますが？　そのナイアスの髪型が変わっていた。ポニーテールか。

「このスケベ」

ミオからは肘鉄を食らったが痛くない。気にする余裕がオレには皆無だった。ナイアスは以前とまるで異なる表情でそこに立っている。微《かす》かな笑顔、それでいて僅かに恥じらいの表情。もうたまらん！

「コーディネイトにもっと幅が必要？」

レン＝レンは不満顔でそう言い放つ。どうやらナイアスに装備させているローブに納得していないようだ。

「これでいいのよ。水中活動も考慮したらこれで限界なんだから」

「髪型も色々と弄《いじ》れたらいいのに」

「編み込んだら邪魔になるしこれが限界だって」

マルグリッドさんは納得しているようだが、それでも女性陣の話が続く。オレが口を差し挟む事など不可能だ。オシャレ談義とかオレにはハードルが高過ぎる。


「じゃあ説明だけしておくわ」

ミオとレン＝レンが髪型について熱く語っているのを横目にマルグリッドさんの説明を受けた。ナイアスの装備について、だ。

基本、水中で活動する事も前提にしているので軽装だ。胸元には水着兼用でトップス、腰には巻きスカート。これにレインコートと服の兼用でポンチョ、そしてサンダル。まともな防具は手甲だけだ。武器は当然、槍になる。

【武器アイテム：槍】

旗魚の槍　品質C+　レア度4　AP+12　M·AP+4　破壊力2　重量2　耐久値140　攻撃命中確率上昇[微]　水属性

突撃カジキの角を穂先とした突く事に特化した槍。

刃が無く斬る事は出来ない。

僅かだが魔法発動の助けにもなる。

短槍サイズでかなり軽くて扱い易い。

水属性を備えており、僅かな確率だが命中率が向上する。

【防具アイテム：腕カバー】

闘魚鱗の腕カバー　品質C+　レア度3　Def+3　重量0+　耐久値100

バトルフィッシュの鱗を繋ぎ合わせた腕カバー。

非常に軽く出来ている。


「此花の話だとこの格好でも普通に地上で戦闘は出来るみたいよ？」

「そうなんですか」

「でも忘れないでね。かなりの軽装だから。飽くまでも後衛のポジションと考えた方がいいわ」

「勿論です」

「水中戦闘に移行する場合は巻きスカートにポンチョは脱ぎ捨てる形になるから。回収しておくのを忘れないでね？」

「了解」

　ミオとレン＝レンの議論はまだ続いている。脱線していた。最早《もはや》、話題が何であるのかすら理解不能だ。ガールズトークの深遠を目の当たりにした心境だ。アンダーだのトップだの、ゴルフなんだろうか？

「じゃあお昼の用意をしますね」

「あ！　私もやる！」

優香が食事の用意に席を立つ。ミオも優香の後を追った。それでもガールズトークが終わらない。今度はレイナとレン＝レンが熱心に話し込んでいた。今は話題が髪形に戻っていた。

「で、精算もあるんですがこれもお願い出来ますか？」

オレが取り出したのは宝石だ。ツァボライトにオパールの原石になる。

「磨くのが怖いのが来たわねえ」

そう言うとマルグリッドさんは【鑑定】しながらブツブツと呟《つぶや》き始めた。

「オパールの台座の素材、奢《おご》ってもいい？」

「え？」

「これもかなりいい出来になると思うの」

示された金額は手持ちから払えるが、かなり目減りするのも間違いない。だがここは出し惜しみなどしない。

「お任せします」

「了解。暫くはここにいるのかしら？」

「いえ。遠出になるとは思いますが、いつでもここに飛べるようにします」

「分かったわ。出来上がったら連絡するわね」

「お願いします」

「じゃあ精算でいい？」

フィーナさんはずっと計算をしていたらしい。提示された金額は恐るべきものであったが問題無い。琥珀《こはく》は全部、それに変性岩塩（聖）も少しだけ残して売り払ったので余裕ならあった。

宜《よろ》しい、準備は出来たか？　いや、黒曜の装備が無くなってしまった。予備で残してあった白銀の首飾りを取り出してみる。だがいずれも狼のヴォルフや虎のティグリス向けの猛獣用サイズだ。

梟の黒曜には長過ぎる。

「これ、梟のサイズに出来ますか？」

「ここで出来るわよ。サービスでやってあげるわ」

目の前でマルグリッドさんに調整して貰い、あっという間に黒曜のサイズになった。外された首飾りのパーツも渡された。

「宝石は買っておく？」

「いえ、依頼した物で賄いたいですね」

「ああ、そりゃそうよね」

暫くの間、黒曜は格落ちの装備になる訳だ。心しておこう。

「ヘイ、皆の衆！　メシが出来たぞ！」

ミオの号令が響き渡る。荷物の搬入をしていた男衆も加わって一緒に昼飯を摂る事になった。


ナイアスはオレの隣で静かに座っていたのだが、食事を終えたレイナとヘルガに捕まっていた。髪を結ってあげる、という事らしい。ナイアスに教え込むつもりのようだ。ま、いいか。ナイアスも楽しそうな様子だ。彼女が喋《しゃべ》る事は無いが、意思の疎通がなんとなく出来ているのが面白い。

オレはオレでリック達と色々と話し込んでいた。互いに情報収集である。

魔人は各所で現れているようだ。それにオレが狩場にしていた十二神将の間と似たような場所が他にもあるらしい。

南には黄道十二宮をモチーフにしたかのような迷宮。北には北欧神話をモチーフにしたかのような迷宮。まだ未確定だが東にある鬼の島にも新たな洞窟が出来上がっているようだ。

そして既に十二神将の情報もリック達は摑んでました。掲示板情報だけだったけど。これに補足する形でオレも実体験を話しておいた。

「ドラゴンか」

「パピー、即ちまだ赤ちゃんだけどな」

「キースで苦戦するレベルじゃ当面は厳しい？」

「連戦ともなると、クラスチェンジは必須？」

「選抜チームでも派遣してみる？」

「いいえ、ここは攻略チームに任せておきましょう」

話のネタにはお互い事欠かない。フィーナさん達にもレムトから運んできた大量の荷物を搬入する作業が残っている。会話が一区切りついた所で辞去する事にした。


グロウ・プラントを掛けに行ってみたらハンネスもいた。呪文をいつも通り、果樹園に使っておいた。そしてハンネスからは梅、栗《くり》、桃の実と野菜類とキノコと併せて分けて貰いました。もうすぐ柿も収穫出来そう、とはいい知らせだ。畑の方は収穫時期なのでグロウ・プラントの必要は無いらしい。

こうして見ているとハンネスが闘技大会本選に出場している強者にまるで見えない。失礼は承知だ。若手の農家にしか見えない。いや、ファーマーだから間違ってないんだが。

ハンネスの所も辞去する。さて、ナイアスを加えて狩りをしますか？　無論、やりましょう。


村の外に出ると陣容を変更する。梟の黒曜、虎のティグリス、獅子のレーヴェは帰還させた。馬の残月、鷹のヘリックス、スライムのリグを召喚した。これに狼のヴォルフと人魚のナイアスの布陣となる。残月にはオレとナイアスが騎乗、リグにはナイアスの防御を任せる形だ。風霊の村の周辺でラプターやフロートアイ、アンガークレインを相手に狩りをしてみよう。

後ろにナイアスが同乗しているのでオレ自身は長柄の得物を振り回すのは控えた。ナイアスにはオレの代わりに攻撃を担当して貰う。無論、最初はフィジカルエンチャント・ファイアで筋力値を底上げしておいた。ナイアスはまだ非力だ。そうでもしないとこの周辺の魔物を相手にしたらまともに戦えないだろう。

でもそんなに戦闘には支障は無いようだ。これは残月に依《よ》る所が大きい。ナイアスが軽く突くだけの攻撃でもその打撃力はかなり向上しているからだ。手にする槍も貫通力だけなら高いのも有利に働いている。それに馬上からだと基本的に優位に戦えていた。ラプターは全く問題にならない。

それにナイアスは槍で攻撃するだけに留《とど》まらない。水の針を繰り出して攻撃も出来る。むしろ普段はこの攻撃をメインにするべきだろう。アンガークレインが一発で瀕死《ひんし》になる威力があった。

だが最も注目すべき能力はこれでもない。歌だ。

その歌声はオレにしてみたら非常に心地よい音律だった。歌詞は無い。幾つかの音階をゆったりと渡り歩きながらの母音のみで構成される、そんな歌だった。要するにハミング、その音域はアルトだろうか？

だがその歌声に対しフロートアイは群れ単位で次々と地面に落ちてしまっていた。状態異常だ。マーカーに目を凝らすと眠っている事が分かる。

子守唄だな。ナイアス、恐ろしい子！　眠った後は馬上から槍で止めを刺すだけの簡単なお仕事です。無論、ヴォルフやヘリックスも眠ったフロートアイなど一撃で仕留めてしまう。残月も踏み潰してしまえばそれで終了だ。

その反面、ＭＰバーの消費が大きかった。まだレベルが低いしそこは仕方がない。ただ残月に騎乗していたらMP回復に有利になる。このままで大丈夫か？　大丈夫、だよな？

もう少し、魔物の難易度を上げよう。今度は西へ向かう。闘牛も相手に狩りをしてみたい。

ラプターを蹴散らしながら西へ向かう。それにしてもリグの奴、オレの背中にナイアスの胸が密着するのを阻止してやがる！　役得があるかと思ったのに！　これってリグに役得なのか？　スライムなのにおかしいだろ！

まあリグから伝わるぷよぷよ感はそれなりに感じ入る所がある。密着する事でナイアスが馬上から落ちるのを防いでもいるのだし役立っているのも確かなのだ。

分かる。ちゃんと目的があって間に挟まっているんだよね？　でも期待していたオレのこの気持ち、どうしたらいい？　八つ当たりするしかないではないか！

広域マップでW3に突入したのを確認した。

では闘牛狩りだ！　理不尽なオレの怒りを知るがいい！　とはいえここでトレインは止《よ》そう。周囲に少なくはあるが、プレイヤーもいるからだ。

コール・モンスターも駆使してプレイヤーのいない場所に誘導しながら戦いましょう。マグネティック・コンパスも使って方位を確認。最初のうちは少ない数を相手にするかね？

コール・モンスターを使う。今日はケンタウロスの姿が見えない。何でだろう？　狩りが目的じゃないから都合はいいけど。まあいい、さっさと闘牛を呼ぼう。

久々に肉の群れだ。違った、闘牛の群れだ。

十二神将のお供にもいた闘牛だが、やはり群れがいい。肉類がアイテムに残るから尚更《なおさら》だ。突っ込んで来る所を各種壁呪文で削って、後は止めを刺すだけ。ナイアスにも出来る簡単なお仕事？　そうでもない。たまにタフな奴が交じっているから困る。そういう相手はオレが呪文でどうにかするんですがね。要するに順調です。

死肉喰らいの襲撃もまるで障害にならない。まあナイアスのレベル上げに来ているんだし、強過ぎる相手でも困る。

いけない。ナイアスならいいけど弱い。弱過ぎる。もう少し強い相手がいい。隣のW４マップに行くか？　まだ行った事が無いN１W３マップかSW３マップに行くか？　そうなるとリスクが高い。それに移動しているうちに夕刻になってしまうだろう。悩ましい。悩まし過ぎる。

W３マップのエリアポータル、霧の泉に到着したのは午後六時だった。幾つかのテントがあり拠点として活用されている様子だ。驚くべき事に小さいながらも畑があった。梅の木もある。簡素ではあるがログハウスまであるじゃないの。開発の手がもうここまで来ているのか。

時間は早いが食事にする。馬の残月を帰還させて人形の文楽を召喚する。剝ぎ取ったばかりの腿《もも》肉《にく》と野菜類を渡して夕食を作らせよう。

休憩場所は当然、泉の近くだ。そこに川が流れ込んでいるのだが、その川の流れにナイアスが足を入れて遊んでいる。下半身は人魚らしく魚の形態でステータスには全くペナルティが無くなっていた。実に嬉しそうな顔でオレを見てきますが？　和む。新婚旅行？　いやいやいやいや、気分だけなら夕ダです。これ位ならセーフ。絶対に、セーフ。そうに違いない。

食事は楽しかったです。オレは文楽の作った煮込みとパン。召喚モンスター達にもお裾分けだ。

ナイアスには追加で蟻人の蜜を舐めさせてあげました。口移しで。

……嘘《うそ》です。人差し指に少量掬《すく》い取ってナイアスに舐めさせてあげた。だってそれが手っ取り早いのですよ。恥ずかしそうな顔を見せながらオレの人差し指を舐めあげるナイアス。

セーフ。どうにか、セーフ。偉いぞオレの自制心。垢《あか》ＢＡＮの危機は去った。


ややゆっくり過ごしてしまったかな？　ヴォルフ達にも蜜を舐めさせていたらもう午後七時を過ぎていた。人魚のナイアスもそうだが、亀の剛亀もレベルアップを図っておきたい。移動速度の遅そうな剛亀の相手は何がいいか？　十二神将がいいんじゃないかな？　平原では機動性が求められる。金剛力士や牛頭と馬頭のペアにしても相性がいいとは言い難い。十二神将のお供相手であれば他の召喚モンスターの助けがあるし勝ち抜くのも難しくないだろう。尚《なお》、ドラゴンパピーは除くけどな。アレはオレの獲物だ。

お供ならば闘鶏、カーリーラビット、ヒッピングラット、レッドシープ。条件付だがキラーエイプもいいだろうな。十二神将の相手は当然だがオレがやればいい。一旦、風霊の村にリターン・ホームで跳んで、南の洞窟に移動しよう。十二神将に挑戦するのは明日からでいい。


夕闇は更に深くなってきている。陣容を変更しておこう。鷹のヘリックス、人形の文楽、スライムのリグは帰還させよう。召喚するのは骸骨の無明、幽霊の瑞雲、虎のティグリスにした。瑞雲にはナイアスの護衛役をやって貰おう。

エリアポータルである霧の泉の領域を出るとリターン・ホームで風霊の村へと転移した。

次の瞬間には到着、悪いけど村には今の所は用が無い。このまま南へ向かおう。但し、ここからは徒歩になる。まあ今日のうちに洞窟入り口近くにまで行けたらいいのだ。インスタント・ポータルもあるのだし、辿り着けなくたって大きな問題になるまい。気楽なものだ。

ゆっくり移動するついでにホーンテッドミストをメインに狩りをしよう。スケルトンラプターも大歓迎である。

無明には獄卒の錫杖を渡しておく。殴っても手応えが皆無なホーンテッドミストが相手だと使い勝手は分かり難いだろうな。でもスケルトンラプターが相手なら分かると思う。後はフロートアイだ。まあ、数が多くなければ呵責の杖だけでどうにか出来る自信がある。久し振りにゆっくりとした移動になりそうなのでダウジングも使った。手持ちの黒曜石はもう殆《ほとん》ど残っていない。拾えたらラッキー、といった所だ。

マグネティック・コンパスを使って方位を確認して、と。では行こうかね?

単純に移動速度で一番遅いのは瑞雲だ。瑞雲は誰かに纏《まと》わりついて移動するのが常である。移動には問題は起きない。そうなると一番足が遅いのはナイアスになる訳だ。だがこの程度で歩くのが困難となれば、地上での探索行動には完全に不向きだろう。今の所、苦しそうな素振りは見せない。ステータスも変化は無いようだ。エンチャント系は全て使ってあげたいが、どの程度で限界が来るのか見極めておきたい。イジメじゃないよ?

ホーンテッドミストやフロートアイを適当に狩りながら進む。スケルトンラプターは二体しか襲って来なかった。ナイアスは距離を置いて戦っていたのでダメージは無い。槍だといい感じで距離を保てるからいいな。彼女は前衛と後衛の中間を埋めるポジションになれそうだ。

時刻は午後十一時を過ぎた。まだ洞窟まで少し距離があるかな？　だが粘った甲斐はあった。洞窟の手前にある川岸に到達出来た。ここまで来られたら上々だろう。ナイアスも無事だ。

その一方で黒曜石は中々見付からない。オレがここまでで確保したのはほんの二つ。途中からヴォルフにもダウジングを掛けて移動してたら七つも見付ける始末である。い、いいんだ！　く、悔しくなんかないぞ！

川原の手前でインスタント・ポータルを使う。テントを設営すると召喚モンスター達を全て帰還させてログアウトした。

第六章

《フレンド登録者からメッセージがあります》

ログインしたらメッセージが来てました。マルグリッドさんってば、もう作ったのかよ！　とか思ったら違った。アデルからでした。

『うーちゃんがクラスチェンジしましたよー！』

ほう、ウルフのうーちゃんがクラスチェンジしたのか。何にしたのか、と添付データを見たらホワイトウルフだ。想定の範囲内です。

データはさておき、添付のスクリーンショットが問題だ。狼《おおかみ》を三体、同時に召喚して囲まれてますけど？　その表情は愉悦の極みだ。堪能しているようで何よりです。返信のついでにクラスチェンジした人形の文楽と狐《きつね》のナインテイルのデータも送っておこう。アデルならば確実にイリーナにも転送するだろう。

では本日のメニューだ。十二神将に挑戦、である。ナイアスと剛亀のレベルアップを進めておきたい。マルグリッドさんに依頼した品が出来上がるまでは暫《しばら》くはレベルアップを図るとしよう。

その前に朝飯だ。人形の文楽を召喚して食事の準備をさせておく。待っている時間で何をするか？　陣容をどうするか、どの十二神将に挑戦するのか、大いに悩むとしよう。

食事を摂《と》りながらまだ悩んでますが何か？　食事を終えたら文楽は帰還させて人魚のナイアスを召喚した。猿の戦鬼、妖精のヘザー、虎のティグリスを召喚、探索役は蝙蝠《こうもり》のジーンにした。

インスタント・ポータルを出ると洞窟に突入する。時刻は午前七時だ。さあ、行きますよ？

本日のメイン洞窟の担当はオークでした。ナイアスは大丈夫か？　心配は無用です。戦鬼だけでオークの群れを蹂躙《じゆうりん》している。こらッ！　オレの獲物までいなくなってるじゃないか！

やはりダメだ。十二神将クラスじゃないとまともな戦闘にならない。早く移動しよう。

十二神将のいる広間へ向かう支道に入る。だが牛頭《ごず》と馬頭《めず》の出現ポイントには何もいない。二箇所ともである。先を越されたか。

まあいい、十二神将のどれかは空《す》いているだろう。少なくとも中継ポータルの近くにいる金剛力士より混雑しているとは考え難《にく》い。

空いてはいるが全くいない訳じゃない。迷企羅《めきら》相手に戦っているパーティがいる。しかもギャラリーで二つのパーティもいた。

まあそれはいいんだが、このままだと薬師如来の広間に転移出来ないのですよ！　ギャラリーが順番待ちとなれば相応に時間が掛かる。仕方なく普通に歩いて移動した。逆時計周りで安底羅《あんてら》のいる広間へ向かう。本当はもう一つ先の摩尼羅《まにら》とレッドシープを相手にしたかったのだが安底羅もいい相手だしな。

広間に到着、蝙蝠のジーンはここで帰還させた。亀の剛亀を召喚する。最初はまあ、戦鬼とティグリスがいるから打撃力は十分にある。ヘザーの支援もあるし、剛亀が簡単に陥落するとは思えない。フィジカルエンチャント・アースで生命力の底上げはしておこう。後は放流で。ナイアスは無理しちゃいけません。当然、呪文による強化は出来るだけしておく訳だが、オレが安底羅を黒縄で拘束した後なら槍《やり》で突いて良し！

安底羅　レベル1
天将　討伐対象　アクティブ

戦闘位置：地上　時空属性
キラーエイプ　レベル4
魔物　討伐対象　アクティブ
戦闘位置：地上

何だろう、いい感じでレベルが下がっているような？　渡りに船だね！

《只今《ただいま》の戦闘勝利で【火魔法】がレベルアップしました！》
《只今の戦闘勝利で【灼《しゃく》魔法】がレベルアップしました！》
《只今の戦闘勝利で召喚モンスター『ナイアス』がレベルアップしました！》
《任意のステータス値に1ポイントを加算して下さい》

二連戦して二連勝した時点でナイアスがレベルアップです。昨日はレベルが上がらなくて少し残念だったけどここなら経験値稼ぎがより効率良く進むだろう。ナイアスのステータス値で既に上昇しているのは精神力だ。もう一ポイント分のステータスアップは筋力値を指定した。

ナイアス

マーメイドLv1→Lv2(↑1)

器用値　15(-1)	敏捷値　14(-1)
知力値　17(-2)	筋力値　5(↑1)
生命力　6	精神力　16(↑1)(-2)

スキル

両手槍	水棲
変化	夜目
呪歌	水属性

ナイアスだが軽い槍とはいえ扱う姿を見ているとパワー不足は否めない。生命力も強化しておきたいが先《ま》ずは筋力値からだな。

オレも灼魔法が上がっている。独鈷杵《どっこしょ》の魔法技能選択だが、次は雷魔法にしようかな？

で、剛亀だが問題は無い。噛《か》み付き攻撃は見ていないが特殊攻撃なら確認した。投石？　いえいえ、ストーン・バレットでしょう！　高いダメージを与えているようには見えないが、キラーエイプのバランスを崩す位の事は出来ていた。だが剛亀で特筆すべきなのはその防御力にある。キラーエイプの攻撃をまともに甲羅に受けていたのだが、ダメージは非常に少ない。明らかにキラーエイプは格上の相手の筈《はず》だ。

おっと、いつの間にか他のパーティが来ていた。狩場を変えよう。

支道の入り口側にある迷企羅像のある広間から一番遠いのは？　摩虎羅《まこら》だ。そのお供はカーリーラビット。剛亀でも大丈夫か？　試してみよう。

摩虎羅　レベル1
天将　討伐対象　アクティブ
戦闘位置：地上　水属性

カーリーラビット　レベル3
魔物　討伐対象　アクティブ
戦闘位置：地上

レベルが下がっている気がします。まだ召喚したてのモンスターがいるせいかな？
ここでは別のパーティが来るまで結構連戦を重ねる事が出来ました。十連戦までは数えていたが、その先は覚えていない。覚えているのは変性岩塩（聖）を得た事、それにレベルアップだ。

《只今の戦闘勝利で【捕縄術】がレベルアップしました！》
《【捕縄術】武技の足掛けを取得しました！》
《只今の戦闘勝利で【土魔法】がレベルアップしました！》
《只今の戦闘勝利で召喚モンスター『剛亀』がレベルアップしました！》
《任意のステータス値に1ポイントを加算して下さい》

剛亀がレベルアップです。まだレベルが低いからレベルアップも早いぞ！　剛亀のステータス値で既に上昇しているのは生命力だ。残り一ポイント分のステータスアップは敏捷《びんしょうち》値にした。

剛亀

大亀Lv1→Lv2（↑1）

器用値	3	敏捷値	4（↑1）
知力値	18	筋力値	14
生命力	23（↑1）	精神力	20

スキル

噛み付き	堅守
魔法抵抗[微]	MP回復増加[微]
土属性	

こう言ってはアレだが、剛亀にはジェリコ並みの移動速度は欲しい。こいつの数字を揃《そろ》えるのは困難だな、こりゃ。真っ先に生命力が上がっているのがもういけない。

更に四連戦した所で摩虎羅は終了だ。もう少し長く連戦が出来るかと思ったのだが、他のパーティが順番待ちをしてました。移動しよう。

しかしアレだ、プレイヤーがこっち側でも増えてるのか？　金剛力士に挑んだ方がいいのだろうか？　悩みながらも波夷羅《はいら》像のある広間に到着。ドラゴンパピーがお供にいる戦闘に現時点でナイアスを参加させる事はしたくない。転移出来れば、と思ったのですが戦闘中でした。

激戦だ。勝敗の行方はどうなるのか、微妙な感じがする。プレイヤー達《たち》は前衛のドラゴンパピー、後衛の波夷羅に果敢に挑んでいる。その様子は激烈なものだった。観戦したくもあったが、オレには優先したい事がある。移動しよう。

摩虎羅像は空《あ》いていた。だがここは転移を選んだ。薬師如来の広間を経由して迷企羅像の間に跳ぶ。ここは度胸一発、狩場を変えよう。金剛力士の様子を見に行こう。少し長い距離になるので亀の剛亀は一旦帰還させた。蝙蝠のジーンを召喚する。金剛力士、空いていたらいいんだけどな。

想定通り、空いてます。広間の外の金剛力士は像の姿でお出迎えでした。では早速、相手をして貰《もら》いましょう。ジーンは剛亀と交代だ。オレとナイアスが阿形《あぎょう》の相手をする。戦鬼、ティグリス、ヘザー、そして剛亀で吽形《うんぎょう》の相手をして貰おう。戦力的には十分な筈だ。呪文で強化もするし、余裕はあるだろう。

ところで金剛力士を相手にする理由はレベルアップの他にもある。独鈷杵だ。少しでも多く持っておきたい。そして遂《つい》にその時が！　独鈷杵が壊れたのだ！　待て、そうじゃない！

ハッキリ言ってオレのミスだ。独鈷杵で止《とど》めを刺そうとしていた瞬間だ。黒縄で縛り上げた吽形のフリーになっていた右腕がオレを襲ったのだ。反射的にオレは独鈷杵の柄《つか》で受けた。その一撃で独鈷杵は壊れてしまった。今までの戦闘の積み重ねで壊れかけていたのかどうか、それは不明だ。

クソッ！　こうなったら独鈷杵が得られるまで、粘ってやる！

出ない。独鈷杵が出ません。

金剛力士と対戦した数は最初からカウントしていませんでした。覚えているのは相手のレベルだけだ。下は金剛力士のレベル1から、上は金剛仁王のレベル1まで。差が大き過ぎる。変性岩塩（聖）も力水も貰えてはいるが、オレの眼中には無い。独鈷杵だ。独鈷杵が欲しいのだ！

《只今の戦闘勝利で召喚モンスター『ティグリス』がレベルアップしました！》

《任意のステータス値に1ポイントを加算して下さい》

その瞬間、我に返った。ありがとう、ティグリス。オレは冷静さを失っていたようだ。

ティグリスのステータス値で既に上昇しているのは精神力だった。珍しいな！　もう一点は知力値を指定した。

ティグリス

タイガーLv6→Lv7（↑1）

器用値　10	敏捷値　18
知力値　11（↑1）	筋力値　21
生命力　21	精神力　11（↑1）

スキル

噛み付き	威嚇
危険察知	夜目
気配遮断	

　これもいい機会だ。虎のティグリスと交代で獅《し》子《し》のレーヴェを召喚する。戦力は底上げしておきたいのですよ！　だが金剛力士への挑戦はすぐに中止に、もっと重要な案件が発生した。マルグリッドさんからのメッセージが来ていた。

『宝石二つの加工は終了。お昼過ぎまでならログインしてます』

　時刻は午前十一時か。時間的な余裕は無い。つかマルグリッドさん、仕事が早いな！　依頼したのは昨日ですよ？　だがオレに否は無い。行きます。今、そこに行きます！　リターン・ホームで風霊の村に戻りましょう。

「そこまで急ぐ事？」

「いえ、重要なので」

「メッセージ出して五分経過してないのよ？」

「はあ」

マルグリッドさんは呆《あき》れ顔《がお》だ。いえいえ、本当に大事ですから！

「まあ、いいわ」

机の上には二つの宝石、オパールとツァボライト。ツァボライトはまあいい。何個か持っているし、見慣れている。問題はオパールだ。非常に派手な色合いになっている。表面は多面体カットではなく、美しい楕円形《だえんけい》になっている。二つとも【鑑定】してみよう。

【素材アイテム】

ブラック・オパール　品質B+　レア度5　重量0+

ケイ酸鉱物。黒蛋白石とも呼ばれる。
宝石の中では唯一水分を含んでいる。
暗い地色に虹のような遊色効果が備わっている。

［カスタム］

台座に呪符紋様『風紋』が刻まれている。

【素材アイテム】

ツァボライト+　品質C+　レア度3　重量0+

緑色のガーネット。赤色系のガーネットよりも希少価値がやや高い。
透明度の高いものは魔法発動用に人気があり高額になり易い。
楕円状多角形に整形し研磨され、銀の台座に嵌め込まれている。

［カスタム］

台座に呪符紋様『菱』が刻まれている。

「その子の首飾りがいいと思うわ」

「え？」

マルグリッドさんの視線の先にはナイアスがいる。えっと、どういう事なんでしょう？

「この宝石の効果はと。まあ見た方がいいわね」

彼女が机上に取り出したのは首飾りだ。一旦【鑑定】してみる。目の前でオパールだけが取り付けられる。その状態でもう一回、【鑑定】した。

【装飾アイテム：首飾り】

白銀の首飾り　品質C+　レア度3　M・AP+5　重量1　耐久値120

銀の玉鎖で作られた首飾り。銀製の鎖としてはかなり丈夫。

魔法発動用に強化されている。

【装飾アイテム：首飾り】

白銀の首飾り+　品質C+　レア度3　M・AP+10　重量1+　耐久値120

銀の捻り鎖で作られた首飾り。軽量で丈夫。

魔法発動用に強化されている。

［カスタム］

ブラック・オパールを嵌め込んだ台座を連結して強化してある。
※宝石の特殊効果を強化

「この特殊効果って？」

「アレキサンドライトの持ってる二つの効果のうちの一つと同じよ」

　つまりナイアスの首飾りの効果も強化が可能って事？　ナイアスを見る。オレの視線だけで意図を察したのか、首飾りを外して机上に置いた。

「さて、目論見《もくろみ》通りになると思うのだけど」

　オレは机上のオパールを首飾りの真ん中に嵌《は》め込んだ。では【鑑定】してみよう。

【装飾アイテム：首飾り】

ミスリル銀の首飾り+　品質C+　レア度5　M･AP+17　重量1　耐久値150

ミスリル銀の鎖で作られた首飾り。
魔法発動用に強化されている。

［カスタム］

複数の真珠を首飾りの全てに嵌め込んで強化してある。
ブラック・オパールを嵌め込んだ台座を連結して強化してある。
※水魔法強化[大]、宝石の特殊効果を強化

　確かにいい感じで性能が向上している。早速ナイアスに装備してあげようか、と思ったが、その役目はマルグリッドさんに奪われてしまっていた。オレが秘めていた大いなる野望は一瞬のうちに潰《つい》えてしまう。無念である。

「あら、とても似合うわー」

「確かに」

　清楚《せいそ》な雰囲気でありながら華やかな真珠の輝き、それと対比してブラック・オパールの地色は黒に近い。そして虹色のように反射光が様々な色彩を帯びて躍っている。ナイアスも何故《なぜ》かうれしそうな表情です。

ナイアス

マーメイドLv2			
器用値	15	敏捷値	14
知力値	17	筋力値	5
生命力	6	精神力	16
スキル			
両手槍		水棲	
変化		夜目	
呪歌		水属性	

おや？　ナイアスのペナルティが消えた、だと？　マルグリッドさんを見る。その表情は自信に満ちた顔だ。既にこの効果を知っていたな？

「まあ大事にしてあげた方がいいわよ？」

それは間違いなく宝石の事ではあるまい。彼女は席を立つとリックを呼んだ。

「じゃあこれで精算終了ですね」

精算はリックにして貰いました。宝石類の加工費の支払い、変性岩塩（聖）と闘牛から得た肉類も結構な量を売っている。それでもかなり手持ち金額は減ってしまっているが、問題は無い。それに見合うだけの収穫はあった。

時間的に早いが、優香《ゆうか》が昼飯を奢《おご》ってくれました。ミオはフィーナさん達と北方面へ狩りに出ているらしい。食事を終えると猿の戦鬼は帰還させた。梟《ふくろう》の黒曜を召喚し、首飾りに新たに得たツァボライトを嵌め込んで装備させておく。

では、何処《どこ》に行こうか？　食事中にずっと悩んでいたのがこれだ。南の洞窟でレベルアップを図るにしてもプレイヤーが増えている。他の方面に行くのもいいが、風霊の村を拠点にする利点は大きい。実に便利なのだ。

あそこがいい。ナイアスや剛亀のレベルアップが図れるかどうかは分からない。だがまだ知らない場所があるのだから見ておきたいのも確かだ。

山に行こう。イベントがあった場所だが、まだ探索をしていない洞窟が残っている。中継ポータルもあるし、腰を据えて探索だって可能だ。手持ちの補給も十分にある。では行こうか。

「リック、優香、マルグリッドさんに挨拶を済ませ、その場を辞去した。まだ見ていない風景が待っている。何があるんでしょうかね？

では移動だ。妖精のヘザーと人魚のナイアスを残して梟の黒曜、獅子のレーヴェ、亀の剛亀は帰還させよう。馬の残月、鷹《たか》のヘリックス、スライムのリグを召喚する。

リグがいるのは仕方がない。実際に騎乗戦をしたら便利でしたから。ナイアスとのタンデムでキャッキャウフフ、それにウハウハするのは控えよう。もう少しレベルアップしてからでいい。野望は大きく持っていないといけないよね？

移動がメインであるので戦闘は控えた。つか往来するプレイヤーがそこそこいる。そもそも、そんなに多くの魔物が寄って来なかった。ラプターをメインに狩りながら先を進む。また古代石が少し増えたのはいい事だ。

スケルトンのいる洞窟はさっさと抜けて、森の迷宮へ向かう。そこもプレイヤーがそこそこ多かった。何処に行ってもプレイヤーが多い。ゲーム全体を考えたらいい事なのだろう。でも気ままに狩りをするにはあまり混んでいない方がいいんだよな。悩まし過ぎる。

山頂へ向かうルートは蔦《つた》の壁です。ここではプレイヤーの姿は少なく混み合ってはいない。少ないながらもいますけどね。

ここで陣容は変更する。馬の残月と人魚のナイアスは帰還させる。名残惜しいがここは我慢だ。登山紛《まが》いの真似《まね》はさせられないだろう。梟の黒曜と蛇のクリープを召喚した。

広域マップで見たら短い距離ではある。だがここは移動に時間がどうしても掛かるルートだ。

蔦の隙間をクリープがスルスルとすり抜けている。リグも器用に変形しながらクリープの後を追う。両者共に水を得た魚のようだ。ヘリックス、黒曜、ヘザーといった面々は空中を飛べばいいだけだ。一番ここで肩身が狭いのがオレです。頑張って登ってるから！ 魔物の相手は任せた！

カエル、蛇、ナメクジといった魔物の始末は召喚モンスターに一任して壁を登る。オレにはほんの少しだけ、焦る気持ちがあった。日が傾いている。本格的な山登りは夜になってしまうだろう。出来るだけ先に進んでおきたい。

時刻は午後六時三十分。どうにか蔦の壁は登りきった。夕焼け空を眺めているプレイヤー達を尻目にインスタント・ポータルを展開する。食事にしよう。蛇のクリープは帰還させた。人形の文楽を召喚して食事の用意をさせておく。オレは綺麗《きれい》な夕焼け空を眺めつつ作業をする事にした。

幾つか得ていた奇陳石を奇陳散に変えて毒消しにして《アイテム・ボックス》に放り込む。古代石の発掘も一つだけ進め、琥珀《こはく》を得た所で食事が出来上がった。

夕日を眺めて食事をしていたら、先刻見掛けたパーティが戦闘になってました。相手はブリッツ。そのスピードには苦労しているようにも見えたが、なんとか狩った様子である。彼等《ら》はアイテムを剝ぎ取ると土霊の祠《ほこら》のあるN1W1方面に向かうようだ。ここから夜の行軍になるな。コボルトには気を付けて頂きたい。

食事を終えたらこっちも移動だ。オレ達も夜の行軍になるが、心強い探索役がいる。鷹のヘリックスは帰還させて蝙蝠のジーンを召喚しよう。人形の文楽を帰還させて猿の戦鬼を召喚する。少し悩んだがスライムのリグはそのままだ。梟の黒曜と妖精のヘザーもこのまま継続させる。

オレは防寒着を身に着ける。その隙間にヘザーが滑り込んできた。まあいいんですけどね。

怒りのツルハシと獄卒の黒縄も取り出しておく。呵責《かしゃく》の杖《つえ》は《アイテム・ボックス》に収納して簡単だが登山スタイルだ。では、行こうかね？

魔物が危険なのは言うまでもないが、それ以上に夜の山は怖い。風の音すらも恐怖を呼び起こすし滑落したら危ない。時空魔法の呪文、レビテーションがあっても怖いものは怖いのだ。

それにユキヒョウは怖い。足場が狭いのを苦にせず襲いに来るのが怖い。喉元を噛まれる寸前で黒縄で縛りつけられなかったら危なかった。

それにブリッツも怖い。崖とか気にせずこっちに雷撃浴びせに来るのが怖い。その角がオレの腹に突き刺さる寸前に黒縄で縛り上げていなかったらと思うとゾッとする。

怖い、怖い。饅頭《まんじゅう》怖い。

もっと襲って来いよお前等！　まあコール・モンスターで呼び寄せてもいいんだが、飽くまでも移動優先なのですよ。矛盾するけどね！

やはり夜間なのがいけなかったのか、中継ポータルは遠かった。辿《たど》り着けません！　時刻は午後十一時、最後は崖の下でインスタント・ポータルを展開してログアウトする事にしました。明日は山頂でご来光を拝めるかな？

ログインしたのは午前五時四十分といった所か？　インスタント・ポータル内で食事は済ませておこう。人形の文楽を召喚して食事の用意を進めて貰う。周囲に魔物もいなければプレイヤーの姿も見掛けない。

いや、二体のブリッツが通り過ぎた。インスタント・ポータル内からブリッツの生態を観察する。まるで動物園？

まあそれはいいとして、再び崖を登る編成は決めておかないといけない。鷹のヘリックス、梟の黒曜、猿の戦鬼、妖精のヘザーを召喚する。人形の文楽も料理が済んだら狐のナインテイルと交代する予定だ。

食事を終えるまで、ブリッツは近くで遊んでいるように見えた。インスタント・ポータルから出て狩ってやろうか、とも思ったが文楽とナインテイルを交代させている間にいなくなってました。

まあ、それはいい。崖を登るとしよう。その向こうは火口状の窪地《くぼち》になっていて、丸ごと中継ポータルになっている筈だ。

《これまでの行動経験で【耐寒】がレベルアップしました！》

《これまでの行動経験で【登攀《とうはん》】がレベルアップしました！》

崖を登りきった所でレベルアップが来た。眼下に高山火口の中継ポータルの様子が見える。泉も変わらずそこにあるのだが、少ないながらもテントがあるように見えます。ここにもプレイヤー達が来ているようだ。まあそんなに混み合っている雰囲気はしないし、いいか。

テントがある、という事はまだログアウトしている訳だ。この数だとパーティ二組って所かね？

湖畔の景色は以前見たまま、美しい。それ以上にオレの心は和んでいた。でも洞窟が待っている。以前、ここに辿り着いたはいいが、ＭＰ《マジックポイント》バーが消耗していて洞窟の探索は保留にした場所だ。つまり初めての場所になる。戦力は手厚くしたい。

猿の戦鬼、妖精のヘザーはそのままだ。探索役は手厚く、狼のヴォルフに蝙蝠のジーン。五体目はかなり悩んだ末に護鬼にした。前衛も後衛も可能だし安定感がある。では、行こうか。


今までも様々な洞窟を探索したが、ここは本格的だ。足元が定まらない。洞窟そのものは広いから踏破するのは問題無さそうだが、どこを通ったらいいものやら。所々に水溜《みずたま》りもある。小さな川のようになっている場所すらあるのだ。

風通しはいいようで湿気はそう感じない。外よりも暖かいのもいい。防寒着も不要だった。

そして魔物の群れがいる。これも大事です。

ルーディバット　レベル４
魔物　討伐対象　アクティブ
戦闘位置：空中　闇属性

大事なのです。どんな相手なのか、知っておかないといけません。初登場の魔物は難しい。だがこの魔物、対応そのものは簡単でした。空を飛ぶ動きは鈍い。ジーンに比べたら、ではあるけどね。だから戦うのも楽といえば楽だ。

問題は足場にある。凹凸が激しい。水で濡《ぬ》れて滑りやすいし傾斜も大きい。

何よりもこのルーディバット、十体以上はいたと思う。オレが無傷では済まなかったのだ。

独鈷杵から伸びる雷の刃がコウモリを斬る。恐らく、いや、間違いなくその刃身は目立つ。魔物の方から寄ってきてくれた方が有難いのだが、洞窟の広さもあって壁呪文も利用し難い。それにしても結構どころか凄《すご》くタフな蝙蝠だな！

「ライト・エクスプロージョン！」

全体攻撃呪文も併用する。何体かは混乱状態に陥って壁や天井に自ら突っ込んで地面に落ちてしまう。そいつらはヴォルフや戦鬼に任せておいた。ジーンは空中戦にあって優位なのは間違いない。ヘザーの特殊攻撃もたまに外れはするが、止めを刺すだけの火力は十分にある。護鬼も弓矢を撃ち込んでいて命中率も悪くない。

魔物は全て倒したのはいい。それはいいのですがね、マーカーに状態異常を示す小さなマーカー

【素材アイテム】

闇蝙蝠の牙　原料　品質C　レア度3　重量0+

ルーディバットの牙。
やや平たいナイフ状で切れ味は鋭い。
僅かに毒を含んでいる。

【素材アイテム】

奇陳石　原料　品質C　レア度2　重量0+

薬石。一般的に毒消しとして使われる。
通常は粉末状に砕いて服用する。
敏捷性と知力値を阻害する副作用がある。

が重なっている。それは誰か？　オレですよ！

しかも毒だ。奇陣散を服用して毒は解消するがステータス値にペナルティを喰《く》らったままだ。これはもう仕方ない。面倒な奴《やつ》がいたものだ。足場がこうでなければ避《よ》けられたのに！

蝙蝠の死体に剝ぎ取りナイフを突き立てるとヤバそうなのが取れた。十体以上倒して一個だけ、牙か。同時に取れているアイテムもある。

毒と解毒と両方のアイテムを剝げるのか。優しいな、運営。でも今は感謝を！　奇陳石は二つ得ている。収支で言えば大いにプラスなのだが、ステータスにペナルティを喰らっているのでは微妙な所だ。フィジカルエンチャント・ウィンド、メンタルエンチャント・ダークは使っておこう。


何度かルーディバットの襲撃を撃退する。どうやらこいつ等、五体から十五体といった規模の群れを形成するようだ。全く面倒な。

それに毒なんだが奇陳散が効いている間は喰らわないらしい。それだけオレは攻撃を喰らっている訳です。トンファーで受けきれるような攻撃頻度じゃない。呪文も併用して攻撃してもすぐに無力化出来るような相手でもない。全体攻撃呪文も絶対ではないのだ。

《只今の戦闘勝利で【光魔法】がレベルアップしました！》
《只今の戦闘勝利で【闇魔法】がレベルアップしました！》
アイテム以外に収穫があるのは救いだった。そして一本道だった洞窟にも変化が現れた。分かれ道だ。Ｔの字になっているようです。

「どうかな？」

ヴォルフに確認して貰う。どちらからも風が入り込んでいるようなのだ。魔物らしき匂いも同様らしい。右か？　左か？

勘だけど左から行こう。念《ねん》の為《ため》、マグネティック・コンパスも使おう。左に進むと北西方向、右に進むと南東方向か。よし、進んでみよう。

ウェンディゴ　レベル２
魔物　討伐対象　パッシブ
戦闘位置：地上　氷属性　睡眠中

この洞窟ではルーディバット以外に魔物はいないのか？　その答えが目の前にいます。

またただ。また寝てるパターンだ。

こう言ってはアレだが、先刻のルーディバットとこのウェンディゴを比較したら？　圧倒的にウェンディゴの方が強敵です。だが既に知っている相手だからなのか、安心しているオレがいる。

こいつの吐く冷気は脅威だ。でもね、オレも以前このウェンディゴと戦った頃とは違う。ここは足場もいい。事前にレジスト・アイスを使う。黒縄を手にしてウェンディゴの背後に迫る。音を立てずに、ゆっくりと。ゆっくり、ゆっくりと。

大きな岩のようにも見えるウェンディゴの背中を一気に駆け上がる。気がついたウェンディゴの首元に縄を掛けて引っ張った。手を離してはいけません！

「ッ！」

咆哮《ほうこう》を上げようとしたウェンディゴですが、その声は出なかった。その代わりに冷気なら出るみたいだ。一気に周囲の温度が下がる。

首に食い込む縄を外そうと足掻《あが》く。だが出来ない。黒縄は炎を纏《まと》いながら食い込んで行く。肉が焼ける匂いが鼻を衝《つ》いた。ウェンディゴのＨＰバーは急激に減っていたが即死にはならない。

暴れるウェンディゴを戦鬼が押さえている。両足に護鬼とヴォルフが攻撃を加えてウェンディゴは膝を折った。そのまま、立ち上がれなかった。立ち上がるのをオレが許さなかった。

上出来です。上出来過ぎる。皮と骨を剝いだら先を進もう。冷気によるダメージはあったが瑣末《さまつ》なものだ。収支は十分にプラスだろう。

またウェンディゴが寝てないかね？　でもそう楽な行軍ではなかった。ルーディバットの群れが面倒で仕方ない。今度はヴォルフにも毒の状態異常だ。消耗が少ないからまだいいが、毒を喰らい過ぎたら危険だ。足場がもう少しマシだったらいいのだが。

洞窟はやや蛇行しながらも方向が変わっているようである。今は西へ向かっている。それに寒くなっていた。冷気が肌を撫《な》でているかのようだ。レジスト・アイスが切れたのも大きい。

防寒着を装備するか？　レジスト・アイスを使うか？　レジスト・アイスにしよう。MPバーに十分な余裕がある。心配なのは別の事だった。ルーディバットの大規模な群れとか、いたらヤバくないか？

サスカッチ　レベル2
魔物　討伐対象　アクティブ
戦闘位置：地上　氷属性　闇属性

少し大きな広間のような場所に出た。懸念していたルーディバットの群れはいない。だがそこには別の奴がいる。ちょっとヤバいのがいた。そして早速、こっちに向かっていた。どうする？　無論、迎撃するのですよ！

しかし多勢に無勢なのはサスカッチにとって不幸だった。こっちにしてみたら、比較的足場が良好だったのも幸運だっただろう。

ジーンが奇襲。ヴォルフが牽制《けんせい》。護鬼が矢で先制。ヘザーが遠距離から岩の塊を撃ち込む。戦鬼が腕を捕らえていた。オレはサスカッチの首元に黒縄を掛けて動きを封じるだけで良かった。

【素材アイテム】

雪獣石　原料　品質B　レア度5　重量2+

サスカッチの胆石とも言われている。
石そのものに大きな魔力が宿っている。

無論、それだけで仕留められる相手じゃない。

独鈷杵を耳に当てて刃身を展開する。雷の刃が反対側の耳から伸びるのが見えた。

《只今の戦闘勝利で【跳躍】がレベルアップしました！》

《只今の戦闘勝利で【二刀流】がレベルアップしました！》

そしてサスカッチに剝ぎ取りナイフを突き立てる。何かが、取れましたよ？

これはいい代物である事に間違いなさそうだ。

《これまでの行動経験で【鑑定】がレベルアップしました！》

そして【鑑定】もレベルアップしている。ここ数日、スキルも色々と底上げになっているようで嬉《うれ》しい限りだ。人の少ないうちに難敵相手に連戦出来たのは実に大きい。

このサスカッチ相手でも一体だけならなんとか出来る自信はある。前もって捕捉出来ていたら呪文の強化も出来るだろう。まだ練気法だって使っていない。手札には余裕はある。

つまり、現在の陣容にも見直しが出来るだけの余裕はある。まだレベルが低い面々の底上げを図るべきか？　いや、もう少し様子を見たい。ダメージをポーションで回復させて先を進もう。

進む方位はやや南寄りになっているようだ。南南西、といった所から南西、だな。そして相変わらずルーディバットが面倒だ。いや、収支的にはプラスではあるのだが、とにかく面倒だ。奇陳石は稼いでいるが、途中から錬金術を使い、奇陳散にしながら進んでいる。ステータスペナルティがある分、気が抜けない。

ウェンディゴ　レベル5
魔物　討伐対象　アクティブ
戦闘位置：地上　氷属性

こんな奴がいたりするし。今度は寝ていませんでした。つまり、ガチって事です。そしてレベルも高い。全員に掛けてある呪文はレジスト・アイスだけだ。ここは全力で、行け！

「練気法！」

右手に独鈷杵、その刃身は雷。左手に呵責のトンファー。オレは前衛に出て戦鬼と並んで魔物に迫る。そんなオレ達をヴォルフとジーンが追い越して行った。

レベルが高い相手だ。全力で戦わないと危ないだろう。次の呪文も選択して実行しておく。戦鬼達の支援もしておかないといけない。

「ガァァァァァ！」
「ギャン！」
「グォォォォ！」

危ない、という意味は間違っていなかった。倒しきった、と思ったらもう追加のウェンディゴが襲い掛かってきていたのですよ！　仲間を呼ぶのはいいんですが、同時に二体？　ヤバいか？

それに誰が吼《ほ》えているんだか、訳が分かりません！　洞窟は広い。それでも反響音が凄い！

オレ達には普段から金剛力士や牛頭と馬頭のペ

アと戦ってきた実績がある。それが良かった。

一体はオレが相手をする。オレだけで相手をする。そう、これはオレの獲物だ。あげないからな！

独鈷杵とトンファーで両肘、そして両膝を重点的に攻撃して動きを鈍らせてから仕留めに掛かる。ここからは詰め将棋と一緒か？

腕に、首に、足に黒縄を引っ掛けて締め上げて動きを封じる。そして首元に迫って独鈷杵の刃を耳元から差し込んであげました。イメージ通りに仕留めた事には満足だ。

もう一体は派手に戦鬼とやりあっている。あれはジャイアント・スイングか？　ウェンディゴはあちこちに頭がぶつかってます。体格的に遜色は無いかもしれないが、明らかにウェイトでは戦鬼に不利なんですがね。冷気のダメージを喰らいながらも回し続ける。最初から見ておけば良かった。回転数をコールしてみたかった！

地面に放り投げると両者ともフラフラだ。結局、ウェンディゴを仕留めたのはヴォルフです。

《只今の戦闘勝利で【魔法効果拡大】がレベルアップしました！》

《只今の戦闘勝利で【魔法範囲拡大】がレベルアップしました！》

《只今の戦闘勝利で召喚モンスター『ヘザー』がレベルアップしました！》

《任意のステータス値に1ポイントを加算して下さい》

来た。ヘザーもこれでクラスチェンジだよな？

おっと、仮想ウィンドウに集中しよう。ヘザーのステータス値で既に上昇しているのは器用値だ。もう一点は知力値にしよう。

ヘザー

フェアリーLv7→Lv8(↑1)	
器用値　7(↑1)	敏捷値　22
知力値　23(↑1)	筋力値　3
生命力　3	精神力　24

スキル	
飛翔	浮揚
魔法抵抗[中]	MP回復増加[小]
風属性	土属性

《召喚モンスター『ヘザー』がクラスチェンジ条件をクリアしました！》

《クラスチェンジは別途、モンスターのステータス画面から行って下さい》

どうする？　インスタント・ポータルを展開してから落ち着こう。さっさとウェンディゴから骨を剝ぐと呪文を選択して実行した。

それで、それで？　候補は、何？

クラスチェンジ候補

ピクシー

シルキー

候補は二つだった。どんな感じになりますか？

ヘザー

フェアリーLv8→ピクシーLv1(New!)

器用値　7
知力値　25(↑2)
生命力　3
敏捷値　22
筋力値　3
精神力　26(↑2)

スキル

飛翔
魔法抵抗[中]
風属性
[　]
浮揚
MP回復増加[中](New!)
土属性
[　]

【ピクシー】召喚モンスター　戦闘位置:空中

妖精。物質化したまま戻れなくなった個体である。
主な攻撃手段は各種属性の特殊能力。
体格が非常に小さく素早いため、攻撃が当たり難い。
筋力値と生命力は非常に低く当てにならない。
フェアリーより多様な属性を使いこなす事が出来る。

《クラスチェンジしますか?》

《Yes》《No》

ヘザー

フェアリーLv8→シルキーLv1(New!)

器用値　9(↑2)
知力値　23
生命力　5(↑2)
敏捷値　22
筋力値　5(↑2)
精神力　24

スキル

飛翔
魔法抵抗[中]
風属性
[　]
浮揚
MP回復増加[中](New!)
土属性

【シルキー】召喚モンスター　戦闘位置:空中

妖精。物質化したまま戻れなくなった個体である。
主な攻撃手段は各種属性の特殊能力。
体格は小さな子供のサイズ、体が半透明に見える。
羽は全く見えないが飛ぶ事が出来る。

《クラスチェンジしますか?》

《Yes》《No》

ピクシーには空きスロットが二つある。最初の方で選択出来るのは光、闇、そして雷の三つだ。

雷属性？　これは派生、なのか？　既に風属性と土属性があるからなのか？　そう考えるべきなんだろうな。もう一つで選択出来るのは火、それに水になる。凄い、どんだけ増えるんだよ！

ではもう一方のシルキーはどうなってますか？　空きスロットは一つ、選択出来るのはやはり光、闇、そして雷の三つになる。ステータス的にはこっちの方が有利か？　それに今の姿よりも大きくなるみたいだ。さて、どっちにしようか？

決めた。シルキーにしましょう。クラスチェンジ前に白銀の腕飾りは外しておいた。結構大きくなりそうですし。

ヘザー

フェアリーLv8→シルキーLv1（New!）

器用値　9（↑2）	敏捷値　22
知力値　23	筋力値　5（↑2）
生命力　5（↑2）	精神力　24

スキル

飛翔	浮揚
魔法抵抗[中]	MP回復増加[中]（New!）
風属性	土属性
雷属性	

で、大きくなったヘザーですが、不思議な外見をしている。確かに体が半透明だ。いや、透明な服を幾重にも重ねて着込んでいるように見えます。背の高さはオレの腰の辺りかな？　確かに人間の子供のようである。問題はその性別だ。男の子？　女の子？　どっちにも見える。

白銀の腕飾りは文字通り腕に装備させる。サイズ調整でどうにか出来たのは助かりました。

出発しようとした所で問題が発生した。目の前にウェンディゴが一体います。色々と周囲を動き回ってますけど？

まあその様子をインスタント・ポータルの中から見ながら陣容を変更しましょう。一体は戦力底上げに加えておきたい。ここは鬼の護鬼を帰還させよう。虎のティグリスを召喚する。ティグリスはクラスチェンジ狙いだ。

ウェンディゴの様子は？

いいぞ、岩の陰に座り込んだ。

いいぞ、そのまま寝てしまえ！

素晴らしい！　このウェンディゴの寝付きは非常に良かったようです。

寝ているうちに黒縄を仕掛けて、あっという間に絞め上げる事に成功した。その上で召喚モンスター達の猛攻に晒《さら》されてしまう。気の毒に、いっそオレの手で一気に逝って下さい！

剥いだ皮を拾って先に進んでみたらまた分かれ道だ。左はほぼ南へ進んでいる。右は北西方面だ。ここは左に行きましょう。

ルーディバットを排除しながら洞窟の先を進んだ。ルートそのものは単純な構造のようだが、変化は大きい。大き目の広間のような場所に出た。自然に出来たドームなのだろう。中々に勇壮とも言える、荒々しい光景なのだが、ここでもルーディバットの群れだ。しつこいな！　むしろ狭い場所の方が全体攻撃呪文も壁呪文も活用し易《やす》いんですけどね。ま、悪い事ばかりではないさ。

《只今の戦闘勝利で【杖】がレベルアップしました！》

《只今の戦闘勝利で【身体強化】がレベルアップしました！》

まあ、順調ですかね？

広間の先にある洞窟を進むと光が見えた。出口だ。オレでも風を感じる。そして何やら轟音《ごうおん》も聞こえた。水音？

そこは不思議な場所であった。滝だ。左から右へと水が流れて、崖の下へと消えている。滝の上からなので滝壺《たきつぼ》は見えない。滝の高さはかなりあるようだ。エンジェル・フォール？　日光が苦手なジーンが洞窟から出たがらないのが分かる。これはいかん、蝙蝠のジーンを帰還させて梟の黒曜を召喚しよう。

水辺には大きな岩が鎮座している。対岸にも似たような岩があるのが見えていた。それにしても、凄いな。圧巻の風景だ。

落ちて行く水の向こうで霧が煌《きらめ》いている。日光の反射を受けて、虹が見えていた。何気なく、岩に触れた。それがトリガーであったらしい。

『我等は番人』

『魔は滅ぶべし』

『人は去るべし』

何だ？　岩だ。岩が直接、語りかけてくる。

『勇者なれば死者となりてグラズヘイムを目指すべし』

何かが現れようとしている。背後だ。

フル装備の戦士に見えるな。

ビフレストガード　レベル3
英霊　討伐対象　アクティブ
戦闘位置：地上　光属性

エインヘリャルファイター　レベル6
英霊　討伐対象　パッシブ
戦闘位置：地上

ビフレストガードが一体、金属製と思われる鎧《よろい》兜《かぶと》、それに方形の盾、立派そうな片手剣。

エインヘリャルファイターが二体、こっちの鎧兜は一般的な金属鎧に見える。一人は槍持ち、もう一人はメイスと小さな盾を持っている。

どっちが格上なのか？　立派な装備だし属性持ちのビフレストガードの方が格は上だろう。

つか、英霊？

おっと、戦闘が始まってしまいそうだ。ビフレストガードの相手はオレがしよう。二体のエインヘリャルファイターは召喚モンスター達に任せようかね？　戦鬼とヘザー、ヴォルフとティグリスと黒曜で各々一体に対応して貰おう。片付いたら他を支援して良し！


「練気法！」

初見の相手だ。武技も注ぎ込んだ。呪文を選択して実行。右手に独鈷杵、左手に呵責のトンファー。独鈷杵から雷の刃身を伸ばしてオレは前に出る。ここは先制だ。

黒曜が水の針を一斉に撃ち込んでいく。間を置かずヘザーも敵全体に雷撃を浴びせた。槍持ちのエインヘリャルファイターの動きが一瞬だが止まっている。その一瞬にヴォルフが脹脛《ふくらはぎ》に噛み付いている。速いよヴォルフ！

オレもビフレストガードとの間合いに入る。こいつはどれだけ強いのか？

「グラビティ・メイル！」

呪文が間に合った。では、やろうか。


強い、という言葉は便利です。確かに強いのであるが、その表現だけで済ませるには惜しい。

こいつは上手《うま》い。それに隙が無い。

いや、隙が無いは言い過ぎだな。攻撃しに来る瞬間、そこが狙い目だ。オレもまた攻撃するには相応のリスクを背負わないといけない。だが装備には差がある。ビフレストガードの方が明らかに上だろう。スピードを活《い》かしてどうにか凌《しの》いでいるに過ぎない。膠着《こうちゃく》しているうちに間合いを測る。

タイミングを合わせろ！

右手に持つ剣の突きが迫る。半身で避けるとビフレストガードの右腕を右脇に抱えた。トンファーを持つ左手でビフレストガードの右足を引っ掛けて持ち上げて右手の独鈷杵で喉元を突いた。

朽木《くちき》倒《たお》し。柔道技だが国際大会では反則技だ。形はかなり違う。武器を手に持ったままだしな！

倒れ込んだビフレストガードの右手を踏む。オレの足を盾で殴りつけようとするとは見上げた反応だ。足を上げて盾を避ける。

剣が下から突き上げられるが、その攻撃は読めていた。目の前を剣が通り過ぎる。

足を着地させると膝を手首に撃ち込む。独鈷杵から伸びる刃身は確かに喉元を貫いている。HPバーも減っている。それでもすぐには倒れてくれない。こいつ、金剛力士とも共通項があるな。人間と全く一緒、という訳ではないらしい。

独鈷杵の刃を収納、ベルトに差し込んだ。剣を持つ腕を狙う。アーム・ロックの動きを見せてからの腕挫《うでひしぎ》十字固めに極《き》めた。パワーで対抗されて伸びきらないいか？

「フィジカルエンチャント・ファイア！」

呪文で上乗せしないとダメだった。こいつは馬頭鬼と同じ位の筋力があるらしい。馬頭大将には及ばないかな？　装備がある分、やり難い所は当然ある。関節技だと鎧が干渉しなければちゃんとダメージがあって然《しか》るべきだ。ＨＰバーはちゃんと減っている。宜《よろ》しい。金剛仁王も十二神将も似たような感じだった。これなら大丈夫。

腕が伸びきった。それでも抵抗しようとする辺り、見上げたものだ。その表情は兜で見えない。

その兜ごとヘッドロックに極めた。首を横に傾ける。兜が干渉するから曲げ切れない。後ろに折り曲げようとした所で逃げようとビフレストガードは腹這《はらば》いになった。逃がすかよ！

気がついたらある技の体勢になってました。

キャメルクラッチです。背骨や喉にダメージが蓄積される技だ。ＨＰバーは減り続けている。だが遅々として進まない。まあビフレストガードの攻撃は封じているし、これでいいのだろう。

エインヘリャルファイターは？　槍持ちの個体はまだ健在のようである。ヴォルフとティグリスにダメージはあるが、優勢を保っているようだ。

メイスと盾を持っていた個体は戦鬼に止めを刺された所でした。マウント状態でずっと殴ってたみたいです。戦鬼は悠然と立ち上がるとヴォルフ達の方を見る。そしてこっちも見る。

もしかして、いや、間違いなく戦いたがってますよね？　そうだな、ここは確実に狩っておいた方がいい。残っていたエインヘリャルファイターは程なく沈んだ。

キャメルクラッチを解いて地面に腹這いになったビフレストガード、すかさず戦鬼がストンピングを開始する。あ、そこまでやっていいとは言ってないぞ！　だが止まらない。何度も、何度も、戦鬼はビフレストガードの胴体を踏み付ける。ビフレストガードは立ち上がる事が出来ない。

仕方ない、オレも参加だ。蹴りを頭に放つ。

ティグリスが右足首に、ヴォルフが左足首に噛み付いているのも見えた。リンチ？　いえ、正当な攻撃ですよ？

倒しきったのですが、インフォは無かった。アイテムも残してくれません。またか。またなのか！

周囲の様子も変化無し。岩はどうか？　触ってみたら案の定です。

《ビフレストガードに挑みますか？》
《ＹＥＳ》《ＮＯ》

やっぱりだ。再戦を挑めるんかい！

とりあえずここは保留で。対岸に渡れそうかな？　だが川の流れは速そうだ。黒曜が対岸に飛んで岩の上に舞い降りたが何も起きない。その岩の向こうに洞窟の入り口が見えている。

歩いて対岸に行けるルートがどこかにあるのだろう。最初の分かれ道の右側、だな？　十二神将のようにイベントをクリアをしないとアイテムを落とさない仕様と思われるし。

どうする？　無論、向かうに決まっている。

ウェンディゴがいた広い場所に戻ると他のパーティがいました。つか見知った顔です。紅蓮《ぐれん》くんではないですか！


「あれ？」

「おや？」

互いに間が抜けた挨拶になってしまった。彼等もここを目指してたみたいです。

時刻は午前十一時四十分、いい時間だ。立ち話もアレなのでインスタント・ポータルを展開した。ついでに食事にしよう。

「ウェンディゴはまだいいんですがねえ」

「サスカッチがいる、と」

「ええ」

梟の黒曜を帰還させて人形の文楽を召喚、食事の用意をさせている。その合間を使って情報交換をした。この先にある分かれ道なのだが、その先は雪原になっているそうだ。しかも隣のマップに行ける。N2W2だ。紅蓮達はそこでサスカッチに奇襲されて死に戻ってたらしい。そして今からリベンジするそうだ。

「で、この先に川があるんだが」

今度はこっちからも情報提供だ。つい先ほどの戦闘を思い出しながらの説明だ。何も記録が無いから上手く伝わったかどうか、自信が無い。

「フル装備の戦士、ですか?」

「ウェンディゴとはまた違ったタイプの強敵になるよ」

ところで、紅蓮くんのパーティメンバーのうち四名はヘザーと戯れていた。まあその気持ちは分かる。ヘザーが遊び相手をせがんでいるようにも見える。戦鬼は腰を下ろしたまま、おとなしくしているのと対照的だ。情報交換はいいのか? いや、紅蓮くんがいたら十分なのかな?

他にも軽く情報を交換すると食事にした。紅蓮くん達からも料理の材料の提供があったので、纏めて文楽が作ったものだ。雑談をしながら食事を摂る。紅蓮くんも含めて一旦ログアウト、彼等が戻るのを待ってインスタント・ポータルを出た。

「では、勝ってきます!」

「キースさんも頑張って下さい!」

互いにここで別れた。この近辺で探索と狩りを進めるのであればいずれまた出会うだろう。

目の前に分かれ道がある。右に行けば戻るルート、左に行けば隣のマップに抜けるルートになるのか。情報通りであれば、左の洞窟を抜けたら雪原に出るらしい。それに洞窟の途中ではウェンディゴも出るだろう。

一旦、見知らぬ風景を見てみよう。対岸にある岩を目指すのはその後でいい。

ここで人形の文楽を帰還させて梟の黒曜を召喚する。久々に新マップに出向いてみよう。

ルーディバットの襲撃への対応は少しだけ楽になっていた。単に洞窟そのものが狭くなっただけですけどね。全体攻撃呪文は勿論《もちろん》、何よりも壁呪文の使い勝手が良くなりました！　毒の状態異常になる事態も大幅に減っている。

ウェンディゴもそうだ。明らかに楽になった。戦鬼が壁に押し付ける間に攻撃を加える事が出来ている。不利な地形もあるが、有利になる事だってある。それにしても、このルートで戦うのはいいな。魔物が多ければ狩場にしたい所だが残念な事にコール・モンスターで確認してみてもルーディバットだらけでウェンディゴの数が絶対的に少ない。残念である。

肌寒くなってきた。召喚モンスター達はいずれも平気みたいです。防寒着を取り出して装備し、全員にレジスト・アイスを掛けて先を進む。洞窟の先に光が見えた。もうすぐ、外だ。

洞窟を抜けたらそこは？　雪国ってレベルじゃないって。雪原しか見えません。天気も曇りのようです。いや、雪が降ってますね。吹雪《ふぶ》いていないだけマシかもしれないが、これはキツい。一旦、戻ろう。

戻る前に何者かが横合いから現れていた。ヴォルフも黒曜もティグリスも気付かなかった。当然、オレもだ。最初に襲われたのは戦鬼だった。

ウェンディゴ？　サスカッチ？　そのいずれでもなかった。

サイレントアーミン　レベル3
魔物　討伐対象　アクティブ
戦闘位置：地上、雪中　氷属性

何だこいつ？　小さ！

アーミンって何？　外見だけ見たら白くて可愛《かわい》らしいイタチみたいな奴だ。いや、それも気になるが、それ所じゃない。その魔物は戦鬼から離れると雪原の中にいる！　その魔物は戦鬼から離れると雪原の中に潜り込んでしまった。何処に行った？

ヴォルフも魔物の姿を見失った。匂いも雪で途切れているようだ。困惑、そう表現するしかない。

ここはカウンターを狙うしかない。オレは両手に黒縄を持つ。そして雪原の中を進む。ヴォルフ達は戦鬼の近くで待機させた。

来い。さあ、来い！

そして来た。真横からだった。

その攻撃は体当たりだ。避ける事は出来なかった。オレは最初から攻撃を喰らうのと引き換えにして捕獲を選んでいた。

魔物の胴体に二重の縄が掛かる。前脚と首に引っ掛かった。そのまま縛り付ける。魔物の全身が炎に包まれた。そしてそのまま息絶えてしまったようだ。何これ、弱い？　いや、相性もあるのかもしれないな。紅蓮くんとの雑談を思い出す。ウェンディゴもエンチャンテッド・ファイアで強化された武器だと与えるダメージが上がるそうだし、獄卒の黒縄の纏う炎でも同様なのだろう。

《只今の戦闘勝利で【精神強化】がレベルアップしました！》

レベルアップはいいとして魔物に剝ぎ取りナイフを突き立ててみました。何も剝げない。ちゃんと【解体】はセットしてあるんですけどね？

外部リンクから検索サイトを呼び出して調べてみました。アーミンは冬毛のオコジョですか、そうですか。可愛い動物を魔物化するとか、運営ってば鬼畜！

おっと、確認をしておこう。状態異常だ。オレにも状態異常を示すマーカーが重なっている。敏捷値が下がっていた。レジスト・アイスの効果はまだ継続していて有効な筈だがそれでも喰らう時は喰らうものらしい。

戦鬼の状態異常も確認する。だがこっちはオレのものとは違っていた。それは沈黙だった。声が出ないのか？　試しに戦鬼に吼えてみるように促したが、ダメでした。これは、怖いな！　オレが沈黙状態になったら？　呪文詠唱が出来ない訳だから大変な事態になっていただろう。この雪原では対策にサイコ・ポッドが要るって訳か。

戦鬼の沈黙状態は解除出来るのか？　ディスペル・マジックを使ってみる。状態異常を示すマーカーは消えていった。オレ自身にもディスペル・マジックを掛けると状態異常は解消した。

あのオコジョは危険だ。だが対策はある。早い段階で判明して良かった、と前向きに受け止めておこう。

広域マップでN２W２である事を確認したら洞窟に戻る事にした。まだこの洞窟も探索し終えていない。最初の分かれ道を右に行ったら？　行ってみよう。

洞窟に入って最初の分かれ道に戻った。雪原以降、ウェンディゴとは戦っているが、サスカッチにはまだ遭遇していない。あれが今の所、この洞窟で最も恐るべき魔物だ。だが障害になるのは魔物だけではないみたいだ。オレの目の前に見えるのは今までの洞窟で見なかった存在であった。

地底湖だ。明らかに洞窟の一部が水没しているようだが、どうやってここを踏破したらいいんだ？　泳ぐか潜水するしか、だな。

フラッシュ・ライトの呪文を使ってみる。湖面は青緑に輝いて実に美しい。見惚《みと》れてしまいそうだ。だがそれがいけなかったらしい。次の瞬間、オレの見る景色は水中になっていました。

え？　何？

手を伸ばしても何も摑《つか》む事が出来なかった。足に何かが絡まっている。それだけが分かる。頭上には水面、その上にフラッシュ・ライトの明かりが見えていた。何かが湖の底へとオレを引っ張っている！　魔物か？　湖の底にそれはいた。

水魔草　レベル3
魔物　討伐対象　アクティブ
戦闘位置：水中、地上　水属性　木属性

そうか、こんな奴もいたのね？　足に絡んでいる蔦は剝がれそうにない。

オレの口から肺の中へと水が流れ込んでいた。これが溺れるって事なのか？　オレの意識はそこで途絶えてしまっていた。

【十二神将】金剛力士への挑戦状　6通目【はじめました】

1. ココノカ
W2マップとS1W2マップの間に横たわる洞窟の奥。

門番の金剛力士が君の挑戦を待っているという・・・

ここは金剛力士攻略情報スレです。

同時に中継ポータル前の獅子と狛犬ペア、狛虎のペアについての攻略情報もここで扱ってます。

新たに十二神将も追加となりました。

ここまでのまとめ他は **>>2** あたりで。

過去スレ：

金剛力士への挑戦状　1-5通目
※格納書庫を参照のこと

――（中略）――

224. ミオ
十二神将クリア条件が分かったはいいけど連戦はどうなの？

225. ルパート
>>220
十二神将そのものの強さは金剛力士単体より少し上って感覚。

お供のモンスターさえなんとか出来たら楽って言えば楽。

問題は連戦で勝利し続ける方。

消耗するからね。

最大の難関がドラゴンパピー。

一番弱い筈のLv1でも極めて危険。

226. 与作
十二神将Lv3あたりで金剛力士Lv5相当？

でも個別に見たら戦闘スタイルがまるで違うし単純比較できないよね？

金剛力士のペアよりかは戦い易いけど、問題はそこじゃない気がする

227. 蛭間
>>225
連戦するにしても四回までが限度だったよ。
特に辰がアカンわw
ドラゴンパピーLv1がどの十二神将よりも強い。
後衛から弓矢まで飛んで来るし簡単に詰むぞw
>>226
はよこっち来てクリアしてくれw

228. ツツミ
やっぱあれか。
サモナーさんみたいに金剛仁王あたりをサクッと秒殺するようじゃないと無理？
闘技大会本選に出てた猛者が戻ってくるだろうし、クリア組は増えそうだけど。
しかし外部に置いといた動画を見てると凄いよなｗ

229. 鈴音
動画といえば闘技大会の投票結果まだですね？

230. レイナ
一応だけど色々と情報は揃ってきてるし、攻略は進むでしょうね
独鈷杵ゲットはかなーり難易度高そうだけど

231. 与作
>>227
また北の森の様子も確認しないとなあ
明日以降は行くかも？
つか動画見てて吹いたｗ
サモナーさん何してるのｗｗｗｗｗｗ

232. ミオ
>>228
傍で見ていると仏様相手に戦いを挑む悪鬼羅刹に見えてしまう不思議
どうなってるんだか・・・

233. サキ
>>228
概ねどんな戦力かは把握出来てるし事前に支援しておけば或いは勝てそう？
力水は欲しいですね。
Lv10 のエンチャントも金剛力士が苦手なのを事前に用意出来たらいける。
サモナーさんの真似はちょっと避けた方がいいかもよ？

234. 蛭間
>>228
あれはエグい戦い方なんだよね
縄の出所は分かっているけど、半端なく手間がかかるようだし
そういえば牛頭と馬頭の全容はまだ解明されてないな
金剛力士、牛頭と馬頭は時間を掛けてステップアップしたら戦力向上は確実
十二神将も同様と見る
プレイヤーズスキルが関わるような戦い方は如何ともし難いよ

235. ルパート
>>231
vs 金剛仁王も大概だけど
vs ドラゴンパピーがもうねｗ

236. ツツミ
攻略を地道に進めてるけど、地味に積み重ねていくのがいいよ。
十二神将もドラゴンパピーにだけは手が出せないから戻ってる。
金剛力士相手に鍛える所から始めて金剛仁王が出る程度になっておきたいねえ。

237. 鈴音
>>236
出現パターンはランダムって聞いたけど？
他に要素ってあるの？

238. 蛭間
>>236
ランダムで Lv 変動してるけど、上の Lv の方は戦闘回数が条件？
ある程度は合理性はあるけど検証が面倒だよね？

239. ルパート
>>237
予測はされてる
でも検証はされてない
解析班もいないしｗ

240. ツツミ
>>237
これまでに金剛力士に挑んだ数、それに勝敗が絡んでいるって話だね。
無論、プレイヤー側のパーティのレベルも関連してると思う。
レベルが低いメンバーで組んだ場合、初回は大抵レベル１になってる。

241. 蛭間
十二神将も同様の可能性あるんだよねえ
アレがクラスチェンジとか怖すぎる

242. ルパート
>>241
ドラゴンパピーがクラスチェンジとかしたらそれはもう大変な事に！

243. ミオ
やっぱり牛頭と馬頭のチェインから始めようかな？
混み合うような気がするけど。

244. レイナ
坑道側も少し広がってるけど、もう少し強敵が出てくるポイントが増えて欲しい
十二神将はクリアしたら挑戦出来るみたいだけど

245. ツツミ
>>243
間違いなく混むよ。
闘技大会で移動してたプレイヤーがそろそろ戻り終えるし。
つか金剛力士はかなり混んできてる。
ギャラリーも多いし。
十二神将も空いているのはここ数日だけって事になるかもよ？

246. 与作
森の様子を一通り確認できたら行ってみるかなー

――――――――――――（以下続く）――――――――――――

魔物情報総合スレ　リスト７枚目

1. 周防
【識別】結果はスクショ推奨です。
報告書式は **>>2** あたりで。
確定情報でない部分も空欄にせず、不明である事を明示して下さい。
外部リンクの在り処は **>>3** あたりで。
次スレは **>>980** が立てて下さい。
過去スレ：
魔物情報総合スレ　リスト１枚目-6 枚目
※格納書庫を参照のこと

――（中略）――

964. 紅蓮
こっちは寒いよー
[場所]
N1W1 と N1W2 の間にある山脈
高山火口中継ポータル先の洞窟内
[名称]
ルーディバット
[区分]

魔物　討伐対象
[レベル]
Lv.1 から Lv.5
[剝ぎ取ったアイテム]
闇蝙蝠の牙　原料　品質 C- から品質 C+　レア度３　重量 0+
奇陳石　原料　品質 D+ から品質 C+　レア度２　重量 0+
[戦闘スタイル]
戦闘位置：空中　闇属性
毒持ち
[備考]
基本的に群れで登場する
5 匹程度から 15 匹程度まで
状態異常で毒がある
奇陳石は解毒剤になるので擂鉢があれば凌げる
薬師技能持ちじゃなくとも擂鉢は持っていた方がいいかも

965. ルナ
毒かよ！
まあ毒持ちは困るよな
状態異常は概ねディスペル・マジックで解除出来るが毒は効かないし
レムト近くにも毒持ちいるけど時間が経過したらすぐ効果消える弱さだし
毒の強さはどうなん？

966. 紅蓮
>>965
時間経過で毒の効果は消えるけどＨＰバーが半端なく削られるから！
ステータス異常もあるから解毒推奨
奇陳石は粉末状にしたら解毒薬の奇陳散になるから使えばいい
薬師スキル無くても作れる
品質Ｄ辺りにしかならないけど
それでも毒を喰らい続けるより遥かにマシ！

967. 桜塚護
[場所]
N1E1 の岬
[名称]
英勝寺侘助
[区分]
花精　討伐対象
[レベル]
Lv.3
[剝ぎ取ったアイテム]
無し
[戦闘スタイル]
戦闘位置：地上　木属性

後衛支援タイプ
得物は持たない
[備考]
姿形は花魁みたいな女性で美人さん
花の精霊、正体は椿らしい
前衛にヘルハウンド二体がいた
狩り終えた後も岬マップで結構粘ったけどヘルハウンド含め遭遇しなかった
レア？
つ (画像)

968. 浪人 2 号
>>964
牙いいな
矢尻に使うのは確定かね？

969. 楠木
>>967
花の精？
なんか変なのが湧いているのかね？

970. クラウサ
こっちにも何かいたよ
[場所]
E2 の島
[名称]
太郎冠者
[区分]
花精　討伐対象
[レベル]
Lv.4
[剝ぎ取ったアイテム]
無し
[戦闘スタイル]
戦闘位置：地上　木属性
前衛タイプ
長柄槍を使う
[備考]
禿頭に作務衣みたいな格好をしたお坊さん
花の精霊、正体は椿らしい
鬼と一緒に出現
同じ場所で狩りを続けたけど再度遭遇は無し
レアかも？
つ (画像)

971. 七緒
何か変なのがあちこちに出現してるみたいね

972. 妙庵
>>967
美人さんはいいね！

973. へーちん
誘導されてきますた
[場所]
レムト周辺
[名称]
大花黄
[区分]
花精　討伐対象
[レベル]
Lv.1
[剝ぎ取ったアイテム]
無し
[戦闘スタイル]
戦闘位置：地上　木属性
後衛タイプ
扇を持つ、睡眠の状態異常あり？
[備考]
古代中国風の黄色の衣服を身に着けた背の小さな女の子
花の精霊、正体は牡丹？
ホーンドラビットを従えて出現
同じ場所で狩りを続けたけど再度遭遇は無し
レアかも？
つ (画像)

974. 紅蓮
今から洞窟行ってくる。
皆が花の精に出会っているのは地上かな？
そうならこっちは望み薄そう。
隣のマップを探索するだけの覚悟は無いw

975. 空海
花の精は他の魔物をお供にするタイプ？
今までも何例かいたけど、イベント絡みかね？

976. クラウサ
一応、補足で

周囲に出現する鬼と比較したら明らかに強さが違う
攻略はそう難しくない、とも言えるけど、無傷で済まなかった
槍こえぇぇぇぇぇぇぇ！　ってなった

977. 桜塚護
ヘルハウンドも怖い相手で遭遇が難しいレアなんだけどね
そのヘルハウンドの後方からこっちを邪魔してくれる厄介さはもうね
足元を根で固められた時は死ぬかと思った
火魔法が弱点っぽいような気もするけど未確認
つか再度遭遇出来るかどうかすら分からん

978. へーちん
初期マップから結構強かったのでビックリ
まだこのゲームを始めて三日と経過してないんですけど
死ななかったのが不思議

979. 七緒
踏み台

980. 浪人２号
>>976-978
レア遭遇の魔物追加にも見える
そしてイベント絡みにも見える
イベントモンスター明記じゃなくてもイベントに駆り出されるパターン？
ここの運営なら有り得る話だけどさ

981. 妙庵
とりあえず美人さんタイプの魔物を躊躇せずに狩る心構えは必要かな？
お坊さん相手にも躊躇しちゃダメって事みたいだな

982. ミリア
>>980
次スレ
ようやく狩場にも人が戻ってきた！
新しいマップの開拓にしても少数じゃ何も出来なかった
闘技大会の余波が数日続いちゃったね

983. 浪人２号
踏んだか
炒ってくる

984. 桜塚護
>>980
次スレヨロ
運営の意図もインフォだけじゃ察する事も出来んしな
出張ってくるのって例のパターンしか知らない

985. 紅蓮
>>980
次スレ
マスクデータ開放はもう諦めた

986. 浪人２号
立ったか？
つ魔物情報総合スレ　リスト８枚目
普段は過疎ってるし後は梅でヨロ
炒り卵作ってくる

987. 七緒
>>986
華麗なるスレ立て乙
目玉焼き、ターンオーバーで
かけるのはやっぱり醤油だね！

988. 妙庵
>>986
乙
炒り卵にケチャップをかける権利をやろう
>>987
塩胡椒こそ至高

989. へーちん
>>986
乙です
>>988
炒り卵にはマヨネーズで！
お好みで七味も少し追加

990. 紅蓮
>>986
乙
梅のお題は決まったみたいだな
ポーチドエッグ派はいないのか？

>>989
それ炙ったスルメの食い方だよｗ

991. 桜塚護
>>986
おっつん
戦争不可避で草
ケチャップとマヨネーズでオーロラソース

―――――――――――（以下続く）―――――――――――

夜の住人専用　獲物観測所☆44

1. 富士山 [****]
ここは闇に落ちた者達が集うスレです。
コテ偽装は忘れずに。
闇落ちした者だけが利用できるスレですが妄信は禁物。
個人情報を特定するような真似は控えましょう。
煽り耐性も鍛えてください。
関連スレは **>>2** あたりで。
次スレは **>>980** を踏んだ方がどうぞ。
立てずに逃亡したなら PKK の対象にするからそのつもりで。
反撃を喰らっても冷静にプレイを続けることをオススメします。
過去スレ：
夜の住人専用　獲物観測所☆1-43
※格納書庫を参照のこと

――（中略）――

224. 村西ですが何か [****]
ようやく平常運転なのはいいけどさ
獲物の動向調査からとか手間と時間が掛かってかなわんよ
新人狙いはつまらんしな

225. 男谷精一郎 [****]
>>220
攻略上位陣に迫るには技能のレベルアップの方が早い
もっと言えば足りない部分は他プレイヤーの手を借りた方がいい
種族レベル 7 程度の PK6 名パーティで攻略組レベル 12 の 6 名パーティも狩れた
工夫の方が大事

226. 現在 128 勝 50 敗 214 未遂 [****]
>>220

ま、情報収集する暇があったらレベルアップを図れ、と言うがね
力押しだと勝率が上がらないのも現実なんよ
初心者狙いもいいが見極めを誤っちゃならんよ？

227. 歯が痛い [****]
一応確認で
協定は切れて PK 解禁なんだけど、NPC 盗賊連中の行動が活発になっとる
オレにまで情報と交換で上納金要求とかあった
大した金額じゃなかったしクズ情報に近かったけどな
顔繋ぎで付き合いがあるプレイヤーは注意！
粉かけてくる盗賊がいるから対応は慎重にした方がいい

228. 遂にバレたよ [****]
>>227
あれか
イベント絡みだとは思うが
大陸から来てたお偉いさんが急遽移動
不戦協定に無い出来事だったしな
情報が錯綜してる印象はある
今までと別パターンの【変装】で凌ぐさ

229. 現在 45 勝 7 敗 88 未遂 [****]
称号狩りで PK 自粛期間でしたけど
狙ってた獲物のレベルが軒並み上がってて欝
闘技大会期間の影響ってこれがデフォ？

230. 男谷精一郎 [****]
>>227
NPC 盗賊ギルドも指揮命令系統が統一されてる訳じゃないよ
港町の連中は結構我が強いみたい
つか分派？
盗賊というか海賊みたいなもんだし

231. 現在 128 勝 50 敗 214 未遂 [****]
>>229
とりあえずサモナーさんの vs 金剛力士と vs ドラゴンパピー見てみ？
つ (外部リンク)
あんなの搦め手無しじゃ無理
搦め手があったとしても難易度高過ぎ
ユニオン組んだ上で罠にでもかけないとな
他の攻略 PT もレベルが上がっている所は似たような構図
PK 仕掛けるのって勇気が要るよ

232. 遂にバレたよ [****]
PKK に対抗する必要もあるしな
プレイヤー数が増えてきて獲物も増えたが PKK だって増えてる
この構図は変わらないだろうな
イベントで人口移動があったり、対応にも苦慮するし
機会を見てレベル上げをやっといた方が絶対にいい
欲張ってたら後々損するよ

233. 歯が痛い [****]
>>229
格上を PK するのも醍醐味とだけ言っておく
PKK 連中のカウンターを掻い潜ってなんとかするのも、な
たとえ上位の連中であっても穴が無いなんてあり得ない
そこを衝く為に情報収集をやっているようなもん
闘技大会準優勝チームを狩っている PK チームだっているんだぜ？

234. 村西ですが何か [****]
情報収集中なう
それでも攻めの姿勢はあった方がいい
チャレンジしないで悩むより失敗を恐れずやっちゃう方がいい
反省はいつでも出来る

235. 男谷精一郎 [****]
リスクはどう転んでもあるからな
つかイベントがどう進むのかが分からん
魔人に遭遇して勝ったのはいい
でも邪魔なんだよな
あいつらと戦っちゃうと消耗がでかい

236. 現在 147 勝 54 敗 254 未遂 [****]
普通に攻略に回れば？
自分らなりに経験値稼げる狩場は確保しとくといい
まあ PKK もいるから長居は無用で

237. 歯が痛い [****]
>>231
今、見てる
やべえええええええええええええええ

238. 現在 45 勝 7 敗 88 未遂 [****]
>>231
見始めてますけど

これをPK出来た人っているんですか？

239. 男谷精一郎 [****]
>>231
ユニオン組まなきゃダメだなw
ギャラリーが呆れてる声がなんとも

240. 現在147勝54敗254未遂 [****]
>>231
召喚モンスターも凄いけどな
サモナーさんが一番化け物になりつつあるw
独鈷杵とか欲しい！
派手過ぎてPKには向かないけどw

241. 歯が痛い [****]
>>238
返り討ちしか無いw
でもまあ何事もチャレンジしないと、な？

242. 村西ですが何か [****]
>>240
あの縄も派手だよなw
しかし縄を武器としてPK職が使うのはいいかもしれない
上手い利用法があるのも間違いない
つかあの縄、PKKに使われるようだとヤバいな

243. 男谷精一郎 [****]
もうちょっと情報収集も要るかね？
少し動いてみるわ

――――――――――（以下続く）――――――――――

クラスチェンジ情報総合スレ★2

1.∈(-ω-)∋
ここはクラスチェンジ情報を収集するスレです。
プレイヤーだけでなく魔物等も対象です。
次スレは **>>980** を踏んだ方が責任を持って立てて下さい。
関連情報は **>>2** あたりで
過去スレ：
クラスチェンジ情報総合スレ★1

※格納書庫を参照のこと

——（中略）——

54. ルナ
エルフ的にはソーサラー系が良かったのか？
ハンター系が良かったのか？
トレジャーハンター系が良かったのか？
そこが気になる
でも何もかもが判明してからゲームをするのも、ねえ？

55. 紅蓮
今の所、サモナー系の選択肢三つが確定？
条件次第ではまだ増える可能性もあるけど
まだ続報待ち
召喚モンスターにも色々と系統が分かれていそう
サモナーさん子連れになってたのには笑ったw

56.∈(-ω-)∋
やあ　∈(-ω-)∋　このスレが本格的に賑わうのはもっと先だと思うよ？

57. 虚子
まだ手が届きそうにない世界
憧れはするけど
魔法使い系は特化系で条件がありそう？
まあ流れ次第でいいんじゃね？

58. リュカーン
生産職だと単純っぽいですし
わりかし冷静に受け止めてますけどね

59. 九重
ハンターだけどクラスチェンジしたぜい！
つ (画像) (画像) (画像) (画像) (画像)
基本前衛だったんでバーバリアンにした
ビーストハンターは弓使い向け
レンジャーは魔法も使いたい人向けかね？

60. ルービン
>>59
乙乙
>>55

早速だが仕事が出来たぞｗ

61. 朱美
>>59
女ハンターで前衛だけどバーバリアン？
名前がちょっと

62. 茜
>>61
大丈夫
つ (画像) (画像) (画像) (画像) (画像)
女性だとバーバリアンの代わりにアマゾネスが入るみたい
ちょっと悩んだけどアマゾネスにしました
ビーストハンターは器用値と敏捷値に +2、知力値と精神力に +1
レンジャーは器用値と敏捷値に +1、知力値と精神力に +2
アマゾネスは器用値と敏捷値に +2、筋力値と生命力に +1
バーバリアンは **>>59** を見ると筋力値と生命力に +3 みたいですね
男女で差を付けてる所は意外でした

63. シェルヴィ
>>55
戦士系の全貌はまだ？

64. モコ
>>55
応援してますｗ

65. 周防
クラスチェンジ先もいいけどさ
ステータスが 2 点上がっていく事になりそうなんでしょ？
闘技大会前だったらなあ

66. 九重
>>65
それこそ差が大き過ぎて後続組が難儀するだけじゃないのｗ

67. ツツミ
魔物、つか妖怪だけど
牛頭、馬頭
牛頭鬼、馬頭鬼
牛頭大将、馬頭大将

この三段変化はサモナーさん情報で把握出来てる
どの段階で何のアイテムが剝げるかは全容は分かってない
金剛力士、金剛仁王も先があるかも？
一部で大人気になってる独鈷杵は金剛仁王のレアドロップ？
狛犬と獅子、狛虎も先は確実にあるだろうし
十二神将も怪しい

68. 野々村
召喚モンスターだってクラスチェンジするんだし
魔物がクラスチェンジしたっていいじゃない

69. 都並
まだ遠い世界だ

70. キシリア
ハンター系もきてた！
戦士系統の全貌、トレジャーハンター、生産職、まだあるよね？
最初は職業選択肢が平凡に感じたけど、こうなると多過ぎて困るｗ
魔法戦士には憧れるけど確定情報がまだ無いのがなんとも

71. 李広
まだ先は長いので
魔法戦士みたいなハイブリッド職があるなら知っておきたいですね

72. ナリス
>>71
このゲームの仕様上、別になくてもいいんだけどねｗ
魔法戦士みたいな存在は成長がアレなイメージしかない
あってもいいんだけどさ

73.∈(-ω-)∋
やあ　∈(-ω-)∋　全貌が明らかになったらまた次があるよ！

――――――――――（以下続く）――――――――――

特別章

「気分はどう？」

「ご心配には及びません」

彼女の言葉にはどこか毒を感じる。今の私には平静を装うのが精一杯だ。今回の任務は彼と目の前にいる彼女の調査になる。より正確に言えば両者の行動に不審な点が生じていないか、確認する事にある。そしてこの任務を与えられた事が不運であったのを認めざるを得なかった。

「彼の食事風景まで見たいだなんて、ね？」

「……必要な事ですから」

アレは食事などと言えたモノではなかった。皮肉を込めて病室内の主《あるじ》でもある彼がそう呼称しているに過ぎない。

私は吐いた。軍人として任官して実戦も経験していたし、死体を見る機会は数多くあった。でもアレはそういった類《たぐい》の光景ではなかった。当分は食事も喉を通りそうにない。彼女が事前に渡してくれたビニール袋にはちゃんと意味があったのだ。その点だけは感謝すべきなのだろう。

調査対象の彼を目の前の女性技官はスクリューボールと呼んでいる。スラングで変わり者を意味するのだが、いつしか彼を意味する呼び名として医師や看護師にまで定着していた。そして彼女は彼からウェーブと呼ばれていた。これは女性の軍人を意味するのだが、これは彼の当て付けなんだろうか？　意味が分かっているのか、彼女はその呼称を受け入れている。

「ごめんなさいね？　正式な軍人じゃないから口調はこのままで通させて貰《もら》うわ」

「問題ありません」

本来なら大問題だ。そもそもこの軍事施設に民間出身の技術者を招聘《しょうへい》して研究開発を行わせるなんて！　でもこの施設には彼女を含めて民間出身の技術者が実に百名以上在籍していて、それぞれが研究に従事している。その目的は主に人工知能を備えたロボット兵器の開発だ。戦場で歩兵の運用は欠かせない。どんなに高度な兵器群を用いるのだとしてもだ。そして人間の命という代物はコストで測れない。航空戦力の遠隔操作支援で人命の損失はある程度抑制されているがまだ十分とは言えない。ロボットで歩兵の代替が一部でも可能になれば軍にとってその恩恵は大きいのだ。

彼女の軍属としての階級は私と同じ中尉待遇、但し受け取っている報酬は私とは文字通り桁違いになる。そしてこれまでに得た彼の情報の殆《ほと》どにアクセス出来る権限をも有していた。そこまで優遇されるに至った理由、それは彼の協力を得て確かな実績を築き上げている事にある。それは同時に軍上層部の一部に懸念を抱かせる結果にもなっていた。

「急に監察官の来訪なんて、何かあったの？」

「軍上層部からの指令です。理由は存じません」

「ああ、そう言えば政権が変わったんだっけ」

それに彼女は聡《さと》い。その指摘は的を射ていた。そしてそれが何を意味するのか、私にも分かる。

彼女もまた彼に関する最重要秘匿情報にアクセスするのに別枠で秘密保持契約書と宣誓書にサインしている。それには私もサインしている。この施設に詰めている人員のうち、この病室に関わる人員は全てそうなのだ。

そして新たな政権の上層部も同様の権限がある。彼の情報を初めて目にした政権上層部がどんな反応を示すのか？　当然のように軍上層部に説明を求めただろう。その結果がこの再調査だ。

私が来た理由を類推するのは容易なのだ。彼女のような頭の回転が速い者なら特にそうだ。

「……どういう意味でしょうか？」

「分かってるくせに」

彼女の表情は悪戯《いたずら》好きな猫のよう。私は表情を取り繕うのに全力を注がねばならなかった。この部屋で機密に触れる話をしても大丈夫な筈《はず》だけどそうするのが習い性になっていた。

「新しいネタになるような事なんてあった？」

「貴女《あなた》の最新の試作品は高く評価されましたね」

「まだ不様な代物なのに？」

彼女は自分が開発したロボットの試作品をそう言うが軍上層部の評価は高い。試作品の稼働実験を見た彼等《ら》は直《す》ぐに彼女とは別のチームに命じて複数の人工知能による連携がどこまで可能か、開発を急がせている。彼女の試作ロボットを少数ながら量産した上でだ。そちらの評価も上々なのは幾つかの報告書で確認済みだ。

「貴女に関してはある懸念が示されています」

「懸念？」

「貴女は彼と親し過ぎる。そして貴女は彼をあの病室から連れ出す手段も用意出来る。理由はそれで十分では？」

「あら、彼をあのロボットに乗せて評価でもして貰おうって話なの？　いいわね！　まあダメ出しのオンパレードになるでしょうけど！」

果たして私は表情を取り繕う事が出来ているだろうか？　そんな自信はもう既に消失していた。

「一考に値するけど結果が分かっているだけに面白味に欠けるわね」

「そういう問題？」

「ハイハイ、懸念している事は勿論《もちろん》、彼が以前やらかした事を再びやるかもしれないって事ね」

「……それは、何？」

「ハハッ！　分かってるくせに！　それとも何、私に言わせたいの？」

笑い声が部屋を一周すると彼女の態度が変貌した。私を睨《にら》み付けるその視線はまるで針のように鋭い。勿論、私にも彼女が言いたい事が分かっている。だからそのまま話を続けた。

「新たな大統領は彼を排除するよう求めました」

「で、やるの？」

「大統領周辺は例の事件を元に官邸の警備強化を進めたいようです。事件の細部を解明するよう求めています。そして軍上層部は……」

「彼のような兵士を量産出来ないかを知りたがっている。彼を殺せない理由よね？」

「ええ」

あの事件はまだ概要しか分かっていない。世間的に事実は隠蔽され、欺瞞《ぎまん》に満ちた情報が意図的にバラ撒《ま》かれた。我が国でも指折りの大事件になる筈だったがそうしたのも世界を混乱に陥れない為《ため》、というのがその表向きの理由だ。事件が大統領官邸内で終始したから可能になった話だけど、その判断は果たして正しかったのだろうか？

「私見だけど彼はもうあんな事件を繰り返すつもりなんて無いと思うわよ？」

「その根拠は？」

「普段の私達《たち》の会話を記録してるなら分かっているのでしょう？　家訓なのだそうだけど、確か総大将の首を獲《と》れ、だったかしらね？」

「……それで」

「彼は家訓に従い、その通りにした。彼にとってはそこで終わってる話だと思うわ。そして我が国が失敗したのは彼が目的を達成した後、彼自身を敵に回した事」

「……」

「総大将、即《すなわ》ち大統領を殺した理由は彼にとってそれで十分だった。そして我が国はそれを見過ごせる程、寛容じゃなかった」

彼女は遂《つい》に直接的に表現した。それを咎《とが》めるだけの気持ちはもう私には無い。

そう、彼女が言う通りだ。結果的に我が国は彼を敵に回した。彼が所属していた傭兵《ようへい》チームそのものを始末しようと企《たくら》み実行したのは大統領自身ではなかったが、大統領の意図を汲《く》んで彼等を排除するよう作戦を実行させたのは一人の将軍だった。結果、傭兵チームは彼を残して全滅した。

そして彼は我が国に戻って来た。

恐るべき死をもたらす災害となって。

彼が復讐《ふくしゅう》した対象は正規軍により編成された後方支援チームにその指揮官、作戦立案に関わった参謀将校達、作戦立案を指示した将軍、その将軍に作戦実行を示唆した大統領。

彼は最初に大統領を殺した。

そこから順番に、指揮命令系統に従うかのように次々と殺していった。同時に作戦に関わる資料の大部分も喪《うしな》われていた。その作戦だけでなく、過去に彼等傭兵チームが関わっていた作戦資料もである。ただこれらは彼の仕業ではない。何者かの指示により組織ぐるみで隠蔽が進んでいたものと今では考えられている。全容解明に向けて別の監察官チームが動いているが結果は芳《かんば》しくない。

そして今や彼こそが唯一にして確実な情報源になっていた。

「彼から事件の話を聞き出すのは？」

「貴女方では無理でしょうね。勿論、私にも無理だけど」

「彼から貴女は協力を取り付けた。その交渉手段は今後も有効では？」

「ケースバイケース、でしょうね。彼にしてみたら現段階の環境改善が望めない以上、難しいと思うけど？　念の為に言っとくけど脅迫紛《まが》いの手段は間違いなく逆効果ね」

「そうでしょうね」

私も同感だ。これまで別の監察官が行った過去の調査でもそう結論付けられている。交渉可能なカードがあるとしたら唯一、彼を完全なる自由の身にする事。それも目の前にいる女性技官を抜きにして実現するのは難しいだろう。それ以前に承認するにはリスクが余りにも大き過ぎる。


「彼が山奥に引き籠もったのを放置していたら、少しはマシだったでしょうにね」

「……」

私に返す言葉は無かった。結果から見たら我が国は被害をより拡大したに過ぎなかったからだ。

彼は復讐を果たすと国境を越えてカナダの山奥に身を潜めた。そんな彼を捕捉するのに我が国の精鋭部隊が何度も派遣されたが全て失敗した。世界最強国家を自認する我が国の精鋭部隊がだ！


結果、生死を問わず彼の身を確保すべく広範囲に無差別の絨毯《じゅうたん》爆撃が行われた。無論、この事件も情報は改竄《かいざん》され、大規模な山火事が起きた事になっている。そしてカナダには大きな借りを作ってしまっていた。


「死体でなく重傷の状態で回収されたのは誰にとっての不幸だったのかしら？」

「……何が言いたいの？」

「別に」

どこか嬉《うれ》しそうな彼女の様子に思わず舌打ちしそうになった。やはり彼女は危険だ。これまでの監察官達もそう断じていた。彼等の報告書を読んだ私も最初の所見でそう結論付け、報告書にもそう書いた。どうやら確信をより深める内容の報告書を書く事になりそうだ。

彼女の第一印象は清冽《せいれつ》な美人、といった所かしら？　綺麗《きれい》な金髪はショートカット、青い瞳に白い肌、一見するとスラリとしたスタイルだけど軍服を着ていても分かる程に鍛えられた体、化粧は極薄いけど派手な顔付きはもう少し愛嬌《あいきょう》が欲しいわね。モテるようでモテない、そんな感じ？　正直、近寄り難い雰囲気は損をしていると思う。

一方で私は、毎日、シャワーこそ浴びているけど身だしなみにはそんなに時間を割いていないし化粧もしていない。そしていつも白衣姿、モテる要素は皆無だ。そして根本的な問題がある。この施設には碌《ろく》な男がいない……

「彼のモーションデータから幾つか類推するのは可能でしょうね」

「……彼のような兵士を造れると？」

「類推、と言った筈だけど？」

私にとっては雑談とも言える会話が続く。彼が既にゲームにログインしている以上、彼女は彼から事情聴取をする事が出来ない。まあ彼が応じるとは思えないけど。これまでも何人もの監察官が試みているけど彼は無言を貫いている。

それにしても彼のような兵士を量産出来るかどうか、私としては興味はあるけど実現までの道のりは極めて難しいと思う。人間でやるのなら彼の協力が不可欠だし、機械でやるのは技術的なハードルが高い。現実路線はそこそこの性能を有したロボットの量産といった所になるだろう。

「要するに彼の協力が必要だと思うわ」

「難問のようですね」

彼女だってそれが至難である事を理解している。それでも彼に縋《すが》るしか方法は無い。軍上層部も同様なのも明らかだ。ただ、そこに私を絡めて欲しくないんだけど？

彼女は私への聴取を終えると別の部署に向かった。そもそも、彼がログアウトするであろう時間は夕方以降になる筈だ。まだ午前中だし彼自身の聴取を試みる為に待つにしても時間を無駄に費やすだけだ。それに彼女の監察官としての仕事は私達だけが相手ではない。

「お疲れ様」

私は一人残された部屋の中で天井の角に設置されたカメラに手を振った。敢《あ》えて愛嬌たっぷりの笑顔も向けて。これはいつもの儀式みたいなものだ。軍属であるのに軍人らしく振る舞わない、挑発するかのような態度は息抜きの一環だった。

分かっている。そのリスクは承知だ。

それでも私は続ける。罪悪感から逃れる為に。

甘美な、それでいて危険な行動。私にはそれが何故《なぜ》か心地良い。ある意味、この狂った世界の中で正気を失っていた方が楽だっただろう。

彼の様子を見に病室に入る。無論、彼はゲームにログインしている状態で話し掛けても反応する訳じゃない。ただ、そうしたかった。

彼は虜囚、大統領暗殺を成し遂げた犯罪者。貴重なサンプルにして優秀なモルモット。

軍上層部の手に余る存在。

私にとっては単なる研究対象、その筈だ。

誰かに運命を握られ、人生を狂わされたのだとしたら、私ならどうするだろう？　きっと、何も出来ない。戦い、抗《あらが》う、それだけの力が私には備わっていない。でも彼は違う。彼はそれだけの力があり、実際にキッチリと報復した。それが何も生まないのだとしても、そうする事で納得出来たのだと思える。たとえ今の環境が劣悪なのだとしてもだ。私には理解し難いけど、羨ましくもあった。

彼に対する監察官による聴取は予想通りの展開で始まり、そして終わった。時刻はもう深夜を大幅に過ぎ、夜明けが迫っている。立ち会いせねばならなかった私には苦行とも言える時間だった。

彼は無言を貫いた。

これまでの監察官聴取でもそうだった。ただ今回の監察官の聴取を諦めない姿勢はある意味で称賛に値すると思う。舌鋒《ぜっぽう》は鋭く、彼の罪を暴くかのようだった。それも無駄に終わったけど。

今、この病室にはもう彼女の姿は無い。私と彼の二人きりだ。

「お疲れ様、スクリューボール」

「そちらこそ」

「相手は美人なんだし、もっと愛想良くした方がいいんじゃない？」

「軍人相手に愛想など無用だ」

私にはどうなの？　そう返そうかと思ったけど、止《や》めておいた。どこかで彼の中にある地雷を踏みそうな気がした。

「色々と聞かれてたけど、感想は？」

「何を聞かれたか、忘れたな」

馬耳東風とはこの事だろう。彼女が必死に追及した事など彼にとって何の意味を成さないのだ。

「ところで貴方《あなた》に聞いておきたいけど、外に出たいとか思ったりしない？」

「そうだな。外に戦うに値する相手がいるのならば出てみてもいいが……」

「もうそんな相手がいない？」

「いないな。それ以前の問題もある」

「まともに戦える体が欲しい。そうよね？」

「まあそういう事だ。体を動かす感覚はゲームの中で維持出来ているが現実ではどうかな？」

「今の段階じゃ満足して貰えそうにないわ」

「そいつは残念」

概《おお》ね予想通り。そう、彼のモーションデータを眺めているだけで分かる。アレを再現可能なロボットなんて、一体幾つの技術革新が必要だろう？

そもそも、あのゲームはおかしい。

アナザーリンク・サーガ・オンライン。

この基地にはあのゲームそのものを解析するチームが存在する。彼等もその分野の専門家であり最先端の技術者である筈だが、解析した結果は私の見解と一致している。

まるでオーパーツを見ているかのよう。

どうしても再現出来ないのだ。そのハードルは届きそうに見えて届かない、そんなもどかしさがある。不気味の一言に尽きた。あれだけの技術を持ちながら運営する企業の実体は摑《つか》めず公開情報は無いに等しい。公開された関連特許も皆無なのだ。当然のように開発者の影すら見えない。

ゲームだけで埋もれさせるには惜しい、勿体《もったい》ない使い方をしているとも言えた。私なら基礎技術の特許を押さえて様々な民生品に転用させているだろう。無論、軍事にも転用可能な技術だ。応用可能な分野は無数に存在する。莫大《ばくだい》な利益が見込める、それだけのポテンシャルがあるのだ。

気付いている者も現れ始めているだろう。勿論、その中には国家や企業も含まれる。強硬手段に出るような連中が現れる可能性すらあると思う。

「人間に近い動きを再現するロボット、か。ウェーブ、テストをする位なら協力してもいい」

「……え？」

……今のは幻聴？　俄《にわか》には信じられない。確かに私は彼に様々な便宜を図ってきた。それも言わばギブアンドテイクで私にも利がある話だ。今の申し出には私にとって有難い話ではあるけど、彼にとっての利益は何があるのだろう？


「どういう風の吹き回し？」

「何かを得たいならまず与えよ、と言うだろ？」

「誰の言葉なんだか」

そして今度こそ、幻聴が聞こえていた。

そう思いたかった。

私は初めて、彼の笑い声を聞いた。

それは深淵《しんえん》から響いて来る、不吉な呼び声のように私には思えた。

特別章 その2

夜明けだ。東の空の地平線に朝日が昇り、西の地平線には一面の焼け野原が広がっていた。


「チーフ、こんな仕事はつまんねえよ」

「文句を言うな！」

「何でオレ達《たち》がバックアップチームなんです？」

「草を燃やすだけなんてつまんねえ」

「そうだそうだ！」

「銃が撃ちてえよ、チーフ！」

「うるせえ！　オレだって撃ちてえよ！」


そもそもここに長居したくない。元々、この地域は高濃度汚染区域に隣接している。その上でオレ達が燃やしていたのはケシ畑だ。チーム全員に十分な装備があるにせよ、長時間に亘《わた》って顔を拭う事すら出来ないのだから不快になる。無論、訓練はしてあるから耐えられる。耐えられるが、不快である事に変わりは無い。

オレ達は傭兵《ようへい》だ。気心も知れている間柄だし、愚痴を言い合うのも習い性になっている。正規の軍人のような規律を敷くのはオレ達の流儀には合わない。


「何で焼夷弾《しょういだん》を使わないんで？」

「知るか！」

「麻薬工場に突入する方が良かった！」

「お前、ヤクは昔やってたっけ？」

「バーカ、そんな子供の遊びは卒業だよ！」

「あ、やってたな？」

「そろそろ口を閉じろ！　監察官も聞いてる」


まあ、アレだ。オレ達には同行者がいる。監察官だ。世界最強最高の軍事国家に所属する正式な軍人でもある。要するに、オレ達傭兵が仕事をサボらないよう見張りをする役目になる。同時にオレ達の仕事振りを査定する事になるのだ。

音声回線を通じて監察官もオレ達の会話を聞いている。会話内容が査定に響く事は無いのだが、心証を悪くするのも避けたい。何しろ契約料は半分が前払いでこれは固定になるが、残り半分は仕事の出来不出来により減額される事になりかねない。オレは金には汚いのだ。

「本当に大丈夫かな？」

麻薬工場、それにケシ畑を護衛する戦力の駆逐は別の傭兵チームが担当している。連中との顔合わせはまだしていない。オレ達を差し置いて面白そうな役割を担っているのだ、護衛している兵士をこっちに寄越《よこ》すような真似《まね》をしたら容赦するつもりは無い。何しろ火炎放射器の使用中はほぼ無防備になる。今のオレ達は狙撃兵にしたら格好の的になっている筈《はず》なのだ。

『状況継続』

「りょーかいっと！　そんじゃ野郎共、液体燃料の補充だ！」

「了解ッ！」

適当に返事をしながら作業を進める。監察官が必要以上に会話を続けないのは概《おおむ》ね作戦状況が良好である事を意味する。いい兆候だ。

それにしても疑問は残る。軍の連中、何で正規軍を使わないんだ？　彼等《かれら》がオレ達のような傭兵を使って仕事をさせるような案件は汚れ仕事と相場が決まっている。今回の麻薬工場とケシ畑の掃討には何らかの裏がある。まあ、オレ達の流儀では無視出来る範疇《はんちゅう》だが、気になる。

金には汚く、金には誠実に。親父《おやじ》から何度も聞かされた家訓だ。

オレの家は代々、傭兵稼業だ。祖父も第三次世界大戦で傭兵として立派に戦死している。親父は準汚染区域で跳梁《ちょうりょう》跋扈《ばっこ》するゲリラを相手に戦い続けた末に狙撃されて死んだ。だからって訳じゃないが、オレは何の疑問も抱かずに傭兵になっていた。オレも、そして傭兵仲間も碌《ろく》な死に方をしないだろう。

オレにだって子供がいる。多分、将来は傭兵になるだろう。この何かが狂った世界でそれだけが確信出来る事だった。

『状況終了。状況終了！』
『掃討チームは待機中』
『駆逐チームを回収後、離陸する』

オレ達は与えられた役割を果たして輸送機内で待機していた。耐熱防護服を長時間着込んでいたから体臭が酷《ひど》い。一刻も早くシャワーを浴びたい心境だった。

「で、今回は満額になりそうか？」
「多分、な」
「ま、結果は後で教えてくれりゃいいさ」

まだ若い監察官は涼しい顔だ。典型的な軍人。今日は後方で監視するに留《とど》まっていたが、最前線でも戦える実力があるのをオレ達は知っていた。そうでなければオレ達に同行する事なんて出来ない。そしてオレ達だってさせない。巻き添えで全滅するのは御免だった。

「で、あいつらが駆逐チームか？」
「そうだ」

大型輸送ヘリの後部ハッチの先に焼け野原を歩く男達が八名見えていた。多分、その内の一名は監察官なのだろう。

いや待て。違和感を覚えて数え直した。

八名じゃない、九名いた。奇妙に存在感の薄い奴《やつ》がいる。そしてその姿には見覚えがあった。他の面々にも見覚えがある。ついでに監察官も知ってる顔だった。


「ネームレスか！」

「何だって？」

「敵兵がケシ畑に来られねえ訳だ」

鉄面皮の監察官の表情は変わらない。驚愕《きょうがく》していたのはオレ達だけだ。オレも、仲間達もバックアップに回された事実を受け入れるしかない。奴等は別格だ。人外の存在と言ってもいいだろう。

ネームレス。名無しを意味するのだが、メンバーもまた経歴不明の面々で構成されている。正体不明の傭兵達。恐らく、オレが知る中では最も戦いたくない相手だった。


『駆逐チーム、回収』

『帰投せよ！　帰投せよ！』

オレ達はネームレスの面々と対峙《たいじ》する形で座る羽目になっていた。正直、居心地が悪い。この連中とは一緒に戦った事もあるが敵同士になった事もあったからだ。


「チーフ、奴等って」

「黙ってろ」

既にネームレスの事を知っている連中は黙っている。唯一、彼等を知らないオレの従兄弟《いとこ》が訝《いぶか》しげに正面を見ていた。

マズい。非常に、マズい！

案の定、従兄弟は品定めをするようにネームレスの面々を観察し始めた。傭兵同士でトラブルなど日常茶飯事ではあるものの、刃傷《にんじょう》沙汰《ざた》は当然だが避けたい。その上、ここは輸送ヘリの中で監察官も二名が同行しているのだ。問題を起こせば間違いなく査定に響く。

視線でオレ達に同行している監察官に助けを求める。ダメだ、目を合わせようとしない。表情がどこか引き攣《つ》っている。怯《おび》えているのだ。

ネームレスに同行している監察官にも同様に視線で助けを求める。視線は合った。だが、その表情は全く変わらない。ダメか!

「なあ、あんた。その装備は何だよ?」

最悪の雰囲気だ。従兄弟の奴が因縁を付け始めた。こいつは能力はあるんだが、どうにも自信過剰な所がある。これまでに何度かトラブルを引き起こしていた。

空気を読め、と言葉にしたかった。

従兄弟の真正面にいたのはネームレスの中で最も目立たない男だった。中肉中背のアジア系、年齢は分かり難《にく》いがまだ若い。三十代に入っていないだろう。そして陸上戦闘に従事する歩兵とは思えない軽装だ。銃器は全く所持しておらず、タクティカルベストや背嚢《はいのう》すら装備していない。全身をカバーするのは黒の上下に軍用ブーツ、フィンガーレスの手袋、先刻まで被《かぶ》っていたであろう目出し帽を手にしている。腰の黒ベルトには軍用ナイフを装備していた。存在感が薄く目立たない筈なのに異彩を放つ存在だ。

だがオレは知っている。こいつを敵に回したくない。特に森林戦では絶対に敵にしてはいけない相手だった。

ネームレスは八名で構成されている。後方支援を専門とする予備メンバーも数名いるらしいが、オレは見た事が無い。その内、リーダー役が一名いて狙撃手と観測手が一名ずつ、通常歩兵に相当するメンバーが四名いる。

最後の一名がこのアジア系の男だ。これが良く分からない。単独行動を許され、後方攪乱《こうほうかくらん》に破壊工作、時には暗殺を行っているようなのだが、その現場をオレは見ている訳じゃない。

ただ、こいつは誰にも気配を感じさせない。いつの間にかそこにいる、そういう男だった。背後を取られるまで、その恐ろしさに気付く事など出来ないだろう。正に暗殺者だ。

しかしそれだけじゃない。この男が戦う様子を直《じか》に見るのは稀《まれ》だったが、銃器を扱うのも上手《うま》いし爆発物の扱いも手慣れていた。普段からそうしない理由が火薬の臭いが移るのを嫌っているからだと聞いていた。

「ふざけてんのか？　戦う気があるのか？」

「止《よ》せ」

かろうじて声が出た。機内の雰囲気はもう暴発しそうになっていた。

従兄弟が唾を吐きかけた、次の瞬間。

その男が消えた。

いや、消えてはいない。消えたように見えただけだろう。男は従兄弟の足首に飛びかかったように見えた。恐らくは超低空のタックル。足首を抱えられ関節を極《き》められた上で従兄弟は宙吊《ちゅうづ》りになっていた。それでも従兄弟はホルスターに手を伸ばしてハンドガンを抜こうとしたが、出来ない。

輸送ヘリの座席に顔を打ち付け、そのまま押し込まれていた。呻《うめ》き声《ごえ》すら出ない。

次に従兄弟は座席に座らされ、ボコボコにされ続けた。拳だけに留まらず肘まで使ってる！

男の顔に笑みが浮かんでいた。

獣の笑みだ。獲物を屠《ほふ》る喜びに満ちていた。

従兄弟が、殺される！

そう思いながらも声が出なかった。

「そこまで」

その声は天上の神から差し伸べられた救いの手だった。声の主はネームレス担当の監察官だ。

「両名、座れ。ベルトとハーネスを！」

「了解」

男は監察官の指示に従った。その顔にあの笑みは無い。有難い、助かった！　男は無言のまま、身動きしない従兄弟を座席に固定してくれた。

「作戦は概ね成功した。それにケチを付けるような勝手な行動は許されない。質問はあるか？」

誰も返答しなかった。出来なかった、とも言う。

男は監察官の言葉にも動じる様子は見せなかった。ネームレスの他の面々も同様だ。騒ぎの間、微動だにもしなかった。

これに対してオレ達のチームは？　皆、脂汗を流しているかのような有様だ。

「見知った顔だな」

「ああ」

「お前がリーダーだな？　部下のしつけは後でしっかりしておけ」

「分かってる」

男はそれだけ言い残すと座席に座り体を固定した。それから基地へと帰投する間、大型ヘリの中で言葉を発する者はいなくなった。

従兄弟の呻き声だけが響いていた。

「叔父貴、心配じゃねえのかよ？」

「奴はオレの息子だぞ？　心配はいらねえ」

「そうかな？」

「男前になって戻ってきたんだ。いい経験だったさ。それにな、仮に心が折れて羊飼いになってもだな、あいつに田舎の生活が馴染《なじ》めるもんじゃねえよ。戦場に戻ってしまうだけさ」

「ご先祖様のように、か」

「おう、ご先祖様のようにだ」

叔父もまた傭兵だった。爺様《じいさま》の元で親父と共に戦場を駆け巡り、今は一線から退いてオレ達チームの後方支援をやって貰《もら》っている。車椅子生活だが健啖家《けんたんか》なのは相変わらず、それでいて太ったりしていない。

叔父の息子であるオレの従兄弟は訓練にも参加せず休養中だ。怪我《けが》はそろそろ癒える頃だが、実戦に復帰するかどうかはまだ分からない。

「なあ、叔父貴。ネームレスについてどの程度知っているんだ?」

「ネームレス、か。懐かしい名前を聞いたな」

「懐かしい?」

「ああ。結構古い傭兵チームだ。オレ達のご先祖様達には負けるがな。オレもお前の親父も、それにな、お前の爺さんだって難儀してたんだぜ?」

「初耳だぞ?」

「ま、誇れるような話じゃねえしな」

オレの爺さんも傭兵でオレが幼少の頃は自らの武勇伝を子守歌代わりに語り聞かせてくれたものだ。それなのに聞かされていない、という事は要するに武勇伝にならない、活躍させてくれなかった話って事になる。

「聞かせてくれ」

「結構、長くなるぜ? 時間はいいのか?」

「ああ、頼む」

知らない、というのは怖い。従兄弟には実体験として身に染みた筈だが、オレにとっては他人事《ひとごと》じゃなかった。今の連中の事はある程度、見知っていたつもりだった。だが、もっと知っておくべきだと思う。オレの勘がそう囁《ささや》いていた。

嫌な予感がしていた。

嫌な予感には従え。爺さんから聞かされてきた、それは遺言じみた格言であり、家訓だった。

「少尉殿、質問して宜《よろ》しいですか？」

「准尉か。構わん、続けろ」

「ネームレス。彼等は一体、どのような傭兵達なのでしょうか？　まるで情報が摑《つか》めません」

「貴官にはまだ早い、という事だ」

「小官でも、ですか？」

　軍の監察部はその任務の性格上、所属する将官の階級にそぐわないレベルの情報にアクセス可能な権限が与えられている。それは私にも言える事であるが、そもそもネームレスの情報は監察部が管理し得る範疇には存在しない。

　准尉はまだ若い。世界各地で我が国が雇っている傭兵チームに同行するのも今回が三度目でその経験は浅い。傭兵達と顔見知りになり、彼等から情報を引き出す機会もそう多くないだろう。

　いや、これはいい機会であるかもしれない。

　恐らく、今回の作戦に正規軍を動かさなかった理由にも違和感を覚えているだろう。准尉の考えを探ってみるのも悪くない。

「少し長くなるぞ。座れ」

「了解であります！」

　デスクを挟んで向かい合う。監察部で最前線に同行が可能な力量と認められた兵士だ、面構えが違う。動揺する事はあるまい。

　私に疑念を抱いてる可能性は？　勿論《もちろん》ある。

　だがこの話をする事で准尉の意識を逸《そ》らせる可能性はあるだろう。多分、その筈だ。


　少尉はまだ壮年と言っていい外見をしていた。最前線で行軍するには厳しい年齢の筈だが、そう感じさせない。叩《たた》き上げの軍人特有の巌《いわお》のような存在感がある。

　今回の私の任務は二つ。傭兵のバックアップを担当するチームの監察官として彼等を監視する事。そして目の前の少尉の様子を監視する事。監察部の上層部は何かしらの嫌疑を抱いている、そんな印象があった。

そもそも軍部は今回、正規軍を動かさなかった。世界各地で作戦活動を展開する我が国にとって戦力が足りない、というのが軍上層部の説明だ。果たしてそうだろうか？　焼夷弾で爆撃を行い、焼き払えば終わるような作戦内容だ。大した手間にならない。陸上戦力を投入しなければならない、何か合理的な理由が存在した筈だ。

それは何だろうか？　私には分からない。

監察部はそのトップが軍総司令官、即《すなわ》ち大統領閣下に直言が許されるような部署だ。その監察部が軍上層部に疑念を抱いている。異常だった。

では、誰が？　今回の作戦立案を命じた将軍、作戦立案をした参謀達、そのいずれか、又は両方にも嫌疑があると考えるのが自然だ。少尉もその意を汲《く》んで派遣されているとしたら命令にも納得出来る。ただ、俄《にわか》には信じられない。

傭兵部隊のネームレス。今回、彼等を使ったのに何らかの理由があるのか？　少尉の話を聞くだけの価値があって欲しいものだ。

「以上だ」

少尉の話は意外な程、長かった。

ネームレス、名無しの傭兵達。彼等は帰る場所を失った者達の集団だった。第二次世界大戦以降、大量に発生し続けた難民の中から生まれたらしい。今や様々な理由で行き場を失った者達も集うようになったそうだ。

国を失った者、土地を失った者、家族を失った者、中には犯罪者として国を捨てた者。第三次世界大戦では多くの土地が重度の汚染に晒《さら》されて住めなくなった。難民が急速に増えるのと同時に土地を巡る大小様々な紛争が各地で発生するようになった。

ネームレスはそんな世界環境の中で精鋭と化していった。身寄りの無い彼等は戦死しても悲しんでくれる家族すらいない。それだけに過酷な任務にも耐えられたのではないか、と思える。私の感想はそんな所だ。


「確かに同情するだけのバックボーンがある。だが所詮は傭兵だ。我が軍は彼等を便利に使えば良い。それが軍上層部の見解になるだろう」

「少尉も？」

「任務は任務だ。感情を差し挟む余地は無い」

「了解です」

幾つか質疑応答の後に私は少尉の部屋を退出した。ネームレスの概要は分かった。相応に古い組織ではあるが、人員の入れ替えは頻繁にあるようだし、何らかの癒着をしているとしたら近年になってから、という事になるだろう。

我が軍は彼等をここ数年の間、丸抱えしているような状況になっている。便利に使い潰している、とも言えるが作戦に従事させているペースが極めて早い。過酷だった。私も実戦に参加する機会がそれなりにあったが、こんなペースで実戦参加などしていたら体を壊してしまいそうだ。

何だろうか、この違和感は？

私は奇妙な不安感に駆られていた。


准尉は優秀な男であるようだ。

だが、詰めが甘い。彼との質疑応答の中で私は確信していた。監査部の意向を汲んで、私の動向をも探ろうとしている。目の動き、表情、そして質問の選択。ほんの少し、会話の中に織り交ぜたキーワードにも反応してしまっている。正義感はあるし監査部に配属されたのも納得の人材だが、やはり若い。

いや、准尉のようなまだ経験の浅い人員を寄越すしかなかった監査部の焦りが見え隠れしていた。監査部に横槍《よこやり》を入れておくか？

既に数名の上院議員が共同で査問委員会の開催を画策しているのを私は知っていた。対象は今回の作戦を立案実施した作戦本部付の将軍に参謀達だ。確実な筋からの情報で精度は高い。間違いないだろう。この上院議員達の動きと監査部の動きは無関係ではあるまい。どうやら感付いた連中が蠢《うごめ》き始めたらしい。

私も動くとしよう。これも任務だ。

残る拠点は二ヶ所。騒ぎになる前に片付けるに越した事は無い。次の作戦は前倒しで実施するよう、上申しておかねばならない。

「異動？」

「そうだよ、准将。おめでとう」

「作戦本部付の参謀ですか？　この私が？」

「栄転だね、おめでとう」

分からない。信じられない。確かに栄転だ！

監査部のトップと言えば聞こえはいいが階級は低く、下に見られる事も多い。そもそも軍内部で監査部は嫌われ者だ。規律を求め不正を質《ただ》し時には厳罰をも与える。統制を強化する立場なのだ。憲兵とはまた違って我々は軍法の執行者でもある。軍内部でもある意味、恐れられている組織であり恐れられなければならない組織だ。

そのトップである私をこのタイミングで異動？違和感が拭えない。だが、手を差し出し握手を求める大統領閣下の前で断る事など出来ない。

直接の上官でもある大統領と握手、続けて大統領補佐官とも握手をするしかなかった。

「後任には誰を？」

「実はまだ選定が済んでいなくてね。引き継ぎは書面のみで行う事になる」

これも奇妙だ。我が軍の人材が払底している訳でもないだろうに、選定がまだ？

不安がより深くなった。だが軍の最高司令官からの辞令を断る選択肢は私に無い。思い当たる理由が幾つか頭を過《よ》ぎるが今は考えない事にした。問題は現在進行形で進めている内部調査だ。誰とも知れぬ相手にこれを引き継がせるなど、内偵を担当している人員にリスクを負わせる事になる。即時中断を指示する以外に方法が無かった。

「では今後も頼むよ？」

起立して敬礼、辞令を受け取ると再び敬礼し、大統領執務室から退出した。退出してから眉間を揉《も》むとこれからの事を考え始めた。

「これでいいかね？」

「完璧です、大統領」

大きく深呼吸を繰り返す大統領に補佐官はコーヒーを差し出した。これで心置きなく休憩に入れる。懸案事項は多々あって分刻みでスケジュールは埋まっているが、大統領はまだ若かった。現在、二期目に入ったばかりだが、早くも三期目に意欲を見せていた。慣例で三期連続の大統領就任はタブーであるのだが、本人は自信を見せている。

民衆の人気も高い。ルックスは押しが強くアグレッシブな言動は受けがいい。政務にも積極的だ。スタッフも皆、大統領を支えるのに献身的と言える程だ。大統領官邸はいい雰囲気であった。

だが、そんな大統領にも暗部がある。それを知る者は少ない。大統領補佐官を含めても十数名といった所だ。

「店仕舞いをするのも大変だ」

「そうですな。しかし残る拠点は二つです。片付くのも時間の問題でしょう」

「少々、勿体《もったい》ない気がするがね」

「元々は我々が後押しした拠点ですから」

「全く、足を引っ張る者達には辟易《へきえき》するよ」

補佐官が手にした資料を大統領に手渡した。手書きのメモの羅列。資料の中の数字を見て大統領は満足そうに頷《うなず》いた。


「再開するなら三期目を決めてからだな」

「それで宜しいでしょう」

「当面はこの資金は凍結しよう。各国への介入は経済政策に重点を置くようにするか」

補佐官は笑顔で同意を示した。

彼等は違法な手段に手を染めていた。麻薬の精製に商品化。そして麻薬は敵対国家のみならず友好国や同盟国にまで流通させていた。現在は製造拠点を自らの手で潰している。違法行為を察知される兆候があったからだ。

そして麻薬取引で得た資金は世界各地の汚染区域近辺でのゲリラ活動を使嗾《しそう》するのに使っていた。困った事に彼等には悪事を行っている自覚は皆無であった。全ては国家の為《ため》という正義感によって引き起こされていた。


「我が国は経済でも軍事でも世界で随一の存在でなくてはならない。それこそが我が国が豊かである事を担保する」

「はい」

「絶対的な存在になれないのならば、相対的な存在になれば良い。躊躇《ちゅうちょ》してはならない」

コーヒーを飲み干した大統領は立ち上がると窓の外を眺めた。満足気に再び資料に目を通す。

「道具の方はどうするかね？」

「彼等は身寄りもない傭兵集団です。情報漏洩《じょうほうろうえい》のリスクは最小限で済みます」

「それでもゼロには程遠い。事が全て済んだら道具の後始末もしておくべきだな」

「将軍に今のうちに指示を出しておきましょう」

「うむ。それで上院議員達の動きは？」

「議会対策はお任せ下さい。その為に私のような者がいるのですから」

「頼む。では次の仕事に取り掛かろう」

資料を補佐官に返すと豪奢《ごうしゃ》な椅子に座りデスク上の電話を手にした。彼にはやらねばならない事が他にも山積みであった。


「叔父貴、この仕事は請けない」

「ほう？　気にいらねえのか？」

「ああ。嫌な予感がする」

「そうか。なら仕方ねえな」


またあの国から依頼が来ていた。間隔が短い。

前回、大した戦闘はしていないし人的損耗も皆無だ。条件は悪くない。いや、破格とも言える契約金の提示だった。

だが、気にいらない。

断る理由はそれだけだった。


「叔父貴は反対しねえのか？」

「うん？　いや、お前が請けるようなら反対してたさ」

「理由は？」

「気にいらねえからだ」

叔父はそう言うと手にしたコーヒーカップを掲げて見せた。家訓はどうやら守られたらしい。

「お前は時に自分の勘を信じない所があるからな。心配だったぜ」

「そうだったか？」

「自覚しとけ。そういう所が親父と似てるってな」

叔父はこのチームを率いるオレを尊重はしてくれているが、家族しかいない場では容赦が無い。

「オレの息子は使い物になりそうか？」

「ま、どうにかなるだろ」

「そうか。ならいいさ」

ある意味、前回の作戦で唯一の傷病者になった従兄弟は傭兵チームに復帰した。その従兄弟は叔父の車椅子の前で腹筋運動をしている。

否、させられていた。

「どうにかって、何がだよ！」

「うるせえ！　さっさとノルマをこなせ！」

「金に汚いクソ親父がッ！　チーフ、仕事を請けねえってどういう事だよ！」

「分からねえからお前はダメなんだよッ！」

叔父の前では従兄弟もただの悪ガキだ。まあオレだって似たようなものだが。

「今、付き合ってる女がいるな？　さっさと結婚しろ！」

「はあ？」

「そしてガキをこさえろ。オレはな、孫を膝に乗せて武勇伝を語るのが夢なんだ！」

そうだな。結婚すれば従兄弟のような悪ガキでも少しは落ち着く事だろう。かつてのオレがそうであったように。

叔父は従兄弟の腹を杖《つえ》で小突き続けた。微笑《ほほえ》ましい親子のふれあいはいつまで続くのだろう？

今の従兄弟は以前のような尖《とが》った所がすり減ったかのように変わった。ネームレスの一人にボコボコにされたのが余程効いたのだろう。

「チーフ、本当に仕事、請けねえのか？」

「ああ」

従兄弟はまだ不安そうな顔をしている。まあそうだろうな。だがいいのか？

多分、この仕事はあのネームレスと役割を分担してやる事になるのだと思う。オレの勘でしかないが、外れないだろう。

「叔父貴、例の一件、頼むわ」

「おう、任せろ」

「例の一件？」

「お前は気にするな」

ネームレスの話を叔父から聞いた後、オレは叔父に調査を頼んでいた。内容は世界中の傭兵仲間の動向、それにゲリラ達の動向、そして雇い主達の動向になる。特にあの世界最強国家については重点的に調べて貰う事にした。ネームレスを雇う理由がある筈なのだ。金はかかりそうだが構わない。多分、チームの存続に関わる。

ここ最近の、あの国からの依頼には裏がある。確かに全世界へ正規軍を展開など出来ないのだからオレ達のような傭兵の手を借りるのも分かる。分かるが疑問は残る。危険な臭いがしていた。

まあいいさ。叔父に任せておけばいい。叔父は身の危険を感じ取る前に勘で回避する、そんな男だ。まさかあの国も逃げ切れない所まで調査の手を伸ばす事はしないだろう。

大丈夫、こんな狂った世界でもオレ達は生き残れる。傭兵としての処世術は先祖代々受け継いでいて、そして家訓は今も健在だ。

ただどの処世術も通じず、いよいよ生き残れそうになくなったらどうしようか？

決まっている。

その時は神にでも祈るだけさ！

あとがき

お久しぶりです。初めてこの本を手にする方々は初めまして！　本作の作者のロッドと申します。とは言え前巻が刊行されてから半年ではありますが（笑）。本巻がⅨ巻という名の十冊目、気がつけば二桁の大台に乗ってしまいました。ここまで続けられたのも読んで下さっている皆様のおかげです。大変感謝しております。思えば気軽に書き続け、投稿していたものが本という形になるのって不思議ですね。

さて、本作では日本版黄道十二宮に主人公が挑んでる訳ですが、このような日本の仏教や神道をモチーフにした設定で書いていたのも、なろう小説で類似するジャンルの作品が少ないように感じていたからでした。実際に書いてみたら難しかったです。そもそも仏教の如来や菩薩《ぼさつ》、神道のメジャーな神様の存在は知られてますが、それ以外は知名度が低くて説明的な文を入れるかどうか、かなり悩んだものです。

そして特別章はなろうで掲載していた範囲を飛び出しております。本巻では本編のメインストリーを補足する形になります。なろう版を最後まで読んでおられる方も、そうでない方にも想像を働かせて読んで頂ければ幸いです。

今年は年明けから怒濤《どとう》のように大きな出来事が続きました。私など世の中の流れに未《いま》だについて行けず混乱する事しきりです。それでも単行本の刊行は出来ました。何とかなるものです。皆様におかれましては今後とも拙作、サモナーさんが行くを何卒宜《なにとぞよろ》しくお願いしたく存じます。

作品のご感想、
ファンレターを
お待ちしています

あて先

〒141-0031　東京都品川区西五反田 8-1-5 五反田光和ビル4階
ライトノベル編集部
「ロッド」先生係／「鍋島テツヒロ」先生係

スマホ、PCからWEBアンケートにご協力ください

アンケートにご協力いただいた方には、下記スペシャルコンテンツをプレゼントします。
★本書イラストの「無料壁紙」　★毎月10名様に抽選で「図書カード（1000円分）」

公式HPもしくは左記の二次元バーコードまたはURLよりアクセスしてください。
▶ **https://over-lap.co.jp/824008312**
※スマートフォンとPCからのアクセスにのみ対応しております。
※サイトへのアクセスや登録時に発生する通信費等はご負担ください。

オーバーラップノベルス公式HP ▶ **https://over-lap.co.jp/lnv/**

OVERLAP NOVELS

サモナーさんが行く IX

発　行　2024年5月25日　初版第一刷発行
著　者　ロッド
イラスト　鍋島テツヒロ
発行者　永田勝治
発行所　株式会社オーバーラップ
〒141-0031
東京都品川区西五反田 8-1-5
校正・DTP　株式会社鷗来堂
印刷・製本　大日本印刷株式会社

ISBN 978-4-8240-0831-2 C0093

【オーバーラップ　カスタマーサポート】
電　話　03-6219-0850
受付時間　10時～18時（土日祝日をのぞく）

骸骨騎士様
只今
異世界へお出掛け中
Ennki Hakari
秤猿鬼
illust. KeG
目立たず過ごす——はずだったのに!?
最強の骸骨騎士による
無自覚"世直し"異世界ファンタジー、
ここに参上!!
目覚めると「見た目は鎧、中身は全身骨格」のゲームキャラ"骸骨騎士"の姿で異世界に放り出されていたアーク。目立たず傭兵として過ごしたい思いとは裏腹に、ある日、ダークエルフの美女アリアンに雇われ、エルフ族の奪還作戦に協力することに。だが、その裏には王族の策謀が渦巻いており——!?
大ヒット御礼!
骸骨騎士様、只今、
緊急大重版中!!
OVERLAP NOVELS